HEYNE BÜCHER

SCIENCE FICTION

Herausgegeben von Wolfgang Jeschke

THOMAS F. MONTELEONE

DIE HEIMGESUCHTE STADT

Science Fiction-Roman

Deutsche Erstveröffentlichung

WILHELM HEYNE VERLAG
MÜNCHEN

HEYNE-BUCH Nr. 06/3838
im Wilhelm Heyne Verlag, München

Titel der amerikanischen Originalausgabe
THE TIME-SWEPT CITY
Deutsche Übersetzung von Irene Holicki
Das Umschlagbild schuf Franz Berthold
Die Illustrationen im Text zeichnete Mark van Oppen

Redaktion: Wolfgang Jeschke

Printed in Germany 1981
Umschlaggestaltung: Atelier Heinrichs & Schütz, München
Gesamtherstellung: Mohndruck Graphische Betriebe GmbH, Gütersloh

ISBN 3-453-30741-0

Städte haben ein eigenes Leben. Wie alle Lebewesen entwickeln sie sich nach ihrem eigenen Schema, nicht nach dem unseren.

Frederik Pohl

1

Link hatte das Universum gekostet.

Lichtjahre waren ihm durch die Finger geronnen wie Sandkörner; er hatte Plasma geatmet wie Sommerluft; er hatte einen Sternenkranz wie eine Krone auf dem Kopf getragen. Er war gleichzeitig Sternenschiff und Mensch gewesen.

Jetzt blieb nur noch der Mensch übrig.

Er lag in einem Krankenhausbett in einem makellos weißen Raum am Rande der Stadt, die ihn zu den Sternen geschickt hatte und ihn jetzt zurückrief. Er war für die Maschinen ein amüsantes Problem, über dem sie brüteten, während er sich bemühte, von einer besonderen Art des Wahnsinns wieder zu gesunden. Link lag in der IASA-Anlage und rang mit den Phantomen seines gemarterten Bewußtseins. Wieder und immer wieder spielte sich der Augenblick seines Zusammenbruchs vor seinem geistigen Auge ab . . .

Link erinnerte sich . . .

Er glitt in eine beinahe kreisförmige Umlaufbahn. Die Erde drehte sich langsam unter ihm, während er ihre Oberfläche mit seinen Sensoren und den zusätzlichen Abtastvorrichtungen berührte. Link, das Schiff, sah und fühlte und spürte, wie das kleine Schiff von der Oberfläche zu ihm heraufkam, und er absorbierte die Kurzwellenübertragung mit seinen kybernetischen Empfangsorganen.

»Commander Link? Hier Fähre 41-C . . . Bitte melden Sie sich . . . Wir erbitten Erlaubnis zum Andocken.«

Der seit langem gefürchtete Augenblick war schließlich gekommen, und Link, das Schiff, wünschte, er könne ihn einfach ignorieren. Statt dessen strahlte er eine kurze Antwort aus: »Verstanden, 41-C . . . ich habe euch auf den Instrumenten . . . Alle

Systeme grün . . . bleibt auf gleichem Kurs bis zur vorderen Andockmuffe.«

Während er auf die endgültige Annäherung und die Berührung des kleinen Schiffes wartete, fühlte er, wie ihn die Angst erfaßte, er kämpfte eine aufsteigende Woge der Panik nieder. Er versuchte, die Empfindungen der kybernetisch-biologischen Mischung, die sein Wesen ausmachte, noch einmal auszukosten; jedesmal, wenn er sich auf dieses Phänomen konzentrierte, fühlte er sich leicht berauscht. Und doch hatte er immer noch alles vollständig unter Kontrolle. Mit den elektronischen Sinnesorganen des Schiffs war Link, das Schiff, Mitglied einer sehr exklusiven Rasse von Wesen.

Neue Signale rasten in ihn hinein, rissen ihn aus seinen privaten Gedanken und teilten ihm mit, daß die Andockmuffe abgedichtet worden sei. Er öffnete seine Luftschleuse und wartete geduldig, daß die Techniker in ihn hineinkletterten. Link, das Schiff, hörte ihre Schritte, fühlte die Infrarotstrahlung ihrer Körper, während sich die Menschen vorsichtig zur Brücke vortasteten. Sie kamen auf ihn zu, der gewichtslos in dem Tank mit der Gallertlösung schwebte. Er trug einen Spezialanzug mit einer kleinen Öffnung am unteren Ende seiner Wirbelsäule, aus der ein glänzendes, schlangenähnliches Kabel zu einem Terminal neben dem Tank führte.

Ihre Worte drangen in sein Bewußtsein: »Sind Sie soweit, Commander Link?«

Link drehte sich in der Lösung herum und betrachtete sie mit seinen menschlichen Augen: es waren hagere, junge Männer, die die Kombinationen der IASA trugen; unabsichtlich waren sie seine Folterknechte. »Ja«, sagte er nach einer langen Pause. »Ich bin bereit.«

Er zwang sich zuzusehen, als sie anfingen. Einer von ihnen führte Greifer in den Tank ein und umfaßte damit seinen menschlichen Körper fest. Der andere legte einige Schalter auf der Tafel um, daraufhin begann sich die Temperatur der Gallertmasse zu verändern. Sie wurde langsam flüssig und fing an, aus dem Tank abzufließen. An diesem Punkt konnte Link, das Schiff, noch alles fühlen, sogar die leichten, elektrischen Impulse, mit denen die Thermostate die Temperatur im Tank regulierten.

Als der Tank leer war, kletterte einer der Techniker hinein und

begann mit dem Kabel und seinem Anschluß am unteren Ende des Rückgrats von Link, dem Schiff, zu hantieren. Link spürte die ungeschickten Berührungen, als der Mann die Verbindung mit kleinen Werkzeugen maß und überprüfte. Und Link, das Schiff, sah, wie der Mann außerhalb des Tanks nickte und weitere Schalter auf der Tafel umlegte. Sofort durchfuhren ihn die Veränderungen wie Schläge. Sie waren langsam, unerbittlich und schmerzlos, aber er hätte beinahe aufgeschrien, als die kybernetischen Systeme sich nacheinander abschalteten. Die Hälfte seines Bewußtseins erlosch ... erstarb. Das Schiffsbewußtsein entglitt ihm, und er stürzte in einen Wirbel von Dunkelheit. Link hatte das Gefühl, als würde ein unsichtbares Skalpell systematisch wie bei einer Zwiebel die Schichten seines Ichs ablösen.

Gespenstisch flackerten die blinkenden Computeranzeigen auf der Schalttafel und erloschen. Ein letztes, schwaches Pulsieren der Schiffsempfindungen berührte sein Bewußtsein; dann, in einem Augenblick einstürzender Dunkelheit, war das kybernetische System zusammengebrochen.

Link wehrte sich gegen das aufdämmernde Bewußtsein: das oberflächliche Geplauder der Techniker, die Berührung des enganliegenden Stoffes seines Anzugs, das Pochen des Blutes in seinen Schläfen, das waren die einzigen Empfindungen, die er jetzt noch hatte.

Langsam wurde er sich der mechanischen Arme bewußt, die seinen schlaffen Körper umfaßt hielten. Dann kamen die Menschenhände, sie tasteten wie Krabben über die Verschlüsse seines Anzugs, fummelten an den Haken herum und öffneten die Dichtungen. Sie nahmen ihm den Helm ab, und die abgestandene Luft auf der Brücke überfiel ihn — er war auf die Realität von Maschinenöl und Schweiß nicht vorbereitet.

Sie schälten ihm die Reste seines Anzugs von seinem bleichen Körper, und er wurde sich seiner hageren Gestalt bewußt, obwohl er gewichtslos war. Er verspürte Bitterkeit, sogar Zorn über die Art und Weise, wie man ihn behandelte, obwohl er wußte, daß die Techniker das tun mußten, um ihre Aufgabe zu erfüllen. Wie er selbst, so hatten auch sie in dieser Angelegenheit keine andere Wahl. Finger hantierten am Anschluß herum, Spezialwerkzeuge rasteten ein, und Link spürte, wie das Kabel entfernt wurde. Eine Bewegung, die Anschlußdichtung riß auf — die Nabelschnur war durchtrennt — und Link versuchte, mit dem neuen, psychischen Schmerz fertig zu werden. Er stellte sich vor, wie das Kabel abfiel, weg von seinem Rückgrat, wie es sofort zusammenschrumpfte, starb und leblos auf den Boden des Tanks fiel. Dann sah Link, wie der Mann außerhalb des Tanks in einen Beutel griff und eine runde, flache Scheibe hervorzog. Er reichte sie dem anderen Techniker, der sie am unteren Ende von Links Wirbelsäule einpaßte. Link stellte sich vor, wie die Anschlußstelle dort unten aussah: eine offene Wunde, aus der eine unsichtbare Lebenssubstanz sickerte, eine tödliche Wunde. Er fühlte, wie die Scheibe über dem Anschluß — der Bioverbindung — einrastete und ihn für immer abdichtete.

Er wußte, daß sein privater Zugang zu den Stimmen der Zeit und zu den Sternen unwiederbringlich verloren war. Wie die anderen Menschen war er jetzt dazu verdammt, im toten Wasser seiner dürftigen, menschlichen Sinne umherzuzappeln. Das waren seine Gedanken, während die beiden Techniker seinen schlaffen Körper von der Brücke trugen. Als sie die Luftschleuse erreichten, sah Link den jungen Piloten, den sie als Ersatz für ihn ausgesucht hatten: einen jungen, kräftig aussehenden Mann mit Feuer in den Augen. Während Link sich gegen die Dunkelheit wehrte, die in seinem Bewußtsein tobte, versuchte er, den jungen Piloten anzusprechen, versuchte, ihn vor dem zu warnen, was mit der Zeit kommen würde.

Aber der Augenblick ging zu schnell vorbei. Sie brachten ihn in das Fährschiff und bereiteten sich auf die lange Rutschpartie zurück in die Atmosphäre vor. Link wurde in ein Gespinst gehüllt, das die Bremswirkung abmildern sollte, dann überließ man es ihm, gegen die Faust des Wahnsinns anzukämpfen, die ihn zermalmen wollte.

... und versuchte zu vergessen.

Das Zimmer, das Bett und das Personal waren ihm jetzt vertraut. Durch das Fenster gegenüber seinem Bett hatte er eine grandiose Aussicht auf den See und auf die Stadt Chicago jenseits davon. Während er sie betrachtete, wußte Link, daß er in eine unberechenbare Zukunft zurückgekehrt war. Er erinnerte sich daran, wie die Computer der Stadt alles für ihn geplant hatten, jede

Eventualität berechnet . . . außer der einen, die dann tatsächlich eintraf.

Die Tür öffnete sich, und Link sah, wie ein kleiner, etwas dicklicher, bärtiger Mann mit einem medizinischen Aufzeichnungsgerät in der Hand eintrat. Er trug die Uniform der IASA, aber in einer hellgrünen Farbe, die seinen Status als Arzt erkennen ließ. Link musterte den bedächtigen Schritt des Mannes, während der sich dem Bett näherte. »Guten Morgen«, sagte er, wobei er mit einiger Anstrengung einen freundlichen Tonfall zustande brachte.

»Hallo, Herson.« Link blickte zur Seite. Er wollte nicht reden.

»Wir sind mit den Tests noch nicht durch«, sagte der Doktor, »aber nach den ersten Daten zu schließen, scheint keine physische Schädigung zu bestehen.«

»Das ist tröstlich. Ich bilde mir alles also nur ein . . . ist es so?«

Herson achtete nicht auf diese Bemerkung. »Aber wir werden noch einige Tests machen, nur um völlig sicher zu gehen.«

Link lockerte sich und spürte, wie sich die Verkrampfung in seinen Muskeln löste. Er mußte Herson bewundern, wieviel Geduld er mit ihm hatte, wie kühl und professionell der Arzt angesichts seiner Verrücktheit blieb. »Also gut«, sagte Link schließlich. »Was fehlt mir?«

»Wir wissen es natürlich nicht sicher. Aber Sie scheinen an einer Art von Einschränkung des Empfindungsvermögens zu leiden.« Dr. Herson rieb sich geistesabwesend den Bart. »Die Medikamente scheinen das meistens unter Kontrolle zu halten . . . Aber wir brauchen noch mehr Zeit, um sicherzugehen. Die Computer arbeiten daran.«

»Ja, jetzt geht es mir gut«, sagte Link und massierte sich die Schläfen. »Ich bin ruhig, ausgeruht. Aber die Dunkelheit ist immer noch da, in meinem Inneren, sie hängt direkt über mir. Ich kann sie immer noch spüren, und sie geht nicht weg. Es ist, als würde die eine Hälfte von mir einfach nicht mehr existieren.«

»Die Chemotherapie sollte da eigentlich etwas ausrichten können«, sagte der Doktor, während er nervös auf den Rand des Aufzeichnungsgerätes klopfte. »Aber wir stehen in diesem Gebiet erst am Anfang, und ich fürchte, der Rest wird möglicherweise Ihnen selbst überlassen bleiben.«

»Und das bedeutet?«

»Das bedeutet, daß Sie mit uns zusammenarbeiten müssen. Sie dürfen nicht einfach hier herumliegen und sich selbst bemitleiden. Sie müssen sich entscheiden, ob Sie in dieser unserer vergleichsweise langweiligen Welt leben wollen oder nicht.«

Link konnte darauf nur zustimmend nicken. Herson war ebenso scharfsichtig wie direkt. Der Arzt hatte versucht, Mitgefühl zu zeigen, aber Link wußte, daß eine solche Taktik gegen eine zynische Todessehnsucht sinnlos war. Hersons pragmatisches Vorgehen war viel wirkungsvoller und sprach Link sogar besser an.

»Vergessen Sie nicht«, sagte Herson gerade, »schließlich und endlich können Sie das nur selbst entscheiden.«

»Dann habe ich eigentlich nicht sehr viele Entscheidungsmöglichkeiten, nicht wahr?« Link versuchte zu lächeln, aber es gelang ihm nicht.

Herson dagegen lächelte, als wolle er ihn verspotten. Als er aufstand, sagte er: »Nein, Link, die haben Sie wirklich nicht.« Der bärtige Mann drehte sich um und verließ das Zimmer.

Der Behandlungsplan wurde aufgestellt, und zu seiner eigenen Überraschung reagierte Link so gut darauf, wie er nur konnte. Auf Hersons Drängen hin betrieb er so viel körperliches Training und machte so viele Spaziergänge wie nur möglich. Durch Enzyminjektionen an Bord des Schiffes war verhindert worden, daß ein Muskelschwund eintrat, aber es war immer noch ein hartes Trainingsprogramm nötig, damit er seine Bewegungen wieder vollständig unter Kontrolle bekam. Er steigerte die Übungen allmählich, bis er jeden Tag einige Stunden lang durch die Gänge der Anlage wanderte. Er blieb während dieser Zeit nur stehen, um von der Aussichtsterrasse des großen, würfelförmigen Gebäudes aus auf den See zu blicken. Er war so riesig — ein kleines Meer. Aus dieser Höhe konnte er sehen, wie eine sanfte Brandung die Klippen unter ihm berührte. Am Abend waren die Bilder des Wassers noch faszinierender; er sehnte sich danach, ihm nahe zu sein, wie er sich einst danach gesehnt hatte, den Sternen nahe zu sein. Er fühlte sich dem Meer verwandt, wie es nach dem Land griff, es berührte und sich schließlich davor zurückzog. Es war, als scheue sich das Meer, der Erde zu nahe zu kommen, aus Angst, von ihr eingefangen zu werden — so wie Link jetzt gefangen war.

Das Ufer besaß für ihn eine besondere Anziehungskraft. Er sah in ihm eine Grauzone — einen Ort, an dem er sich vielleicht stellen und mit den Mächten kämpfen konnte, die ihn immer noch zu überwältigen drohten. Vielleicht war das Ufer ein Kompromiß, wo Lösungen zusammengeflickt werden konnten. Links Bewußtsein stand seinem Gefühl nach in der Grauzone zwischen Normalität und Wahnsinn, zwischen Leben und Tod.

Er konnte jetzt wieder klarer denken; Hersons Chlorpromazine schienen zu wirken. Er fürchtete nicht länger, daß die Hälfte seines Bewußtseins, die ihm verblieben war, wie fließende Tinte auf einem Blatt ausgelöscht werden würde. Die quälenden Visionen waren beinahe völlig verschwunden.

Beinahe.

Es gab immer noch Nächte, in denen er schreiend in der Dunkelheit seines Zimmers erwachte. Dann brannte ihm das Mondlicht, das durch das Fenster hereinströmte, in den Augen. Die Erinnerungen an die Sterne und die klagenden Lichtjahre stürmten wieder auf ihn ein und suchten nach dem kybernetischen Komplex, der nicht mehr vorhanden war. Das Summen der Klimaanlage wurde zum Knistern von Ionenstürmen; der Raum wurde zum Lösungstank, und Link würgte beinahe, als er sich gegen die gallertartige Flüssigkeit wehrte, die ihn zu ersticken drohte. Er kämpfte gegen diese Anfälle an — ›Abweichungen‹ hatte Herson sie genannt — bis sie schließlich schwächer wurden und verschwanden. Aber hinterher zitterte er jedesmal in dem Bewußtsein, daß die Gespenster immer noch in seinem gespaltenen Bewußtsein lauerten.

Tage wurden zu Wochen, und die Abweichungen wurden seltener. Vielleicht näherte er sich dem Zeitpunkt, an dem sie völlig aufhören würden. Link hoffte es, obwohl das nur bedeuten würde, daß er neue Hindernisse überwinden mußte. Das Leben bot ihm immer noch wenig Trost. Seine Gespräche mit Herson schienen das zu unterstreichen; und er würde immer noch zwischen einem Leben oder dem Tod zu wählen haben. Zu dieser Zeit wurde ihm gestattet, am Ufer entlang spazierenzugehen. Er begann, sich auf diese Gelegenheiten zu freuen. Sie gaben seinem Leben ein wenig Sinn, und so verbrachte er jeden Tag mehr Zeit hier, lief mehr Meilen, dachte klarer.

Link bemerkte, daß die Küste an dieser Stelle etwas Seltsames an sich hatte. Vielleicht war es die Gestalt der Küstenlinie unter der Wasseroberfläche, vielleicht war es auch eine besonders starke Unterströmung; er war sich nie sicher. Abends, bei Ebbe, sah er, daß die Küste mit dem Zufallsmüll des Lebens übersät war. Auf seinem Weg traf er auf Wesen, die das Meer wie unerwünschte Nachkommen ausgesetzt hatte. Gewöhnlich waren es Geschöpfe, die nicht mehr zurückkonnten, wenn sie einmal hinausgeworfen waren. Link wußte, daß der Tod auf diesem schmalen, feuchten Sandstreifen regelmäßig die Runde machte. Oft stand er da und sah zu, wie die Möwen vor ihm herabstießen, um sich an den toten und sterbenden Geschöpfen des Meeres gütlich zu tun. Er hörte das Kreischen der Vögel, das in seinen Ohren wie eine letzte Warnung und vielleicht wie eine endgültige Lösung klang.

Er mußte dabei an die völlige Unberechenbarkeit des Meeres und aller Lebewesen denken. Einschließlich des Menschen. Das Meer: großer Urquell, Lebensspender, ein Zauberwerk. Es hatte Leben und Bewußtsein hervorgebracht, und dieses Bewußtsein schien sich ihm entgegenzustürzen. Es kam zu ihm aus einem Urzentrum, an das er sich nicht erinnerte, wie es die Galaxien getan hatten, die sich seit Ewigkeiten in die endlose Nacht hinein ausbreiteten.

Link spürte, wie er langsam viele der Stimmungen und Launen des Meeres kennenlernte. (Eigentlich war es ein großer See, aber Link nannte ihn in Gedanken immer ›das Meer‹.) Er hatte seine Stürme gesehen, die kurz, aber heftig waren. Und wenn sie zuschlugen, fand der Tod entlang der Küste noch reichere Beute. Aber manchmal hatte Link nach einem solchen Sturm noch andere, weit seltsamere Typen von Sammlern getroffen. Gewöhnlich waren es Menschen aus der nahe gelegenen Stadt Chicago, die mit Tornistern an der Küste entlanggingen. Sie suchten nach den einfachen Schätzen im sturmverwehten Sande: nach dem Panzer eines Krustentieres, nach einer Muschel oder vielleicht nach einem schwammähnlichen Wesen, das einmal lebendig gewesen war.

Link hatte diese Art von Zeitvertreib immer für morbide gehalten. Er stellte sich vor, wie größere Wesen als wir irgendwann in der Zukunft in den Gräbern der Menschen wühlten — auf der

Suche nach einem besonders gut ausgeprägten Schädel oder einem seltsam geformten Stück Knorpel.

Aber als Link eines Abends weiter als gewöhnlich gegangen war, entdeckte er, daß er die Anlage nicht mehr sehen konnte. Sie lag hinter der letzten Landspitze, und diese Vorstellung beunruhigte ihn ein wenig, er fühlte sich etwa so wie ein kleiner Junge, der zum erstenmal von zu Hause fortgelaufen ist. Als er seine unterschwellige Angst erkannte, ging er weiter, denn er war entschlossen, die Beherrschung über sich selbst vollständig wiederzuerlangen.

Als Link in die Ferne blickte, sah er eine einsame Gestalt, die an der öden, windzerzausten Küste entlangwanderte. Der amethystfarbene Abendhimmel umrahmte die Umrisse der Gestalt, und Link blieb stehen und sah zu, während die Finger des Windes durch sein Haar kämmten und über sein Gesicht tanzten. Die Person vor ihm schien mit einer ernsthaften, geheimen Tätigkeit beschäftigt zu sein: sie duckte sich immer wieder für ein paar Augenblicke in den Sand, dann stand sie auf und schleuderte etwas ins Meer hinaus.

Link ging weiter und folgte der Gestalt, bis er dicht genug herankam, um erkennen zu können, daß es eine junge Frau war. Der Mond ging gerade auf und warf bleiche, gelbe Schatten über die blauen Inseln der Nacht. Er konnte die Frau deutlich sehen in dem neuen, weichen Licht, wie sie sich anmutig über den Sand bewegte. Link fühlte, wie sich in seinem Geist etwas regte; eine Reaktion auf ihre ästhetische Sinnlichkeit. Er ging weiter auf sie zu, bis er nur noch ein paar Meter entfernt war.

Sie wandte sich um und sah ihn an. Ihr Gesicht war ein vollkommenes Oval, das Wärme und heitere Gelassenheit ausstrahlte. Sie ließ keine Furcht erkennen, auf ihren Lippen tanzte die Andeutung eines Lächelns.

»Eine schöne Nacht, nicht wahr?« fragte sie.

Link antwortete nicht. Er konnte nicht. Ihre einfachen Worte hatten ihn so gefesselt. Ihre Stimme war wie der sanfte Klang des Meeres; sie überrollte ihn, zog sich dann zurück, und er fühlte sich erfrischt. Sie wandte sich um und ging weiter, als wolle sie Link zu verstehen geben, daß er ihr folgen solle. Er tat es, und sie gingen einige Minuten lang in einem für Links Gefühl ungemütlichen Schweigen dahin.

Plötzlich, unerwartet, blieb sie stehen, als sie zu einem Gegenstand kamen, der vor ihnen auf dem Sand lag. Sie kauerte sich nieder, um zu sehen, was es war, und Link beobachtete, wie ihre Finger den bebenden Körper eines Kopffüßers leicht berührten, der hilflos auf den Sand geschwemmt worden war. In seiner schleimigen Haut spiegelte sich das Mondlicht; das einzige Auge starrte zu Link auf. Er konnte die Hoffnungslosigkeit, die von diesem Auge ausging, beinahe spüren.

Das Mädchen nahm das Meereswesen in die Hände.

Ehe sie aufstand, zwang sich Link zum Sprechen. »Sie . . . sammeln sie?« Seine Stimme klang flach, bebte vor Spannung.

»In gewissem Sinne.« Sie blickte auf und lächelte ihn an. »Aber nur, wenn sie noch lebendig sind.«

Link begriff die Antwort nicht sofort. Er konnte nur zusehen, wie sie aufstand, das schlaffe Geschöpf in der rechten Hand. Eine Welle brach sich am Strand, sie nahm den Arm zurück und schleuderte das großäugige Wesen weit hinaus ins tiefe Wasser. Es fiel und verschwand hinter den Brechern.

»Vielleicht wird es jetzt am Leben bleiben . . .«, sagte sie, während sie sich die Hände an ihren ausgebleichten Jeans abwischte.

Link blickte sie vorsichtig an, er wollte nicht, daß sie bemerkte, wie er sie musterte. Sie war auf sonderbare Weise anziehend. Es hatte etwas mit der Sammlung hervorstechender Merkmale zu tun, aber Link konnte es nicht artikulieren. Ihre Haut war von kühlem Elfenbein; ihre Augen waren große, schwarze Perlen, ihr Haar fiel rabenschwarz herab, verklebt durch den Salzgischt. Es machte ihn verlegen, daß sie seine rissigen, sternverbrannten Züge ansehen und die Gegenwart eines solchen Tölpels ertragen mußte, wie er einer war.

»Ich habe Sie schon früher gesehen«, sagte er schließlich, weil er sich der Stille bewußt war, aber dann tat es ihm beinahe leid, daß er sie gebrochen hatte. »Dort hinten, meine ich. Als ich den Strand heraufkam.«

Sie nickte und schob sich eine Haarsträhne von der Wange.

»Gehen Sie oft hier spazieren?« Er wollte ihre Stimme noch einmal hören.

»O ja.« Sie hielt inne und lachte hell, während sie einen schnellen Blick auf das Meer hinaus warf. »Jede Nacht. Aber nicht immer an diesem Strand.« Sie blickte auf den Sand hinunter.

»Es gibt so viele Strände an dieser Küste — und so viele Nächte.«

Link konnte nur zustimmend nicken, obwohl er sie nicht wirklich verstand. Er folgte ihr schweigend, als sie weiterging. Sie betraten eine kleine Bucht und trafen dort auf ein weiteres, gestrandetes Geschöpf, in dem noch ein schwacher Lebensfunke glitzerte. Als Link das Wesen ansah, fand er seine Gestalt abstoßend — ein blasenbedecktes, krabbenartiges Geschöpf mit langen, herabhängenden Fühlern. Er stand unbeholfen da, während sie sich niederbeugte und das Wesen mit ihren zarten Fingern aufhob. Wieder warf sie es in die dunklen Wasser zurück. Ein kurzes, weißes Aufspritzen, als es auf der Oberfläche aufschlug, dann war es verschwunden.

Sie sagte diesmal nichts, sondern ging einfach weiter, und Link folgte ihr. Jetzt erst ging ihm auf, wie sinnlos ihre Mission doch eigentlich war. Gleichgültig, wie viele der Wesen sie jede Nacht vor dem Vergessen retten konnte, dachte er, der Unterschied war sicher gering. Sie mußte doch wissen, dachte er, daß der Tod mit einer Geschwindigkeit über die Strände der Planeten raste, die viel größer war als die ihre, und daß er viel mehr einsammelte, als sie es jemals konnte.

Aber er sagte ihr nicht, was er dachte. Statt dessen fragte er: »Wohnen Sie hier in der Nähe?«

»In der Stadt, zusammen mit meinem Vater. Er war einmal Fischer, vor vielen Jahren. Jetzt hat man Maschinen, die das besser können.«

Sie blieb stehen, ihre Augen blickten an ihm vorbei, überflogen den Streifen Sand direkt vor ihnen. Es war, als sei ihr das Gespräch mit ihm gar nicht wichtig, als sei es nur etwas, um die müßigen Augenblicke während ihrer Mission auszufüllen. Aber sie mußte bemerkt haben, wie enttäuscht Link darüber war, denn sie schien sich mittendrin selbst zu unterbrechen und wandte ihm ihren Blick wieder zu. Auch er spürte die Veränderung und hoffte, daß sie ein magisches, mystisches Talent besäße, das ihr sagte, daß Link dringend reden mußte. Sie sollte wissen, wie schrecklich allein er war in einer Welt, die ihm nicht gefiel.

»Was ist mit Ihnen?« fragte sie sanft. »Sind Sie auch aus dieser Gegend?«

Er verkrampfte sich unwillkürlich, obwohl er sich über ihr Interesse an seiner Person freute. Sie starrte ihn an, und er war von der unergründlichen Tiefe ihrer Augen gefesselt. Eine Pause entstand, ehe er antwortete: »O nein, eigentlich nicht ... Ich bin in der Anlage, dort hinten.« Er zeigte in die Richtung, aus der er gekommen war. »Ich ... wohne dort, für einige Zeit.«

»Das dachte ich mir«, sagte sie mit einem Nicken. Ihre Stimme war immer noch so weich wie das sanfte Rollen der Brandung. »Ich habe das Abzeichen an Ihrem Overall erkannt.«

Ihre Scharfsichtigkeit überraschte ihn nicht; aber er fragte sich doch, ob sie wußte, was er war. Oder eher, was er gewesen war. Er war sicher, daß sie diese Art von Leben höchst unnatürlich finden würde. Der Gedanke beunruhigte Link, daher verdrängte er ihn aus seinem Bewußtsein.

Sie gingen weiter. Der Mond stand jetzt höher und schnitt nicht länger eine gelbe Schneise aus der smaragdfarbenen Oberfläche des Meeres. Die Frau nahm Link immer mehr gefangen durch ihre Wärme, die er so dringend benötigte. Worte ratterten durch sein Bewußtsein, aber er konnte sie nicht aussprechen. Er spürte, wie die Konflikte in seinem Kopf aufstiegen; langsam verwirrte sich alles.

Dann hörte er ein Brüllen in seinen Ohren, von dem er wußte, daß es nicht vom Meer rings um ihn kam. Es schwoll an, bis es ein Schrei war, der durch die Korridore von Raum und Zeit hallte, und Link wußte, daß die Frau ihn nicht hören konnte. Der Mond stürzte herab. Das Meer verschwamm in der Dunkelheit des Geistes, der Wind wurde zum heißen Atem fremder Sterne. Sein Mund füllte sich mit dem salzigen Geschmack von Sternenblut.

Er schwankte, taumelte weg von ihr.

»Ist Ihnen nicht gut?« Ihre Stimme glitt sanft zwischen die Schichten des Wahnsinns.

Da preßte er die Hände gegen die Schläfen und wandte sich ab. »Nein.« Er schrie das Wort beinahe. »Nein ... es ist weiter nichts. Mir fehlt nichts.« Erinnerungen und Gefühle aus einer anderen Zeit durchtobten ihn. Ein Vorhang aus Finsternis hüllte ihn ein. Er wollte ihr ausweichen; sie sollte ihn nicht sehen, wenn er einen Anfall hatte. »Ich muß jetzt gehen«, hörte er eine fremde Stimme sagen. War es seine eigene? Er konnte sich nicht mehr völlig sicher sein, solange er darum kämpfte, nicht die Kontrolle über sich zu verlieren. Bilder flackerten vor seinen Augen vorbei: Kurven, Pulsare, Strahlenkränze und tausend andere, alle auf einmal. Link beobachtete sie voll Angst und doch fasziniert, während er in einer Unterwelt von Sinnestäuschungen schwebte.

Er ging. Allein. Es war immer noch Nacht, und er ging allein den Strand entlang zur Anlage zurück. Bei jedem Schritt sah er den riesigen Betonwürfel schärfer, näher. Als er aufblickte, bemerkte er, wie der Komplex aus dem Nebel seines Bewußtseins aufstieg, und ihm kam der Gedanke, daß er wie durch Instinkt dorthin zurückgekehrt war. Der Anfall war abgeklungen und verschwand jetzt ganz. Seine Sehschärfe kehrte zurück, er konnte das gedämpfte Donnern der Brandung hören, spürte die feuchte Festigkeit des Sandes unter seinen Füßen.

Er atmete in langen, langsamen Zügen und blieb in der Grauzone zwischen Meer und Land stehen. Da erinnerte er sich an sie und wandte sich von dem dunklen Würfel auf den Felsen ab, suchend, hoffend . . .

Aber sie war nicht mehr da.

Er war verloren; und doch war er es nicht. Er verspürte Schmerz; und auch wieder nicht. Er hatte Angst vor etwas, aber er wollte diese Angst nicht aussprechen. Der Geschmack der Angst war so bitter; sie war ihm willkommen. Er hoffte, sie sei der Vorbote von etwas Neuem, das jetzt in ihm erwachte.

Link atmete tief ein und sog die vom Meer durchsetzte Luft in seinen Körper. Der salzige Hauch, der einst die Samen des Lebens selbst getragen hatte, strömte in ihn ein. Er stand einen Augenblick lang reglos, versuchte einzufangen, was sich früher in dieser Nacht zugetragen hatte. Aber der Wind wurde kühl, und schließlich zog er seinen Kragen hoch, um sich davor zu schützen, und kehrte in die Anlage zurück.

Als er erwachte, befand er sich in einer Komposition aus Weiß und Grün: weitere Tests: Drähte, Bildschirme, Tabellen, Worte, Hände, Theorien. Alles floß ineinander, und er nahm es hin wie ein reinigendes Bad. Link konnte jetzt geduldig warten, bis er Gelegenheit bekam, Herson zu erzählen, was sich am Strand ereignet hatte.

Und als er dem Arzt von der ganzen Begegnung berichtet hatte, saß Herson ruhig da und strich sich den Bart. Link beobachtete die Augen des Mannes: klein, aber sie drückten Teilnahme aus und Intelligenz.

»Das hört sich an, als hätten Sie diese Erfahrung genossen«, sagte Herson nach langem Schweigen.

»Ja, das stimmt . . . ich glaube, ich habe es genossen.«

»Obwohl Sie einen neuerlichen Anfall von Empfindungsverlust erlitten haben? Unmittelbar danach?« Herson beugte sich in seinem Stuhl dichter zu Link und starrte ihm eindringlich in die Augen.

»Ja. Ich glaube nicht, daß die beiden Ereignisse miteinander zu tun hatten. Nicht wirklich.«

»Warum nicht?«

»Ich glaube es einfach nicht.« Link hob leicht die Stimme. »Weil . . . nun; da war noch einiges andere . . . Gedanken, die ich hatte, nachdem ich wieder zu mir kam.«

»Können Sie diese Gedanken erklären?«

»Ich weiß es nicht«, sagte Link und blickte zur Seite, wobei er sich gewohnheitsmäßig die Augen rieb. »Vielleicht. Ehe ich letzte Nacht zurückkam, aber nach dem Anfall habe ich einige Zeit lang nichts anderes getan, als den Ozean betrachtet. Allein. Es war komisch, aber er sah anders aus. Er war wie . . . hm, ich bin nicht sicher . . .«

»Das ist interessant«, sagte Herson. »Möchten Sie, daß ich Ihnen die Analogie liefere?«

»Was?«

»Möchten Sie, daß ich versuche, Ihren Eindruck, wie es war, zu vervollständigen? Ich glaube, ich kann mir ganz gut vorstellen, was Sie meinten.« Herson lächelte.

»Wie könnten Sie?« Links Neugier war geweckt.

»Nur so eine Ahnung. Nichts weiter.« Herson grinste.

»Nun gut. Los, versuchen Sie es!«

»Als Sie nach dem Anfall und nach der Begegnung mit dem Mädchen über das Meer hinausblickten, empfanden Sie die gleiche — sollen wir es Zufriedenheit nennen? —, die Sie genossen hatten, als Sie noch ein Kyborg an Bord des Schiffs waren. So ist es doch, nicht wahr?«

»Ja, ich glaube schon«, sagte Link mit einem langsamen, nachdenklichen Nicken und gestand sich zum erstenmal diese Tatsache selbst ein.

»Na also«, sagte Herson und tätschelte ihm das Knie. »Sehen Sie jetzt, daß es das auch hier gibt? Auf der Erde, meine ich.«

Link nickte.

»Das ist gut«, sagte Herson, als er aufstand und sich zum Gehen anschickte. »Jetzt haben wir wenigstens den Anfang gefunden.«

Link wollte zum Sprechen ansetzen, wollte dem Arzt Fragen stellen, aber der schnitt ihm das Wort ab. »Das genügt für heute. Ruhen Sie sich aus. Morgen komme ich wieder.«

Nachdem Herson gegangen war, ging Link die letzten Bruchstücke ihres Gesprächs noch einmal durch, er siebte die Worte und suchte nach einem Körnchen Verständnis, das vielleicht die richtigen Verbindungen in seinem Gehirn auslösen würde. Er wußte, daß Herson anscheinend verstanden hatte, was er zu sagen versuchte.

Als die Dämmerung kam, verließ Link das weiße Zimmer, die grünen Gewänder und die kahlen Korridore der Anlage und wandte sich den kühlblauen Armen des Abends zu, die darauf warteten, ihn zu umfangen. Er wurde vom Strand angezogen, und vom Wasser, das gerade im Zurückweichen begriffen war. Der Himmel war schrecklich klar, und das Meer war glatt, aber er spürte eine seltsame Stimmung in der Luft. So, als könnten fast ohne Vorwarnung plötzliche Veränderungen über die Küste hereinbrechen. Schon hatte die zurückweichende Flut den Sand mit einigen toten und sterbenden Geschöpfen aus dem Meer getupft.

Aber als Link diesmal die Aussicht betrachtete, gemahnte sie ihn nicht an die Sinnlosigkeit des Lebens. Die Frau hatte ihm eine andere Betrachtungsweise aufgezeigt — eine neue Art, in der Grauzone zu sehen. Sie war ein Ort vielfältiger Realitäten, dessen war er sich jetzt sicher. Selbst mitten im Sterben konnte noch ein Sinn liegen. Er setzte sich in Bewegung und ging beinahe eine Stunde lang weiter. Er war sich der Fußspurenkette, die er im Sand hinterließ, nur undeutlich bewußt.

Statt dessen suchte er nach ihren Spuren.

Der Mond ging auf, wurde kleiner und verlor sich in dem inzwischen bewölkten Gewölbe über ihm. Der Wind wurde stärker und weniger tröstlich, weniger einladend, und doch ging er weiter. Aber er sah keine Spur von ihr. Mit wachsender Besorgnis erinnerte er sich an ihre Worte: ›Es gibt so viele Strände ... so viele Nächte.‹ Vielleicht kam sie gar nicht wieder hierher? Vielleicht hatte er sie überhaupt nie gesehen. Es war ein erschütternder Gedanke, wenn er sich vorstellte, daß sie nur ein bizarres Symptom seines Wahnsinns gewesen war.

Aber nein. Über diesem Ort, wo er ging, wo er suchte, lag ein Zauber. Er würde nicht so leicht aufgeben. Er wußte, da, wo er jetzt ging, das war ein Ort, an dem jede Nacht ein einsames, menschliches Wesen vorbeigekommen war, um gegen den Tod zu kämpfen. Link erkannte jetzt auch, daß es vielleicht verschiedene Arten von Tod gab. Wenn er die Frau wiederfand, würde das seine Gefühle bestätigen.

Er bog um eine weit hinausragende Landspitze, und da sah er sie.

Hinter einem Felsenfinger, der sich ausstreckte, um die Wellen zu berühren, stand das Mädchen. Während er schnell auf sie zuging, sah er sie zweimal innehalten, um ein unglückliches Geschöpf ins Meer zurückzuwerfen.

Dann verlangsamte Link seinen Schritt, beruhigte sich, unterdrückte die Freude, die er darüber empfand, daß er sie gefunden hatte. Er warf einen Blick nach unten auf den Sand und den Schlamm, die an seinen Stiefeln vorbeiglitten, und da sah er etwas. In dem wirbelnden Schaum lag ein kleines, schleimiges Wesen. Seine Poren waren von Sand verklebt, es erstickte daran im Nachtwind. Link beugte sich nieder und hob es auf, fühlte, wie die winzigen Nadeln in seine Handfläche stachen.

Er ging weiter auf sie zu, sie wandte sich um, als sie seine Nähe spürte, und sah ihm zu, wie er näher kam. Ihre Augen senkten sich auf das Geschöpf, das er in der Hand hielt, sie nickte sanft.

»Es tut mir leid«, sagte Link, als er dicht bei ihr war. »Wegen letzter Nacht. Ich weiß wirklich nicht mehr ...«

Sie brachte ihn mit einer einfachen Geste zum Schweigen — sie senkte die Augen und schüttelte leicht den Kopf.

»Es tut mir leid«, sagte er wieder. Dann, nach einer Pause: »Ich bin gekommen, um ... mich Ihnen anzuschließen.«

Sie lächelte, ihre Augen funkelten in lebhaften Bernstein- und Brauntönen. Als Link sie ansah, spürte er, wie sich auch auf seinen Lippen ein Lächeln bildete — das erstemal seit langer, langer Zeit, so schien es ihm. Sie lachte leise und blickte hinaus auf das sternenerfüllte Meer.

Link hob den Arm und schleuderte das Geschöpf weit hinaus in die Nacht. Die Zeit schien langsamer zu vergehen, während er zusah, wie es seinen anmutigen Bogen vor dem Himmel beschrieb. Übertönt vom Geräusch der Brandung durchdrang es lautlos die Wasseroberfläche und war verschwunden.

Als Link das sah, fühlte er in seinem Bewußtsein ein atavistisches Aufwallen. Es war dem kybernetischen Geschmack der Sterne selbst nicht unähnlich. Irgend etwas in seinem Inneren erwachte wieder zum Leben.

»Es ist schön, nicht wahr?« fragte sie, als könne sie die Empfindungen in seiner Seele spüren.

Link wandte sich ihr zu und nickte. Dann griff er hinüber und berührte ihre Hand.

»Ihr Name«, sagte er leise. »Wie heißen Sie?«

Die Sorge für ihre Bewohner ist nur eine der Aufgaben der Stadt. Sie muß auch für sich selbst sorgen. Sie muß jetzt unbedingt anfangen, die Schritte zu unternehmen, die notwendig sind, wenn sie überleben will. Es beginnt langsam, aber gründlich und wird unwiderstehlich endgültig durchgeführt.

2

»Gehet hin in Frieden«, sagte Pfarrer Patrilli, während er das fast leere Kircheninnere überblickte. Er schloß seine ausgebreiteten Arme, legte die Handflächen aneinander, senkte den Kopf und lauschte auf die vereinzelten Geräusche scharrender Füße, nervösen Hüstelns und geflüsterter Gebete. Die kleine Gruppe von Kirchenbesuchern begab sich auf die belebten Straßen der Stadt hinaus.

Der Meßdiener blickte zu ihm auf, und Patrilli nahm mit resignierter Miene Notiz von ihm. »Also los dann. Gehen wir!«

Der Junge stand schnell auf und ging voran zur Sakristei rechts vom Altar. Während sie auszogen, blickte Patrilli über die letzten der grauen Köpfe, der gebeugten Gestalten, der runzligen Gesichter hinweg. Sie waren alle Überbleibsel aus einem früheren Zeitalter, genau wie Patrilli selbst.

Der Priester schüttelte traurig den Kopf, als er den Altar verließ und die düsteren Schatten des Gemachs betrat, das neben dem Kirchenschiff lag. Der Ministrant hatte schon seinen schwarzen Chorrock abgelegt und hängte ihn gerade in den alten Zedernschrank.

»Bis nächste Woche dann, Herr Pfarrer«, sagte der Junge, nachdem er die Kerzen ausgeblasen und das kleine Glastablett mit den Kännchen für Wasser und Wein weggeräumt hatte.

»Ja, bis nächsten Sonntag. Also, auf Wiedersehen.« Patrilli hob die Hand, um dem Jungen zuzuwinken, aber der war schon hinter der alten Eichentür verschwunden, die auf den Gehsteig hinausführte.

Langsam legte der alte Priester seine Meßgewänder ab — alles war aus kostbarer Seide und Atlas, sorgfältig mit der Hand goldbestickt — und hängte sie auf hölzerne Kleiderbügel. Dieses Ritual wiederholte er jetzt seit beinahe vierzig Jahren, aber aus irgendeinem Grund erinnerte er sich an diesem Morgen mit großer Lebhaftigkeit an das erste Mal, als er die Gewänder angelegt hatte, um seine erste Heilige Messe zu feiern. Es war am Tag seiner Primiz, und er war so rasend glücklich gewesen, so stolz! Seine Eltern hatten in der ersten Reihe der kleinen Bruchsteinkirche ihrer Heimatstadt gesessen, und er erinnerte sich, wie seine Hände gezittert hatten, als er zum erstenmal das Altarssakrament aus dem goldenen Kelch genommen, es vor der Gemeinde in die Höhe gehalten und verkündet hatte, dies sei der Leib des Herrn, während das freudige Klingen der Kommunionglocken seine Ohren erfüllte. Er konnte immer noch das Bild seines Vaters sehen, wie er mit geschlossenen Augen an der Kommunionbank kniete, die weiße, teigige Zunge herausgestreckt, und die erste Hostie aus seinem Kelch erwartete.

Patrilli schüttelte den Kopf und wischte sich eine Träne aus dem Augenwinkel. Das Bild verblaßte und verschwand. Es war jedoch sonderbar, wie die Vergangenheit für ihn deutlicher wurde als die Gegenwart, wie er Augenblicke hatte, in denen es ihm sehr schwerfiel, sich auf Dinge zu konzentrieren, die um ihn herum geschahen. In einem blitzartigen Moment klarer Erkenntnis sagte ein Teil seines Bewußtseins dem übrigen, daß jener Tag in der kleinen Kirche in Maryland seit langem vergangen war; es war nicht mehr möglich, dorthin zurückzukehren.

Er verschloß die Tür hinter sich, überquerte den gepflegten Rasen, ging vorbei an einem einzelnen Hartriegelstrauch und die Hintertreppe hinauf ins Pfarrhaus, wo Mrs. Krauch, seine Haushälterin, das Frühstück bereitet hatte.

»Guten Morgen, Herr Pfarrer«, sagte sie, während sie in den Pfannen auf dem alten Elektroherd herumstocherte und -rührte. »War die Kirche heute morgen gut besucht?«

»Wie? Ach . . . nein, eigentlich nicht. Vielleicht weniger als sonst, aber ich weiß es nicht.«

»Nun, lassen Sie sich deswegen nicht unterkriegen. Ich habe heute morgen richtigen Speck für uns. Ist das nicht ein Festmahl?«

Patrilli nickte und zwang sich zum Lächeln, während er einen Stuhl heranzog. Der Duft des brutzelnden Specks war wirklich angenehm, und einen Augenblick lang war er wieder zwölf Jahre alt, saß an dem kleinen Tisch in Mutters Küche, und sie machte ihm das Frühstück, ehe sie ihn zur Schule schickte. Er hob ein Glas Grapefruitsaft an die Lippen, die erfrischende Kälte riß ihn wieder in die Gegenwart zurück. Er war enttäuscht darüber.

»Jemand hat nach Ihnen gefragt, Herr Pfarrer, während Sie in der Messe waren. Ich hätte es beinahe vergessen.« Mrs. Krauch fegte mit einem dampfenden Teller voll Rührei und einigen Streifen glitzernden Specks an den Tisch. »Der Toast wird gleich so weit sein.«

Patrilli blickte zu der spindeldürren, runzligen Frau auf. »Nach mir gefragt?«

»Ja, Herr Pfarrer. Jemand von der Stadtverwaltung. Von irgendeiner Behörde, ich habe den Namen nicht verstanden, er hat so schnell gesprochen.«

»Was wollte er?« Patrilli spießte mit seiner Gabel ein Stück Speck auf.

»Das hat er nicht gesagt. Er sagte, er würde nach zwei noch einmal vorbeikommen.«

»Heute? Weiß er denn nicht, daß heute Sonntag ist?«

»Kommen Sie, Herr Pfarrer. Sie wissen doch, das bedeutet den Leuten heute nicht mehr viel.« Sie legte zwei Scheiben heißen Buttertoast neben seinen Teller.

Patrilli starrte ins Leere und wünschte sich zurück in jene warme, helle, altmodische Küche vor fünfzig Jahren. Er hielt inne, blickte die grauhaarige, alte Frau an. »Nein, da haben Sie wohl recht, Mrs. Krauch. Da haben Sie wohl recht.«

Er beendete schweigend sein Frühstück, während seine Haushälterin in der Küche umherhuschte, rieb und polierte, schrubbte und spülte. Sie schien einen heimlichen Zugang zu einem unerschöpflichen Energievorrat zu haben. Sie war immer sorglos und heiter, immer bereit zu helfen, zu erneuern, in Ordnung zu bringen. Sie war wahrscheinlich älter als Patrilli, offensichtlich zu früh geboren, um in den Genuß der gerontologischen Behandlungen zu kommen, und anscheinend war sie deshalb keineswegs schlechter dran.

Er stellte sein Geschirr oben auf die Theke, überließ die Frau ihren häuslichen Pflichten und stieg die Treppe zu seinem Arbeitszimmer im zweiten Stock hinauf. Ohne darüber nachzudenken tippte er automatisch eine Nachrichtenanforderung in das Terminal auf seinem Schreibtisch ein. Als das Gerät summend anlief, bemerkte er, was er getan hatte, und war betrübt. Solche Sachen passierten ihm in letzter Zeit immer häufiger: er entfernte sich vom ›Jetzt‹ seiner Gedanken und sogar seiner Handlungen, und manchmal entdeckte er, was er tat, wie ein Zuschauer seines eigenen Lebens. Daß diese Dinge Symptome für Senilität oder vielleicht sogar für eine sich entwickelnde Geisteskrankheit sein konnten, war ein unangenehmer Gedanke, den er sofort aus seinem Bewußtsein verbannte. Statt dessen konzentrierte er sich auf die Blätter, die inzwischen in den Eingangskorb fielen. Wie er wirkliche Zeitungen vermißte! Er erinnerte sich an den ›Tribune‹ mit seinen farbigen Titelseiten, seiner charakteristischen, sprachlichen und graphischen Ausgestaltung, seinen zündenden Leitartikeln und Kommentaren. Jetzt, wo alles auf den nichtssagenden Ausdrucken verteilt wurde, waren die Nachrichten anders — kalt, unpersönlich.

Und die Kosten, dachte er schmerzlich, waren so viel höher als damals. Sogar das Terminal — dringend notwendig in einem solch komplexen Zeitalter — war für seine Kirche ein Luxusartikel. Der Verlust von Pfarreinnahmen hatte die Erzdiözese schon seit langem gezwungen, die Kirchen zu subventionieren, und das Budget war bis auf den letzten Heller verplant. Es war viele Jahre her, seitdem sich Patrilli zum letztenmal auch nur die Mühe gemacht hatte, während der Messe einen Sammelteller herumgehen zu lassen.

Patrilli ignorierte den Nachrichtenstreifen, der jetzt zu Ende ging, und wandte sich seinem Schreibtisch zu, wo ein unvollendeter Brief an Pfarrer Moynihan auf dem Löschblatt lag. Er wußte nicht mehr genau, was darinstand, daher hob er ihn auf und las, was er am Abend zuvor geschrieben hatte:

Lieber Michael!

Es tut mir leid, daß ich so lange gebraucht habe, um Deinen letzten Brief zu beantworten. Ich weiß, es wäre so viel einfacher, das Telefon zu benützen, aber Briefe waren für mich schon immer angenehmer — ich kann meine Gedanken so viel besser sammeln, sie ordnen und formulieren, wenn ich schreibe. Nicht etwa, daß ich beschäftigt gewesen wäre. Ganz im Gegenteil. Es gibt nur noch so wenig zu tun.

Ich teile Deine Besorgnis über den Verlust von Pfarrkindern, obwohl die Lage in Deiner Pfarrei nicht so schlimm zu sein scheint wie hier. In dieser Stadt, wahrscheinlich in allen Städten, gibt es, glaube ich, etwas, das gegen uns arbeitet. Nichts ist mehr von Dauer. Ständig gibt es Veränderungen. Niemand scheint mehr etwas zu haben, das auch nur entfernt einer Tradition gleicht. Alles ist entbehrlich: Gebäude, Ideen, Menschen. Ich habe oft das Gefühl, daß ich nicht sehr gut in diese Welt passe, und ich frage mich, warum der Herr zugelassen hat, daß ich ihr Kommen erlebe.

Aber das ist noch nicht das schlimmste.

Erinnerst Du Dich, daß ich im letzten Brief von meinem Glaubensverlust gesprochen habe? Die Lage hat sich eher noch verschlimmert. Ich habe beinahe vergessen, was es heißt, eine Nacht lang friedlich zu schlafen. Es ist, als hätte ich jetzt eine Stufe erreicht, wo die Gedanken mich betäuben, distanziert und interesselos machen. Als wäre mir alles gleichgültig. Mein Geist scheint nicht sehr oft in der Gegenwart zu weilen, und ich ertappe mich immer mehr dabei, wie ich mich in Erinnerungen verliere.

Michael, erinnerst Du Dich an unsere Zeit im Seminar? Als Du mich immer nachts mit Deinen Fragen über Theologie wachgehalten hast? Als Du mich gefragt hast, wie es meiner Meinung nach sein würde, wenn man schließlich vor dem Angesicht des Schöpfers stünde? Nun, es gibt Zeiten, da ist mir, als hätten wir erst gestern so miteinander gesprochen, und ich möchte Dir zurufen, Michael, daß wir unserem Schöpfer vielleicht schon begegnet sind und daß es nicht der Herr ist, sondern wir selbst. Ich will nicht glauben, daß diese Welt Teil irgendeines göttlichen Planes sein soll. Die Wissenschaftler sagen, daß es dort draußen Millionen von Welten wie die unsere gibt. Könnte denn dann unsere Welt überhaupt irgendeine besondere Bedeutung haben? Und was ist mit den Geschöpfen, die man wie Zeppeline in den Gasen des Jupiter schwebend gefunden hat? Was wissen sie von der Erbsünde? Vom Teufel? Von Christus?

Mein Glaube ist wie unsere Kirche, wie ein abblätternder Schieferfelsen, der ständig von den Wellen, die an ihn anbranden, ausgewaschen wird. Wenn man an Boden verliert, ist man um so schlimmer dran. Und jetzt, in den Augenblicken, da mein Verstand am klarsten zu sein scheint, am aufrichtigsten mir selbst gegenüber (und aufrichtig Dir gegenüber), glaube ich, daß vielleicht mein Bewußtsein auch wie dieser brüchige Felsen ist.

In diesen Augenblicken bin ich gezwungen, die Bruchstücke meines Le-

bens zu betrachten. Die Kirche, in der ich arbeite, ist in dieser Titanenstadt wie ein Museum, und ich bin nur ihr Kurator. Mein Leben ist ein Artefakt, ein Überbleibsel, das nur für einen solchen Ort taugt. Wenn ich all diese Jahre zurückgehen könnte, Michael, dann wäre ich zufrieden. Aber so bin ich es offensichtlich nicht.

Es gibt Zeiten, da glaube ich sogar, ich könnte

An diesem Punkt hatte der Brief aufgehört, und Patrilli legte das Blatt mit zitternder Hand wieder auf den Schreibtisch zurück. Er hatte Schwierigkeiten, sich an bestimmte Teile des Briefes zu erinnern, aber er wußte genau, was er hätte schreiben können, wenn er nicht den Mut verloren hätte.

›Was könnte ich?‹ fragte er sich selbst und kannte die Antwort doch bereits. Er schauderte, als er an die Augenblicke dachte, in denen er scheinbar in eine nebelhafte, halbvisionäre Welt abglitt, in denen er ganz ruhig aufzählte, welche Möglichkeiten er hatte, sich selbst zu töten. Er wußte, daß das die endgültige Absage an Gott, an sein Ich und an die Chance war, das Göttliche zu erfahren. Es war entsetzlich, eine unvorstellbare Sünde, und doch hatte er nicht nur daran gedacht, er hatte sich ausgiebig damit beschäftigt.

Aber so konnte es nicht enden. Das würde er nicht zulassen. So schwach würde er niemals sein.

Als Patrilli wieder auf den Schreibtisch niedersah, fühlte er, wie ihn eine Welle neuer Kraft überflutete. Er erlebte in diesem Augenblick voll Freude eine Phase klaren Denkens und gestattete sich ein Lächeln. Warmes Sonnenlicht erhellte stellenweise die tanzenden Staubwirbel an seinem Fenster, und es beruhigte ihn, daß er sich solch einfacher, schöner Dinge wieder bewußt war. Er würde den Brief an Pfarrer Moynihan in dem Bewußtsein beenden, daß er seinem Freund und sich selbst gegenüber aufrichtig sein mußte. Er wußte, daß es nicht so wichtig war, den Brief nur um seiner selbst willen zu beenden, obwohl er das wollte, es war nicht einmal wichtig, daß sein Freund seine beunruhigendsten, dunkelsten Gedanken erfuhr. Vielleicht war es der Beichteffekt dieser Mitteilung, der am bedeutsamsten war. Patrilli verstand sich nur zu gut auf die Psychologie der Sakramente.

Er nahm die Feder und schrieb.

... selbst Hand an mich legen. In Zeiten, in denen ich klarer denken kann — wie jetzt im Moment —, weiß ich, daß das nie geschehen wird, und ich frage mich, ob der Gedanke ebenso verbindlich ist wie die Tat. Ich bete darum, daß das nicht so sein möge.

Ich muß mich heute noch mit einem Vertreter Chicagos treffen. Und obwohl ich nicht weiß, worum es bei dem Treffen geht, bin ich sicher, daß es nichts Gutes ist. Es gibt nur wenig Gutes hier, Michael.

Ich warte auf Nachricht von Dir und bete darum, daß Du gesund und in Frieden verbleiben mögest.

Dein Bruder in Christo

Joseph.

Patrilli nahm das Blatt und schob es in den Schlitz des Terminals auf seinem Schreibtisch. Sofort begann der optische Abtaster seine Worte in Impulse umzuformen, die quer über den Kontinent zum Terminal des anderen Priesters geschickt werden würden.

Kaum war der Brief abgeschickt, da wurde Patrilli einen Augenblick lang von Angst erfüllt, von einem Gefühl des Verlusts und der Richtungslosigkeit, als wüßte er jetzt nichts mehr mit seiner Zeit anzufangen. Er blickte auf den Korb mit den Nachrichtenblättern und verwarf ihn. Nein, er wollte nicht wissen, was in der Welt vorging. Sie war immer voll von unangenehmen Dingen. Er dachte an seine Filme — seinen einzigen Luxus, ein Zimmer vollgestopft mit Büchsen alter Filmrollen aus dem zwanzigsten Jahrhundert. Er hatte sich sehr für alles interessiert, was mit Kino zusammenhing, als er noch jung war, vor so vielen Jahren, und er hatte damals davon geträumt, ›Filmemacher‹ zu werden, ein Ausdruck, der zu dieser Zeit sehr in Mode gewesen war. Er hatte sich bemüht, sein Können zu entwickeln, aber den Durchbruch nie geschafft, die Anerkennung nie bekommen, die notwendig ist, um wirklich etwas zu leisten. Er versuchte sich zu trösten, indem er alte Filme sammelte, ein Zeitvertreib, den er auch beibehalten hatte, nachdem er ins Seminar eingetreten war, und den er während seines ganzen Lebens nicht aufgab. Ja, er würde die alte Bell & Howell hervorholen, etwas Leichtes aussuchen — vielleicht einen Woody Allen — und sich in den flakkernden Bildern verlieren.

Als er auf die Uhr sah, wußte er, daß es nicht ging. Es war zu spät, um mit einem Film anzufangen. Der Mann von der Stadt würde bald kommen. Seltsam, daß er nicht bemerkt hatte, wie die Zeit verging, während er in seinen Brief, in seine abschweifenden Gedanken vertieft war. Und so saß er da, schweigend und völlig teilnahmslos, und erinnerte sich an große, denkwürdige Szenen aus seiner Sammlung. Besonders eine gab es da, die ihn verfolgte, gerade jetzt. Sie war aus einem deutschen Film namens ›Metropolis‹. Patrilli schauderte, als vor seinem geistigen Auge Langs große Maschine erstand, eine Art Generator, auf dem ein Trupp Menschen mit präzisen, maschinenähnlichen Bewegungen schuftete. Patrilli erinnerte sich, wie das gewaltige, mit Masten versehene Ding langsam das Aussehen eines Tiers aus dem Höllenschlund, aus den Abgründen des Entsetzens und der Verzweiflung, annahm. Das kahle Bild, die surrealistische Metapher waren so treffend, dachte er, so voll Einsicht. Er schüttelte den Kopf, weil er wußte, daß Chicago bei weitem über die Majestät wie über die Dekadenz dieser deutschen Traumstadt hinausgewachsen war.

Es klopfte an der Tür, und eine vertraute Stimme sagte: »Verzeihung, Herr Pfarrer, aber jemand möchte Sie sprechen.«

»Gut«, rief er. »Danke, Mrs. Krauch. Sagen Sie ihm, ich komme gleich.«

Er hörte, wie ihre Schritte leise die Treppe hinuntertappten, und erhob sich, um ihr zu folgen. Vor einem Spiegel mit reichverziertem Rahmen blieb er stehen und betrachtete das Gesicht im Oval, fuhr sich mit den Fingern durch sein dünnes, graues Haar. Seine blauen Augen spiegelten Traurigkeit.

Unten hatte Mrs. Krauch den Besucher in das vordere Büro geführt — einen wenig benützten Raum, der früher der Schauplatz Tausender von Beratungsstunden für Kirchenmitglieder gewesen war. Aber jetzt kam nie mehr jemand, um Patrilli um seinen Rat zu bitten. Patrilli trat ein und begrüßte einen Mann von vielleicht vierzig Jahren, obwohl es jetzt unmöglich war, das wirkliche Alter einer Person zu bestimmen. Der Mann stand auf;

er war ziemlich groß, hatte lockiges Haar, grünliche Augen, eine große Nase und einen Mund, der von Natur aus irgendeinen Schmerz widerzuspiegeln schien.

»Guten Tag, Herr Pfarrer. Mein Name ist Kuczek. Ich komme von der Abteilung für Volkszählung und Demographie.«

Patrilli nahm die dargebotene Hand und drückte sie leicht, während er sprach. »Guten Tag, Mr. Kuczek. Was kann ich für Sie tun?«

»Nicht viel, außer anzuhören, was ich zu sagen habe. Könnten wir uns vielleicht setzen?«

Patrilli nickte, ließ sich hinter einem leeren Schreibtisch nieder und wies Kuczek einen Stuhl davor zu. »Nun, was wollen Sie mir erzählen?«

»Chicago ist eine große Stadt, Herr Pfarrer. Fünfundzwanzig Millionen nach der letzten Volkszählung im Januar. Nach unseren Unterlagen bekannten sich zu diesem Zeitpunkt weniger als zweihundertfünfzigtausend Bürger zu irgendwelchen religiösen Bindungen. Das ist ein schrecklich kleiner Prozentsatz im Vergleich zur Gesamtbevölkerung. Von dieser Zahl sind vielleicht siebzigtausend Katholiken . . .«

Das Gesicht des Mannes strahlte einen Nihilismus aus, der nicht zu übersehen war, obwohl seine Stimme ausdruckslos blieb, präzise, ohne Gefühle. Patrilli wußte, was diese Zahlen bedeuteten; er hatte es am eigenen Leibe erfahren.

»Es überrascht mich, daß es so viele gibt«, sagte der Priester.

Kuczek schien den zynischen Unterton in Patrillis Worten nicht zu bemerken und fuhr fort. »Nun ja, jedenfalls hat meine Abteilung eine Studie durchgeführt, aufgrund derer festgestellt wurde, daß die Stadt viel zuviel Bausubstanz religiösen Zentren wie Ihrer Kirche zugeteilt hat.« Der Mann hielt einen Augenblick lang inne und kramte in einer Schultertasche, die er auf seinem Schoß hielt. Dann holte er einen dicken Packen Computerunterlagen heraus. Während er die Seiten schnell durchblätterte, erhaschte Patrilli einen flüchtigen Blick auf viele Tabellen und Graphiken in dicker, schwarzer Tusche. »Und daher wurde eine praktische Lösung des Problems entworfen und von den Leitern der Abteilung gebilligt. Sie finden alle Einzelheiten in dieser Kopie, die ich Ihnen hierlassen kann, wenn Sie versprechen, sie der Abteilung zurückzugeben.«

Patrilli beäugte das Manuskript verächtlich. »Ich fürchte, meine Augen sind nicht mehr die besten. Könnten Sie mir nicht eine Zusammenfassung davon geben?«

»Oh, das habe ich sowieso vor, Herr Pfarrer. Ich fürchte, Sie müssen diese Kirche aufgeben. Die Demographie hat herausgefunden, daß die Dichte der katholischen Bevölkerung in diesem Sektor zu gering ist für die Zahl der bestehenden Kirchen. Wir reduzieren diese Zahl auf eine vertretbare Größe. Ihre Kirche ist eine von denen, die nicht länger als notwendig erachtet werden.«

›Nicht länger erachtet‹, dachte Patrilli. ›Diese Bastarde. Diese eiskalten, gefühllosen Bastarde.‹ Tief in ihm regte sich etwas, und er spürte, wie eine Veränderung vor sich ging. Zorn? Resignation? Hysterie? Er wußte es nicht, plötzlich war es ihm auch nicht mehr wichtig. »Was hat die Erzdiözese dazu zu sagen?« hörte er sich fragen, so als hätte ein anderer Teil von ihm entschieden, eine höfliche Unterhaltung weiterzuführen, eine Fassade aufrechtzuerhalten.

»Wollen mal sehen ... O ja, Kardinal Richter, das war der Name. Er wurde von unseren Feststellungen unterrichtet, und obwohl er nur ungern die kirchliche Besitzurkunde herausgab, wurde er vom Sinn des ganzen Projekts überzeugt.« Kuczek lächelte bläßlich.

Patrilli spürte, wie ihm die Kehle eng wurde und sein Mund sich wie mit Watte füllte. »Was wird dann aus mir? Wohin werde ich gehen?«

»Über solche Dinge haben nicht wir zu befinden, Herr Pfarrer. Ich nehme an, daß sich darum einer Ihrer Bischöfe kümmern wird, glauben Sie nicht?«

»Ja, einer unserer Bischöfe, ja.«

»Also gut, unsere Computer werden die neuen Richtlinien für die künftige Verwendung dieser Bausubstanz ausarbeiten, und in ein oder zwei Tagen werden neue Anweisungen ergehen. Sie werden für unsere Unterlagen einige Formulare ausfüllen müssen und Maßnahmen für die Überführung Ihrer Besitztümer zu treffen haben. Wir werden uns darüber über Terminal verständigen. Aber die Abteilung hielt es für das beste, wegen dieser Angelegenheit zuerst mit Ihnen persönlich Kontakt aufzunehmen.«

»Das ist wirklich sehr entgegenkommend von Ihnen«, sagte Patrilli.

»Hm — vielen Dank, Herr Pfarrer.«

Patrilli rieb sich die Schläfen, schloß die Augen, um das Bild des verhaßten Kuczek auszusperren. Die Realität der Worte des Mannes durchbrach jetzt die Schranken. ›So wird es also enden? Auf diese Art?‹

Der Gedanke hallte in seinem Kopf wider.

»Ich glaube, das wäre im Augenblick alles, Herr Pfarrer. Ich hoffe sehr, daß diese Entscheidung Ihnen nicht allzu viele Unannehmlichkeiten bereiten wird. Aber wir leben ja in einem großen Land. Für Leute wie Sie gibt es immer noch eine Menge Arbeit. Wenn ich Sie wäre, würde ich mir keine Sorgen machen. Und Sie verstehen sicher unseren Standpunkt. Die Stadt Chicago kann nicht stehenbleiben. Die Zeiten ändern sich, und wir müssen uns mit ihnen verändern.« Kuczek stand auf und nahm seine Schultertasche, dann streckte er dem Priester die rechte Hand entgegen. »Viel Glück und auf Wiedersehen.«

Patrilli erhob sich und schüttelte dem Mann kraftlos die Hand, sagte aber nichts. Er fragte sich, ob seine qualvollen, zwiespältigen Gefühle sich wohl auch in seinem Gesicht spiegelten, aber es war ohnehin zweifelhaft, ob Kuczek das bemerken würde, ob er fähig wäre, die Gefühle zu interpretieren. Patrilli begleitete den Mann hinaus, schloß langsam die Tür hinter ihm. Es war, als würde er gleichzeitig hinter seinem eigenen Leben eine Türe schließen. So elend es auch geworden war, es war doch alles, was ihm noch blieb.

Und jetzt würde man ihm sogar das noch wegnehmen.

Die Zeit wurde ein gesichtsloser, formloser Nebel, durch den er trieb, ohne ihn gewahr zu werden. Er sprach wenig mit Mrs. Krauch, teilte ihr nur unbestimmt mit, daß die Kirche bald renoviert werden sollte und daß man sie dann eine Zeitlang nicht benötigen würde. Er brachte die meisten Stunden damit zu, ziellos von einem Zimmer ins andere zu gehen und an nichts oder so gut wie nichts zu denken. Dann gab es Augenblicke, in denen er sich Einhalt gebot, wenn er sich mitten in einem unsinnigen Gedanken ertappte, in denen er sich seiner Umgebung, seiner Handlungen scharf bewußt wurde und zu überlegen begann, was er eigentlich in diesem besonderen Raum, zu dieser besonderen Stunde wollte. Er schlief wenig, wenn überhaupt, obwohl er das Ritual des Auskleidens und sich Niederlegens in der Dunkelheit seines Schlafzimmers beibehielt.

Einige Tage mußten vergangen sein, ehe das Terminal auf seinem Schreibtisch klickend ansprang und einen gelben, mit Eilvermerk versehenen Streifen in den Korb warf. Patrilli stand am Fenster, blickte hinaus über den kleinen Rasen der Pfarrei auf die aluminiumweißen Türme der Stadt in der Ferne, als die Nachricht ankam. Er nahm sie und las die oberste Seite, die eine Art Zusammenfassung des Inhalts der folgenden Seiten war:

JØSEPH PATRILLI
CCSSN 513—87—2338—90—G
STADTSEKTOR 19—Bv7
TERMINAL 3896556008
BELEGUNG VON BAUSUBSTANZ
19—Bv7/520037
(BEZEICHNUNG: UNSERE LIEBE FRAU VON FATIMA)
KIRCHE (KATHØLISCH)
BEENDIGUNG: 12:00/08/12/81

Er blätterte geistesabwesend die übrigen Seiten durch und sah viele Formulare, die mit Warnungen und Anweisungen vollgepfropft waren, und mit Lücken, die ausgefüllt, unterschrieben und datiert werden mußten. Es war ein unbedeutendes Denkmal für das bürokratische Regime, das über die Menschheit hereingebrochen war. Ein Stück billiges Papier, und doch besaß auch dies etwas von der endgültigen Macht und Autorität. Patrilli warf die Blätter auf den Schreibtisch, nahm eine Feder und begann zu schreiben — aber nicht an die Stadt.

Lieber Michael!

Ich muß Dir schon wieder schreiben, obwohl Du auf meinen letzten Brief noch nicht geantwortet hast. Sie nehmen mir in ein paar Tagen meine Kirche weg, Michael. Sie nehmen sie mir weg. Richter weiß davon, und es ist ihm anscheinend egal. Ich habe das Gefühl für die Zeit verloren, es geht mir nicht gut, ich weiß von einer Minute zur nächsten nicht, was ich tun werde. Mindestens seit mehreren Tagen habe ich es versäumt, die Frühmesse zu lesen.

Ich tue kaum etwas anderes, als in diesem Zimmer zu sitzen und mein Leben zu betrachten — seine Vergangenheit und seine Zukunft. Meine Gegenwart ist so leer, daß ich versuche, nicht an sie zu denken.

Es war für mich äußerst schwierig, Mrs. Krauch zu entlassen, und ich glaube, ich habe sie angelogen, obwohl ich nicht sicher bin. Ich sagte ihr, die Kirche würde umgebaut und sie könne so etwas wie Urlaub nehmen.

Die Stadt hat mir Formulare geschickt, die ich ausfüllen und zurücksenden soll. Ich habe sie nicht beachtet, sie vernichtet, verloren . . . Ich weiß nicht mehr, was . . . Bischof Weinstein schickte mir eine Anweisung, daß ich nach St. Louis gehen und dort in einem Krankenhaus arbeiten soll. Vermutlich gute Arbeit, aber ich will nicht dorthin. Ich habe das Gefühl, auf irgendeine Art kundtun zu müssen, was diese Ungeheuer hier mir angetan haben. Ich hoffe nur, daß ich in der Lage sein werde, sie so zu verletzen, wie sie mich verletzt haben.

Lebe wohl, mein Freund. Ich weiß nicht, wann wir wieder voneinander hören werden oder wann, wenn überhaupt jemals, und ob ich Dich je wiedersehen werde. Aber ich muß Dir zum Schluß eines beichten: ich möchte mich gerne im Recht fühlen, so, als würde ich etwas für Christus tun, aber tief in meinem Innern weiß ich, daß ich es für mich selbst tue.

In pacem

Joseph

Die Stunden vergingen wie die formlosen Wasser eines brüllenden Baches, und er schenkte ihnen nur wenig Aufmerksamkeit. Da in dem großen Pfarrhaus niemand war, der ihm die Mahlzeiten bereitet hätte, aß er nur wenig, suchte sich gelegentlich in der Küche ein Stück Käse, manchmal auch ein wenig Brot. Einmal wurde er von dem Terminal auf seinem Schreibtisch aus seinen immer mehr überhand nehmenden Träumereien gerissen, das Gerät spuckte eine Warnung von irgendeiner Regierungsstelle aus, er würde dieses oder jenes Gesetz verletzen und müsse unverzüglich auf die Serie von Formularen antworten, die man brauche, um seine Versetzung ›offiziell‹ zu machen.

Ruhig setzte er sich an das Terminal, tippte eine kurze Nachricht ein:

und lachte hysterisch, als die Maschine pflichtschuldigst diese Antwort an die Zentralcomputer der Stadt weitergab, wo sie, wie er sich vorstellte, bald von einem schockierten Beamten gelesen werden würde.

Später an diesem Nachmittag saß er neben der Bell & Howell, die hinter seinem rechten Ohr knarrte und surrte, und sah sich eine verkratzte Kopie eines alten Films mit dem Titel ›Dr. Seltsam‹ an. Der Film war zum Brüllen komisch und schien die Nachricht zu untermauern, die er an die Stadt geschickt hatte.

Während er dasaß und zusah, wie der Pfeilflügelbomber alptraumhaft tief über die asiatischen Steppen glitt, warf das Terminal auf seinem Schreibtisch klappernd eine weitere Nachricht aus und ließ eine einzelne Seite in den Korb fallen. Als er sie später aufnahm und las, war er sich der Worte nur undeutlich bewußt, sie schienen ihm mitzuteilen, daß er gerichtliche Schritte zu erwarten hätte und einen Besuch von der Polizei. Es hatte Zeiten gegeben, da hätte eine solche Nachricht ihn völlig in Aufruhr versetzt, er hätte auf den Gedanken, man könne ihn verhaften, mit kalter Angst reagiert. Jetzt legte er den Streifen einfach auf seinen Schreibtisch und wandte sich wieder der Aufgabe zu, seine kostbaren Spulen aufzuwickeln und sie vorsichtig in die zerkratzten, verbeulten Dosen zu legen.

Später an diesem Abend saß Patrilli in der verdunkelten Küche und knabberte an einem Stück trockenem Brot. Am Fenster war ein schwacher Schein zu sehen, die letzten Zeichen des Sonnenuntergangs, und Schatten schlichen langsam wie Raubtiere durch den Raum. Patrilli saß am Tisch, er schmeckte nichts von dem, was er aß, und konnte in dem gespenstischen Licht nur undeutlich sehen.

Es klopfte an der Tür. Gebieterisch. Selbstbewußt und laut.

Patrilli stand auf, ging geistesabwesend zur Tür, öffnete sie und sah den, den er erwartet hatte. Er dachte, wie passend es doch sei, daß sie bei Nacht kamen. Pogrome waren bei Dunkelheit immer dramatischer. Ein einzelner Polizeibeamter stand auf der Säulenveranda. Er trug eine enganliegende Uniform im traditionellen Blau mit weißen Besätzen, einen Helm, der aussah wie

ein perlmuttschimmerndes Ei mit einem bernsteinfarbenen Blendschutz über den Augen. An seinem Gürtel hing eine bedrohlich aussehende Waffe. Patrilli konnte das Gesicht des Mannes nicht sehen.

»Sind Sie Joseph Patrilli?«

»Der bin ich.«

»Ich habe einen Vollstreckungsbefehl von V. u. D. Er besagt, Sie haben nicht auf die Anweisungen bezüglich einer Umsiedlung reagiert.«

»Das ist richtig.«

»Sehen Sie, äh . . . Herr Pfarrer, Sie müssen noch heute abend dieses Gebäude verlassen. Und ich bin hier, um dafür zu sorgen, daß Sie das auch tun.«

»Ja, ich weiß, Wachtmeister. Möchten Sie einen Augenblick hereinkommen?« Patrilli trat zurück, führte den Mann durch die Diele und schloß die Tür hinter ihm. Sein Kopf fühlte sich seltsam leicht an; er war sich sehr stark bewußt, wie das Blut hinter seinen Ohren hämmerte. »Ich fürchte, ich bin auf einen Umzug noch nicht vorbereitet, wie Sie sehen können.«

»Sie werden aber umziehen müssen. Das ist nicht gut, daß Sie einfach nicht vorbereitet sind.«

»Es tut mir leid, Wachtmeister. Es wird eine ziemliche Umstellung für mich werden. Ich lebe hier schon seit vielen Jahren, wissen Sie.«

»Das sagen sie alle«, sagte der Polizist, während er seinen Blendschutz hochklappte und langsam den Helm abnahm.

Patrilli studierte das Gesicht des Mannes. Er war jung, sehr jung. Eine wilde, blonde Mähne, fast weiße Augenbrauen, strahlende Augen wie polierte, blaue Steine, gebräunte, schimmernde Haut und ein Ausdruck, der eine gewisse Unerfahrenheit erkennen ließ.

»Ich werde Sie verhaften müssen«, fuhr der Polizist fort. »Man wird Ihr Eigentum zusammenpacken und einlagern und . . .« Der Polizist hielt inne, blickte an Patrillis Gesicht vorbei nach oben zur gegenüberliegenden Wand. »Was ist das?« Er hob seine behandschuhte Hand und deutete auf die Stelle.

Patrilli wandte sich um und sah, was die Aufmerksamkeit des Mannes erregt hatte. Es war ein großes Kruzifix aus schwerem Eichenholz, der Korpus war aus brünierter Bronze.

»Das ist eine Statue«, sagte der Priester. »Sie stellt den Tod Christi dar.«

Der Polizeibeamte schüttelte den Kopf, auf seinem Gesicht spiegelte sich eine Art Ekel.

»Was ist los?« fragte Patrilli, der fühlte, wie er wieder in einen seiner inzwischen vertrauten Zustände der Richtungslosigkeit und Nebelhaftigkeit versank.

»Das ist so ziemlich das Scheußlichste, was ich je gesehen habe«, sagte der Polizeibeamte. »Es ist grotesk.«

Patrilli betrachtete das Kruzifix, als sähe er es durch einen grauen Dunst. Die gemarterte Gestalt Jesu war ihm immer als ›richtig‹ erschienen; sie war eine seiner frühesten Erinnerungen, eines der Dinge im Leben, die man akzeptiert, ohne zu fragen. Er hatte das Kreuz nie als besonders scheußlich empfunden, als etwas, das den Eindruck der Barbarei, Gefühllosigkeit oder Derbheit vermittelt hätte. Es war, als habe der Polizeibeamte einen Schleier vor Patrillis Gesicht zerrissen und ihm gestattet, zum erstenmal in seinem Leben klarzusehen. Plötzlich fühlte er sich sehr klein und albern, als hätte man ihn vor dem Beamten nackt ausgezogen. Ein Teil von ihm wollte sich gegen die Blasphemie wehren, wollte erklären, daß das Bild des Heilandes am Kreuz den wichtigsten Augenblick in der Geschichte der Menschheit darstellte; ein anderer Teil seiner selbst wollte jedoch nichts davon hören. Dieses andere Ich, das andere Bewußtsein, sah, wie unsinnig das gewesen wäre, weil es fühlte, daß der Polizeibeamte vielleicht recht hatte. ›Was ist mit mir los?‹ Patrilli spürte, wie er die Kontrolle über sich verlor, wie ein Schiff, das von einem launenhaften Sturm umhergeworfen wird. Er kämpfte gegen die beiden Fluten sich widersprechender Gedanken an, indem er die Fäuste ballte und den Polizeibeamten, der die wachsende Spannung des Priesters nicht wahrzunehmen schien, hilflos anstarrte.

»Sie werden jetzt mit mir kommen müssen«, sagte der Beamte gerade.

»Nein! Ich will nicht!« schrie er plötzlich, überrascht von seinen eigenen Worten, als wären es nicht seine eigenen. »Sie sprechen von Häßlichkeit ... Sie Bastard. Sie sind nicht besser als die Schweine, die die Juden in die Öfen gesteckt haben!«

»Was? Wovon reden Sie?«

Patrilli kam hinter dem Schreibtisch hervor und fuchtelte dem

Beamten mit der Faust vor dem Gesicht herum. Die Lippen des Priesters waren zu einem gequälten Grinsen verzerrt, die Zähne aufeinandergepreßt, die Kiefermuskeln bebten wie straff gespannte Seile.

»Solche wie Sie hat es schon früher gegeben«, sagte er, als sei jedes Wort eine Beleidigung. »Sie haben versucht, eine ganze Rasse auszurotten. Hochbegabte Menschen! Ärzte, Wissenschaftler, Künstler, alle wurden sie vergast und wie Kohle in Öfen verbrannt.« Er hielt inne und blickte den Beamten an, seine Augen waren glasig, sie sahen und sahen doch nichts. »Man hat aus ihrer Haut Brieftaschen und Lampenschirme gemacht, aus ihren Knochen wurde Seife gekocht.«

»Das ist lächerlich«, sagte der Beamte und griff nach einem kleinen Gegenstand an seinem Gürtel. Es war ein Funkgerät. Der Beamte wandte sich halb von Patrilli ab, drückte eine Taste und sprach in das Gerät: »Western, hier Einheit 377. Ich bin in Sektor 19-Bv 7. Ich glaube, ihr benachrichtigt besser die Klinik. Ich werde das bewußte Subjekt dorthin bringen müssen.«

Als das Funkgerät eine scheinbar unverständliche Antwort quäkte, wandte sich Patrilli schnell um und erspähte das große Kruzifix, das hinter dem Beamten an der Wand hing. Es war, als sehe er sich selbst zu, als er nach dem schweren Gegenstand griff, ihn mit beiden Händen umfaßte, als seine Knöchel sich weiß um die Beine Christi krampften. Zorn durchflutete ihn wie ein dicker Strom von Galle, würgte ihn, schnitt jedes Gefühl der Beherrschung ab. Der Haß, den er plötzlich empfand, lud ihn wie Elektrizität auf, als er das Kruzifix über seinen Kopf hob und es wie eine Axt schwang.

». . . ja, in Ordnung«, sagte der Beamte gerade ins Funkgerät. »Ich glaube, er ist ein wenig ausgeflippt. Ich melde mich wieder, wenn . . .« Der Satz erstarb ihm auf den Lippen, abgeschnitten durch den linken Arm und den Querbalken des Kreuzes, das Patrilli wie ein Rasender auf den Hinterkopf des Beamten niedersausen ließ. Der Priester sah zu, wie der Uniformierte auf dem Boden zusammensackte, auf dem Rücken liegenblieb, wie sich unter seinem Kopf schnell ein dunkler Flecken über den Teppich ausbreitete. Blicklose Augen starrten zu Patrilli auf, und der spürte in diesem Moment, wie der Haß, die Angst, der Zorn aus ihm entwichen wie ein ausgetriebener Teufel. Sein Atem ging schnell und keuchend, er fühlte, wie es ihn würgte, wie ihm die Kehle eng, der Mund trocken wurden.

Das Funkgerät lag neben dem reglosen Körper auf dem Boden. Plötzlich begann es in einer Mischung aus Statik und Polizeijargon zu quäken und zu blöken. Patrilli beugte sich nieder, hob es auf, betrachtete es einen Augenblick lang und schaltete es ab.

Er fühlte sich völlig wirr im Kopf, seine Glieder zitterten noch von dem Adrenalinstoß, sein Herz flatterte bedenklich. Er setzte sich hinter den Schreibtisch, vergrub sein Gesicht in den Händen und wartete darauf, ›sie‹ an der Türe klopfen zu hören.

Er wurde zur Untersuchung in eine Klinik gebracht und später in ein Rehabilitationszentrum überführt. Dort, das wußte er während seiner klareren Momente, würde man mit einer Serie von Sitzungen zur Neuorientierung beginnen. Er litt immer noch unter den Nachwirkungen der Schläge, die er bei seiner Verhaftung hatte einstecken müssen, flüchtige Erinnerungsfetzen an etwas Schweres waren auch vorhanden, das durch seine Eingeweide schnitt, an etwas noch Schwereres, das auf sein Kinn niedersauste, wobei ihm der Atem wie die Luft aus einem zusammengedrückten Blasebalg entwich. Er konnte sich noch an die Dunkelheit erinnern, die ihn dann umfangen hatte, und an seinen Gedanken, daß er nie geglaubt hatte, das Sterben würde so leicht sein.

Aber man ließ ihn nicht sterben.

So lag er also in seiner Zelle in einem Bett und schrieb einen letzten Brief an Moynihan. In ihm war etwas, das nicht vergessen wollte, das nicht wollte, daß all das so völlig aus den Unterlagen getilgt wurde. Vielleicht konnte er eine mitfühlende Schwester finden, die die Nachricht übermitteln würde.

Der Brief war sehr weitschweifig, er spiegelte den Zustand von Patrillis gemarterter Seele wider, sein ungeordnetes Bewußtsein, aber es gelang ihm, die Tat zu rekonstruieren, die ihn vernichtet hatte. Er schloß mit den folgenden Bemerkungen, die einen seltenen Augenblick des Begreifens erkennen ließen und als Prüfstein für sein Leben gelten konnten:

... und ich weiß, daß diese Stadt mich nicht streng genug bestrafen kann. Ihr fehlt der Wille, das Verständnis, um die Strafe dem Verbrechen anzu-

passen. Das Verbrechen wurde alt. Sie bestraften mich nicht nur damit, daß sie mir meine Kirche wegnahmen, sie nahmen mir auch meine Schuld.

Ich bin nur ein brennendes Stück Glut in einem reinigenden Feuer. Aber ich fürchte für euch andere, Michael. Wenn man euch eure Schuld nehmen kann, das persönliche Mittel, um euch selbst zu bestrafen, was wird dann von eurer Menschlichkeit noch übrigbleiben?

Die Antwort liegt in unserer Zukunft wie ein dunkles, ungeschlachtes Tier, und ich bin zumindest dankbar dafür, daß ich nicht lange genug leben werde, um sein Gespenstergesicht zu begrüßen.

Pax vobiscum
Joseph

Die Zeit vergeht, und die alten Probleme bekommen neue Lösungen.

Die Perspektiven verändern sich im Laufe der Zeit. Prioritäten werden neu gesetzt. Werte werden neu bestimmt. Die Menschen der Stadt, die gemeinsam mit ihren großen Maschinen arbeiten, legen langsam ihre Beziehung zur Stadt und, traurigerweise, auch zu sich selbst neu fest.

3

Signale ertönten überall in der großen Stadt Chicago, als eine weitere Arbeitsschicht sich anschickte, ihren Dienst am Stadtkomplex anzutreten.

Benjamin Cipriano setzte sich an sein Schaltpult und warf einen schnellen Blick nach draußen, zu dem Zuchttank unter sich. Er richtete seine Aufmerksamkeit auf die Schalter und eröffnete einen Verbindungskanal zum Tank. Er stülpte sich den Psi-Helm über und zog das Halsmikrophon nahe an seinen Kehlkopf. »Guten Morgen, Feraxya. Fühlst du dich wohl heute?«

Seine Kopfhaut kribbelte, als unsichtbare Finger in seinen Schädel schlüpften und sein Gehirn massierten. Der Helm übermittelte ihm ihre Psi-Worte: »Auch dir einen guten Morgen, Benjamin.« Die ›Stimme‹ klang für ihn ganz schwach weiblich, und seine Fantasie verstärkte diese Vorstellung noch. »Mir geht es gut. Alles ist normal. Du weißt, ich bin immer froh, wenn du am Schaltpult sitzt.«

»Danke«, sagte Cipriano und schwieg dann einen Augenblick lang. »Also, ich muß heute morgen einige Tests durchführen, fangen wir also lieber gleich damit an.« Er legte einige Kippschalter um, während er weiter mit ihr sprach. »Alles nur Routine .... Blutzucker, Enzymuntersuchung, Gleichgewichtsquotienten in der Plazenta ... lauter solche Sachen. Kein Grund, sich Sorgen zu machen.«

Ein kurzes Schweigen folgte, ehe sie sein Bewußtsein wieder berührte. »Ich mache mir niemals Sorgen, wenn du dran bist. Vielleicht haben wir später noch Zeit zum Plaudern?«

»Wenn du möchtest. In ein paar Minuten habe ich etwas Zeit. Tschüß jetzt!« Er schaltete den Verbindungskanal ab und starrte den Alptraum aus Protoplasma auf der andern Seite des Fensters seiner Schaltkabine an. Vor ihm lagen alle Zuchttanks für seinen Stadtsektor. Sie waren Chicagos Symbol für die Befreiung aller Bürger der Stadt von Elend und Entbehrungen. Ausgenommen vielleicht die Wirtsmütter selbst. Cipriano waren sie allgemein unbegreiflich, aber besonders Feraxya. Er fragte sich, wie ihr Leben wohl aussehen mochte.

Technisch gesehen war Feraxya ein Mensch. Wenn man sie jedoch ansah, war sie ein gestaltloses, glitschiges, amöbenähnliches Wesen. Sie bestand aus einigen Tonnen genetisch kultivierten Fleisches, einem menschlichen Körper, der aufgebläht, gestreckt und gedehnt worden war, bis er ein Vielfaches seiner normalen Größe erreicht hatte. Unter ihrem üppigen Fleisch versteckt war ein rudimentäres Skelett, das losgelöst und unbeweglich in einem Meer aus Gallertmasse schwebte. Ihre biotechnisch behandelten Organe waren zu immensen Proportionen aufgeschwollen, Hunderte Liter Blut strömten durch ihr weitläufiges Kreislaufsystem.

Und doch war er sich bewußt, als er die Sonden aktivierte, die in ihr weiches Fleisch eintauchten, daß sie für ihn immer noch eine Frau war. Eine ganz besondere Art von Frau. Vom ersten, bewußten Augenblick an hatte sie ihr Leben eingeschlossen in den Stahlglaswänden des Zuchttanks verbracht. Das war ein gewaltiger Würfel von zehn Metern Seitenlänge, die Rückwand war bedeckt mit Verbindungskabeln und Röhren, die ihre lebenserhaltenden Systeme trugen, mit Überwachungsgeräten und biomedizinischen Elementen, die notwendig waren, um sie weiter am Leben zu erhalten.

Für Cipriano *war* sie der Stahlglaswürfel. Feraxya hatte kein Gesicht, keine Arme, keine Beine; all das war unter den Falten aufgeschwollenen Fleisches vergraben, in dem die Lebenssäfte plätscherten. Und doch war sie eine Person, ein Bürger von Chicago, sie hatte die Standardausbildung durch spezielle Eingabeprogramme erhalten, die man durch ihre Empfindungsnerven und ihr Gehirn geleitet hatte unter Umgehung ihrer nutzlosen Augen und Ohren. Sie war auch das Ergebnis einiger grundlegender Veränderungen, die man an früheren Wirtsmüttern vorgenommen hatte. Feraxya war ein Mutant der dritten Generation; sorgfältige, genetische Zuchtwahl und Programmierung hatten ihr erstklassige Psi-Kräfte verliehen, die zur Verständigung und mit der Zeit auch zur Ausbildung genutzt wurden. Die Zentralcomputer von Chicago behaupteten, die ruhige, ungestörte Umgebung des Zuchttanks sei eine ideale Atmosphäre für die Entwicklung von Psi-Kräften.

Ben blickte von dem Riesentank weg, lehnte sich in seinem Stuhl zurück und sah zu, wie die Überwachungsdaten klappernd in die Bänder auf seinem Schaltpult einströmten. Während er darauf wartete, daß sich die Daten ansammelten, wanderte sein Blick die lange Reihe anderer Schaltpulte entlang, die genauso waren wie sein eigenes, wo viele andere Zuchttankkontrolleure saßen und ihre Anzeigetafeln und Ausdrucke lasen. Jeder Kontrolleur war für seine eigene Wirtsmutter verantwortlich; jede Wirtsmutter trug in sich einen vergrößerten Uterus, der mit dreißig menschlichen Fötussen gefüllt war.

Auf diese Weise versorgten die Wirtsmütter die Stadt mit jedem erwünschten Bürgertyp. Es gab keine Ausgestoßenen, keine Nichtangepaßten mehr, seit die Gesellschaft von den wohlwollenden, aber sehr leistungsfähigen Zentralcomputern von Chicago gesteuert wurde. Eine vollständige Hierarchie wurde genetisch konzipiert und programmiert, dann durch die bürokratische Kette weitergereicht, bis sie die Bioingenieure und Eugeniker erreichte. In dem gewaltigen ›Eugenischen Komplex‹ Chicagos trugen Hunderte von Wirtsmüttern wie Feraxya die Fötusse der nächsten Bürgergeneration aus. Arbeiter, Künstler, Wissenschaftler, Bürokraten und Techniker — alle vorkodiert und erwartet.

Plötzlich blitzte auf Ciprianos Schaltpult eine Nachricht auf, die ihn daran erinnerte, den Bericht des Nachtkontrolleurs zu lesen. Er tat es und fand ihn zufriedenstellend. Feraxya hatte erst vor kurzem ihr erstes intrauterines Implantat erhalten, und außer routinemäßigen Systemkontrollen hatte er in diesem Stadium wenig zu tun. Später, wenn ihre Brut von Fötussen wuchs und ihren großen Leib auszufüllen begann, würden auch Ciprianos Aufgaben wachsen. Eine Wirtsmutter, die sich dem Ende ihrer Tragezeit näherte, erforderte viel Aufmerksamkeit.

Er setzte den Psi-Helm wieder auf und machte sich bei ihr bemerkbar. Ein kribbelndes Gefühl entstand in seinem Bewußtsein, als sie sich von ihren inneren Gedanken löste. »Ja, Ben?«

»Die Datenbänke sind noch nicht voll«, sagte er. »Ich habe ein wenig Freizeit. Dachte nur, du möchtest vielleicht ein wenig plaudern.«

»Ja, gerne. Danke. Ich wollte dir von dem Traum erzählen, den ich hatte . . .«

»Einem Traum?« fragte er. »Wovon hast du geträumt?«

»Von dir. Ich denke viel an dich.«

»Das wußte ich nicht«, sagte Ben und lächelte verlegen. Seine Worte waren nur zur Hälfte wahr.

»Doch, es stimmt . . .« Sie machte eine Pause, und sein Bewußtsein zuckte zusammen unter der Leere, die sie dort entstehen ließ. »Ben?« begann sie wieder.

»Ja?«

»Denkst du je an mich? Ich meine, wenn du nicht hier bist und arbeitest?«

»Nun — ja. Ich glaube schon. Manchmal.«

»Das freut mich«, sagte sie. Du bist anders als meine anderen Kontrolleure. Natürlich schlafe ich die meiste Zeit sowieso.«

»Anders?« Das Wort behagte ihm nicht so ganz. Die Kontrolleure sollten laut Plan einander ziemlich ähnlich sein. »Wie meinst du das?«

»Du bist freundlicher«, sagte sie. »Verständnisvoller, glaube ich. Es ist einfach leichter, mit dir zu sprechen.«

»Danke, Feraxya. Ich versuche aber nur, ich selbst zu sein.«

»Deine Partnerin hat großes Glück, daß sie so jemanden wie dich hat«, sagte sie unverblümt. »Ich sollte dir wohl sagen, daß ich daran gedacht habe, dich für mich selbst zu gewinnen. Obwohl ich weiß, daß das unmöglich ist.«

Ben schwieg einen Augenblick lang, zugleich erregt und ein wenig erschüttert von dem geistigen Bild, das ihr Vorschlag in seinem Bewußtsein erstehen ließ. »Du könntest deine Id-Bänder benützen, wenn du wirklich . . .« Er wollte ihr nur helfen, aber sie unterbrach ihn.

»Das ist kaum etwas anderes als Masturbation.«

»Entschuldige«, sagte er. »Ich habe nur etwas vorschlagen wollen, was dir helfen könnte, das ist alles.«

»Du bist lieb. Aber das ist es nicht, was ich von dir will. Wenn ich könnte, wie ich möchte, wäre das wie in meinem Traum. Ich hatte einen richtigen Körper wie du, und wir beide gingen bei Nacht durch die Stadt. Sie war hell und schön. Manchmal wünsche ich mir, daß es so sein könnte.«

Sie hielt inne, und Cipriano suchte nach einer unterschwelligen Bedeutung in ihren Worten. Es gab Leute, die sie als gefährlich interpretieren würden. Er fragte sich, was sie damit sagen wollte. »Es war eben nicht so bestimmt«, sagte er schließlich ausweichend.

»Ich weiß. Und die Wirtsmütter werden gebraucht. Jemand muß dienen«, sagte sie langsam, als überlegte sie, welche Konsequenzen ihre Worte hatten.

»Das ist richtig«, sagte er. »Außerdem . . .«

Cipriano wurde durch das Rattern seines Terminals unterbrochen. Die Ergebnisse der morgendlichen Tests begannen, auf dem Gitter aufzublitzen. Ein großes Schaubild erschien und flakkerte heftig; der Kurve überlagert war eine Einwortbotschaft: KRITISCH.

»Einen Augenblick, Feraxya«, sagte er und starrte halb im Schock das Alarmsignal an. »Äh . . . einige Ergebnisse sind gerade hereingekommen, ich muß sie durchsehen. Ich komme wieder zu dir, sobald ich kann, okay?«

»Gut, Ben. Wir können uns später weiter unterhalten.«

Er riß den Helm herunter, drückte einige Tasten und verlangte damit eine Erklärung für das Warnsignal. Cipriano las die Zahlen durch, überprüfte sie zweimal und begann mit einer neuen Testserie, um jeden Irrtum auszuschließen.

Als die Schalttafel klickend und ratternd die neuen Anweisungen weitergab, rief er seinen Vorgesetzten, Faro Barstowe, an. Einige Sekunden vergingen, ehe das hagere, fuchsähnliche Gesicht auf dem Schirm erschien: »Ja, was ist los?«

»Hier Cipriano, Zuchttank 0078-D, Bezeichnung: Feraxya. Bei meiner Routineüberprüfung hat sich etwas ergeben, das aussieht, wie eine nukleotide Funktionsstörung. Ursache ist wahrscheinlich eine ungenügende Enzymaufnahme. Kann man jetzt noch nicht sagen. Ich rufe nur an, um Ihnen mitzuteilen, daß ich eine Gegenprobe eingeleitet habe.«

Barstowes Gesicht schien verkrampft. »Wollen mal sehen . . .

Sie haben einen Wurf von dreißig. RNS-Code 45 a7c. Vorgesetztenrang. Verwaltungsklasse. Richtig so?«

»Jawohl, das stimmt«, sagte Cipriano und sah, wie die kleinen, glänzenden Augen des Mannes ihn noch durch den Schirm brennend anstarrten.

»Gut, Cipriano. Seit der Einpflanzung sind vierundsechzig Tage vergangen. Für eine Injektion, um die Enzymzufuhr zu verändern oder zu korrigieren, ist es also zu spät. Sammeln Sie alle Daten, die Sie aus der zweiten Überprüfung bekommen können. Ich rufe die Biotechnik an und schicke ein paar Leute hinüber, die sollen mal nachsehen, was los ist. Das wäre im Moment alles.« Der Schirm wurde dunkel und überließ Ben den kühlen Geräuschen des Schaltpults.

Als er die Ergebnisse des zweiten Tests durchlas, wußte er gleich, daß sie nur bestätigten, was er sich zuerst schon gedacht hatte. In Feraxyas System war tatsächlich eine Funktionsstörung aufgetreten: aber er konnte nichts unternehmen, bis die Bioingenieure kamen.

Sein erster Gedanke war, Verbindung mit ihr aufzunehmen, damit sie wüßte, was innerhalb ihres großen Körpers passierte. Aber er wußte, daß das nicht möglich war, bis er von Barstowe Bescheid erhielt.

Es dauerte einige Minuten, ehe die weißuniformierten Spezialisten von der Biotechnik seine Zelle betraten. Einer von ihnen überflog die gesammelten Daten auf seinem Schaltpult, während die anderen beiden ihre antiseptischen, mit Helmen ausgerüsteten Anzüge anlegten, da sie sich anschickten, den eigentlichen Bereich der Zuchttanks zu betreten. Cipriano sah an ihnen vorbei durch das Glasfenster zu Feraxya hinüber, die in ihrem Gefängnis schwebte, noch ahnungslos, welche Probleme sie hatte.

Als er später den Bioingenieuren zusah, wie sie um Feraxyas Tank herumflitzten, fragte er sich, ob sie deren Nähe wohl irgendwie spüren konnte, deren gefühlloses Herumstochern in den Funktionen ihres grotesken Körpers. Er wollte mit ihr sprechen, spielte mit dem Gedanken, Kontakt aufzunehmen, als sein Blick auf den Helm fiel, der auf der Schalttafel lag.

Einer der Biotechniker kehrte zur Kabine zurück, nahm schnell seinen Helm ab und wischte sich ein paar Schweißtropfen von der Stirn. Er blickte Cipriano an und schüttelte den Kopf.

»Was soll das heißen?« fragte Ben.

»Nichts Gutes«, sagte der Mann in Weiß. »Es hat überhaupt keine Reaktion zwischen DNS und Enzymen an der Plazenta stattgefunden. Die ›Kopierinjektionen‹ haben überhaupt keine Kopien bewirkt. Deshalb ist bei Ihnen der Alarm ausgelöst worden.«

»Und das bedeutet . . .?« fragte Cipriano.

»Das bedeutet, daß ihre Fötusse völlig variabel wären, wenn wir sie ausreifen ließen.« Der Mann hielt inne und machte eine Handbewegung zu Feraxyas Tank hin. »Zufallswesen — das ist alles, was wir in der dort züchten.«

»Und was geschieht jetzt?«

»Sie sollten jetzt besser Barstowe anrufen«, sagte der Bioingenieur. »Meine Leute werden einen offiziellen Bericht machen, aber ich glaube, er sollte es jetzt lieber gleich erfahren.«

Cipriano wußte schon im vorhinein, was Barstowe sagen würde: man würde ihre Brut entfernen müssen. Er fragte sich, wie Feraxya auf diese Entscheidung reagieren würde. Cipriano erinnerte sich daran, wie sehr sie sich gefreut hatte, als sie ihre erste Einpflanzung erhielt, daher hatte er keine Sehnsucht nach dem Augenblick, in dem er ihr diese Nachricht würde mitteilen müssen.

Nachdem er mit Barstowe Verbindung aufgenommen und ihm die Ergebnisse der biotechnischen Untersuchung mitgeteilt hatte, schüttelte der Vorgesetzte den Kopf und verzog das Gesicht. »Das ist schlimm. Bringt unseren ganzen Zeitplan durcheinander. Ich werde veranlassen, daß Stander so bald wie möglich eine Ausschabung ansetzt. Ich hoffe, schon morgen früh.«

»Ich habe mir überlegt, wann ich Feraxya etwas davon sagen soll«, sagte Cipriano.

Das Fuchsgesicht starrte ihn einen Augenblick lang an. »Dazu werden Sie morgen früh Zeit genug haben. Machen Sie sich deshalb keine Sorgen. Sie haben heute eigentlich sonst nichts mehr zu tun, warum gehen Sie nicht nach Hause?«

»Gut«, sagte Cipriano. »Aber ich hoffe, sie versteht, warum es sein muß.« Barstowe antwortete nicht, der Schirm war schon dunkel geworden. Ben schüttelte langsam den Kopf und schloß dann sein Schaltpult ab. Er verließ den Eugenikkomplex und nahm die Schnellbahn nach Hause zu seiner Wohneinheit, wobei er hoffte, der nächste Tag würde weniger schwierig sein als der vergangene.

In dieser Nacht begehrte ihn Jennifer.

Sie war warm, jung und so schlank, wie es Mode war; und er begehrte sie auch. So war es immer. Sie war ein wenig romantisch veranlagt, denn sie benützte immer Kerzen als Beleuchtung für ihren Liebesakt, aber das störte Cipriano nicht. Jennifer half ihm, die Elektroden an seiner Stirn zu befestigen; sie hatte sich schon in die Maschine geschnallt. Sie lagen Seite an Seite nackt im Kerzenlicht, während die Maschine unter dem Bett summte und ihre erogenen Zonen berührte. Zwischen ihnen wurde eine psychologische Rückkopplung eingeleitet, verstärkt und zur gegenseitigen Stimulierung dem anderen übermittelt. Mit Hilfe der Maschine erreichten sie gleichzeitig den Orgasmus. Da sie einander kein einzigesmal physisch berührten — es war auch nicht notwendig —, gab es keine Gelegenheit für eine unerwünschte Empfängnis. Danach lagen sie schweigend da, lächelnd nach dem Ansturm feuchter Befriedigung. Jennifer erhob sich im Halbdunkel und löste die Elektroden. Cipriano war eingeschlafen, noch ehe sie die Maschine ausgeschaltet hatte.

Als er am nächsten Morgen sein Schaltpult erreichte, spürte er, daß sich im Eugenikkomplex etwas verändert hatte. Er hoffte, er bildete sich das nur ein. Durch das Glas konnte er sehen, daß einige Techniker und ein Bioingenieur an Feraxyas Tank arbeiteten.

Cipriano setzte sich den Psi-Helm auf den Kopf und legte den Übertragungsschalter um. »Ich habe dich erwartet«, sagte Feraxya, die sofort sein Bewußtsein erfüllte; die Übertragung war beinahe aggressiv.

»Was willst du damit sagen?« fragte er schnell.

»Als du gestern nicht mehr zurückgekommen bist, begann ich, mir Sorgen um dich zu machen. Dann spürte ich, wie sie an meinem Tank herumfummelten. Ich wußte, daß etwas nicht in Ordnung war.«

»Entschuldige«, sagte er. »Ich hatte gestern sehr viel zu tun. Ich hatte keine Zeit . . .«

»Du brauchst mir nichts zu erklären. Ich weiß schon, was sie jetzt vorhaben.«

»Was? Wovon sprichst du? Wie?« Er blickte auf die gewaltige Fleischmasse und sah sie zum erstenmal als etwas, das ganz anders sein konnte, als er es sich immer vorgestellt hatte.

»Der Nachtkontrolleur hat mir gesagt, was geschehen ist. Ich habe ihn dazu gezwungen. Ich wollte wissen, warum sie an mir herumbastelten. Und als er es mir erzählte, war ich gekränkt. Warum konntest du mir das nicht sagen, Benjamin? Ich wollte es nicht von diesem Mann hören, sondern von dir, aber ich hatte keine Wahl.«

»Entschuldige«, war alles, was er herausbringen konnte.

»Es hat weh getan zu erfahren, daß du, ohne es mir zu sagen, aus dem Komplex davongerannt bist, Benjamin.«

»Bitte«, sagte er. »Ich verstehe, was du sagen willst, und es tut mir leid. Ich hätte das nicht tun sollen.«

»Warum nennt man es eine ›Ausschabung‹?«

»Das ist nur Jargon, sonst nichts. Es hat überhaupt keine Bedeutung. Man macht heute auf diese Weise keine Abtreibungen mehr.«

»Werden sie bald kommen?« fragte sie.

»Ich glaube schon. Mach dir keine Sorgen. Es wird nicht lange dauern. Du wirst nicht einmal spüren . . .«

»Nein, Benjamin. Ich will nicht, daß sie das machen. Du mußt es ihnen sagen, daß sie es nicht tun sollen.«

Cipriano verbiß sich ein Lachen, das aber eher angstvoll als belustigt war. »Du willst es nicht? Du kannst nicht das geringste dagegen machen. Es ist Gesetz, Feraxya! Chicago gestattet keine Zufallsgeburten. Das weißt du doch.«

»Das einzige, was ich weiß, ist, daß sie meine Brut vernichten wollen. Sie wollen mich aufschneiden und sie mir aus dem Fleisch reißen. Das ist nicht richtig«, sagte sie langsam.

»In der Genkopie war ein Fehler«, sagte Cipriano in dem Versuch, die Angelegenheit auf die einzige Art zu erklären, die er verstand. »Deine Fötusse sind keine vollkommenen Gebilde.«

»Aber sie sind menschliche Wesen, Benjamin. Man will sie ermorden. Ich kann das einfach nicht zulassen.«

Cipriano versuchte, ihre Gefühle zu verstehen, ihre Gründe, warum sie ihm solchen Unsinn erzählte. Er begann zu fürchten, daß sie vielleicht die Kontrolle über ihre Sinne verlor. »Warum erzählst du mir das?« fragte er schließlich. »Du weißt doch, daß ich nichts dagegen machen kann.«

»Du kannst ihnen sagen, sie sollen es nicht versuchen. Ich möchte ihnen eine Chance geben.«

»Sie werden nicht auf mich hören, Feraxya. Barstowe hat die Operation schon für heute morgen angesetzt. Du kannst nichts tun, als das hinzunehmen, was geschieht. Stelle dich der Wahrheit: du bekommst eine Abtreibung.« Er bedauerte den letzten Satz, kaum daß er ihn ausgesprochen hatte. Er konnte beinahe spüren, welchen Schmerz er ihr damit zufügte.

»Ich kann nicht glauben, daß das wirklich du bist, der da spricht. Ich dachte immer, du seist anders als die übrigen. Du hast dich benommen, als hättest du mehr Verständnis, mehr Mitgefühl . . .«

»Das klingt so, als wäre ich gegen dich«, sagte er abwehrend.

»Vielleicht bist du das nicht. Aber du mußt ihnen sagen, daß ich jeden aufhalten werde, der versucht, mir zu nahe zu kommen. Ich werde sogar töten, wenn nötig.« Feraxyas Stimme in seinem Bewußtsein war scharf, sie schnitt tief in seinen Schädel wie ein blankes Rasiermesser.

»Und du redest von Verständnis, von Mitgefühl? Feraxya, was ist los mit dir?« Im Inneren dachte er über ihre letzten Worte nach. Was sollte das Gerede über Töten? Wenn sie wirklich den Verstand verlor, würde Barstowe davon erfahren müssen.

»Ich kann nicht dagegen an, Benjamin. Es ist etwas, das ich tief in meinem Inneren fühle. Etwas, das wir beinahe vergessen haben. Die Instinkte, der Trieb, der eine Mutter dazu veranlaßt, ihre Kinder zu beschützen.«

»Sie sind nicht deine Kinder«, sagte er rachsüchtig.

»Man hat sie mir gegeben. Sie gehören mir.« Eine lange Pause folgte. »Ich will nicht mit dir streiten. Bitte geh und sag ihnen, was ich gesagt habe!«

Cipriano atmete langsam aus. »Gut. Ich werde Barstowe aufsuchen, aber ich glaube nicht, daß es irgend etwas nützen wird.«

Er wartete auf eine Antwort von ihr, aber als nichts kam, unterbrach er die Verbindung und zog sich den Helm vom Kopf. Er wählte Barstowes Büro an, aber die Leitungen waren alle mit anderen Anrufen blockiert. Da er die Angelegenheit so schnell wie möglich erledigt wissen wollte, verließ er seine Kabine und ging zu den Aufzügen, die ihn zu der Ebene bringen würden, wo Barstowes Büro lag.

Nachdem er seinem Vorgesetzten die Unterhaltung wiedergegeben hatte, schüttelte er den Kopf, als könne er es nicht glauben. »So etwas ist noch nie vorgekommen«, sagte er.

»Nun, was wollen wir jetzt unternehmen?« fragte Cipriano.

»Unternehmen!?« schrie Barstowe. »Wir brauchen überhaupt nichts zu unternehmen. Wir beachten das Geschwätz überhaupt nicht und machen einfach mit der Operation weiter. Sie können ihr sagen, daß sie so bald wie möglich eine neue Einpflanzung bekommt.«

Cipriano ließ eine Pause eintreten, in der er immer noch über das nachdachte, was Feraxya zu ihm gesagt hatte. Er blickte Barstowe an und versuchte es noch einmal. »Und was ist mit dem, was sie über das Töten gesagt hat?«

Barstowe lachte. »Nur eine Drohung ... und noch dazu eine sehr alberne.«

»Sie glauben nicht, daß sie vielleicht mächtiger ist, als wir für möglich halten, oder?«

»Worauf wollen Sie hinaus?« Barstowe starrte ihn mit kalten, durchdringenden Augen an, die wie geölte Kugellagerkugeln aussahen.

»Ich weiß es nicht«, sagte Cipriano. »Ich kann mir nur nicht erklären, warum sie so reden sollte. Es sieht ihr gar nicht ähnlich.«

»Nun, wir haben keine Zeit, uns darüber Gedanken zu machen. Im Moment ...«

Barstowe wurde durch den Summer seines Kommunikators unterbrochen. Er meldete sich und sah einen weißbehelmten Bioingenieur auf dem Schirm. Sie sprachen ein paar Sekunden lang miteinander, dann verdunkelte sich der Schirm. »Das war Stander. Sie wollen gleich anfangen. Ich brauche Sie dort unten. Sie können ihr sagen, was wir hier oben gesprochen haben.«

Cipriano nickte und verließ das Büro. Als er an sein Schaltpult zurückkehrte, sah er, wie das Operationsteam sich eben Feraxyas Tank näherte. Er setzte den Helm auf und eröffnete den Kanal zu ihrem Bewußtsein. »Sie haben nicht auf mich gehört«, sagte er. »Sie kommen jetzt. Du wirst ziemlich bald in Narkose sein. Es tut mir leid, Feraxya.«

»Es braucht dir nicht leid zu tun, Benjamin«, war alles, was sie sagte. In der Art, wie sie sein Bewußtsein berührt hatte, lag etwas, das ihn frösteln ließ. Die vertraute Wärme war verschwunden, und Cipriano spürte, wie die ersten Zuckungen des Schrekkens eiskalt an seiner Wirbelsäule hinunterfuhren.

Ein Bioingenieur setzte sich ans Schaltpult neben ihm und schickte sich an, die Narkose zu verabreichen. Cipriano sah, daß das Operationsteam inzwischen die Stahlglaswand des Tanks erreicht hatte. Plötzlich warf der Bioingenieur neben ihm den Kopf zurück und stieß einen erstickten Schrei aus. Er preßte die Hände an den Kopf, während ihm Blut aus Nase und Mundwinkeln quoll; die Augen des Mannes traten heraus, und er brach über dem Schaltpult zusammen. Cipriano stürzte hinüber zu ihm, aber er konnte nichts mehr für ihn tun.

Neben dem Zuchttank warteten die drei Männer vom Operationsteam darauf, daß die Narkose zu wirken begann. Einer von ihnen begann eben, die Wand des Tanks zu erklimmen, aber er schaffte es nicht. Er stürzte rückwärts ab und landete auf dem Rücken, während er mit dem Helm seines Schutzanzugs kämpfte; er zuckte ein paar Sekunden lang in Krämpfen, dann lag er still. Die beiden anderen Chirurgen wollten ihm zu Hilfe eilen, aber sie hatten erst ein paar Schritte zurückgelegt, als auch sie von einer unsichtbaren, tödlichen Gewalt niedergestreckt wurden.

Cipriano sah ihrem Todeskampf zu, während Alarmsirenen durch die Korridore schrillten. Plötzlich drängten sich rings um ihn Leute. Zwei Paramediziner rannten in den Zuchttankbereich — und stürzten ebenfalls schreiend und zuckend zu Boden. Benjamin trat vom Fenster seiner Kabine zurück, er hatte ein hohles Gefühl in der Magengrube. Er schaltete den Bildschirm an und tippte Barstowes Büronummer ein.

»Mit dem Team ist etwas passiert!« schrie er, noch ehe das Bild sichtbar wurde. »Barstowe! Können Sie mich hören?«

Das Gesicht seines Vorgesetzten erschien auf dem Schirm. »Ich weiß! Was ist dort unten los? Das Interkom spielt verrückt!«

»Ich weiß es nicht«, sagte Cipriano. »Ich weiß es nicht!«

»Wer ist bei Ihnen in der Kabine?«

»Ich bin nicht sicher. Hier ist so viel Lärm . . . Durcheinander. Einige Techniker, ein Mediziner.«

»Geben Sie mir einen der Techniker!« sagte Barstowe, der jetzt einen Teil seiner üblichen Gelassenheit wiederfand.

Cipriano rief den nächststehenden Mann herüber an den Kommunikator. Barstowe sagte etwas zu dem Techniker, der nickte und griff nach dem Narkoseschalter. Noch ehe er ihn umlegen konnte, schoß ihm Blut aus Nase und Ohren und er taumelte vom Schaltpult weg. Er war tot, noch ehe er auf dem Boden aufschlug.

Benjamin trat vom Schaltpult zurück und blickte hinaus zu dem Tank voll rosa Fleisch. Jetzt bekam die wuchtige Gestalt des Wesens eine neue Bedeutung. Innerhalb der Wände lauerte eine mächtige, wütende Intelligenz.

Vom Bildschirm kam ein Signal, aber niemand war nahe genug dran, um sich zu melden. Cipriano wischte sich den Schweiß aus dem Gesicht, schob sich vorsichtig nahe an den Bildschirm heran und blickte in Barstowes suchende Augen. »Sehen Sie zu, daß Sie dort rauskommen!« schrie der Vorgesetzte. »Ich rufe auch alle Noteinheiten zurück. Kommen Sie sofort zu mir herauf!« Der Schirm verdunkelte sich.

Schnell drängte sich Cipriano durch die Menge der Komplexwächter und Bioingenieure und ging auf den nächsten Aufzug zu. Als er Barstowes Büro erreichte, fand er ihn in lebhafter Unterhaltung vor seinem Kommunikator. Als Barstowe Cipriano sah, schaltete er den Schirm aus und redete ihn an. »Die Zentralcomputer von Chicago behaupten, es sei eine Art telekinetischer Energie von begrenzter Reichweite — eine unerwartete Variable des Psi-Trainings.«

»Ich dachte mir schon, daß es so etwas sein könnte«, sagte Cipriano. »Was wollen Sie von mir?«

»Sie scheinen in der Vergangenheit recht gut mit ihr ausgekommen zu sein«, sagte Barstowe und machte eine dramatische Pause. »Und sie schien Sie gerade eben in Ruhe gelassen zu haben.«

»Und . . .?«

»Nehmen Sie wieder Verbindung mit ihr auf. Versuchen Sie, ihr vernünftig zuzureden. Beruhigen Sie sie. Erzählen Sie ihr irgend etwas. Sagen Sie ihr, wir hätten aufgegeben, wir würden ihre Brut nicht abtreiben. Irgend etwas, es ist mir egal.«

»Ich begreife nicht«, sagte Cipriano.

»Sie brauchen auch nichts zu begreifen. Tun Sie nur, was man Ihnen sagt.« Barstowe erhob sich von seinem Schreibtisch und blickte ihn unverwandt an. »Wir möchten, daß Sie sie ablenken, sie beschäftigen, bis wir eine Nebenleitung zum Zuchttank legen können, mit der wir Ihr Schaltpult überbrücken.«

»Eine Nebenleitung? Wovon reden Sie?« fragte Cipriano, obwohl er sich schon vorstellen konnte, was Barstowe beabsichtigte.

»Wir werden versuchen, sie von außerhalb des Komplexes her abzuschalten. Nebenanschluß vom Zentralcomputer her.«

»Sie meinen, Sie wollen sie töten?«

»Damit haben Sie verdammt recht!« schrie Barstowe. »Hören Sie, Chicago hat uns gesagt, was geschehen würde, wenn dieses Wesen da unten irgendwie mit den anderen Wirtsmüttern Verbindung aufnehmen kann! Wenn die vereinigten Psi-Kräfte des gesamten Zuchttankbereichs koordiniert werden könnten, wäre ihre Macht furchtbar. Wir können nicht zulassen, daß da so eine Art von Übermutter entsteht. Und jetzt raus hier!«

Cipriano fuhr auf seine Ebene hinunter und kehrte wieder an sein Schaltpult zurück. Der gesamte Bereich war so gut wie ausgestorben, und seine Schritte hallten den Korridor entlang, der zu seiner Kabine führte. Auch Barstowes Worte hallten durch sein Bewußtsein. Gedanken an Feraxya, an die anderen Wirtsmütter, an die Männer, die getötet worden waren, an die ganze, alptraumhafte Szene wirbelten wie eine Wolke alles verschlingender Insekten durch sein Gehirn. Er fühlte sich hilflos mitten in einem Konflikt gefangen, an dem er gar nicht beteiligt sein wollte.

Er setzte sich und stülpte den Helm über. Als er den richtigen Schalter umlegte, konnte er spüren, wie ihr Bewußtsein ganz in der Nähe lauerte und darauf wartete, angesprochen zu werden. »Du hast dich verändert, Feraxya«, sagte er schließlich.

»Warum bist du zurückgekommen?« fragte sie.

»Ich weiß nicht«, log er. »Ich hatte nichts anderes zu tun.«

»Was werden sie mit mir machen, Benjamin?«

»Ich . . . ich weiß es nicht.« Wieder log er. Und diesmal tat es weh.

Adrenalinstöße jagten durch seine Adern; seine Hände zitterten. Er war froh, daß sie ihn nicht sehen konnte.

»Verstehst du, warum ich das tun mußte?« fragte sie. »Du weißt, daß ich es nicht so wollte.«

»Nein, ich verstehe es nicht. Du bist zur Mörderin geworden, Feraxya.«

»Ich wollte es nicht tun. Ich wollte nur meine Brut schützen. Sie haben das gleiche Recht zu leben wie du oder ich. Ich werde nicht zulassen, daß man sie tötet.« Ihre Stimme in seinem Bewußtsein klang gepreßt, voll Spannung. Vielleicht verlor sie wirklich den Verstand. Er schauderte, als er daran dachte, was für ein wahnsinniges Scheusal sie dann werden konnte.

»Was wirst du jetzt tun?« fragte er. »Der gesamte Komplex ist evakuiert worden. Aber sie werden zurückkommen. Du kannst das nicht ewig durchhalten, weißt du.«

»Ich weiß es nicht, Benjamin. Ich fürchte mich. Du weißt, daß ich mich fürchte. Wenn sie versprechen würden, mich in Ruhe zu lassen, meine Brut in Ruhe zu lassen, würde ich ihnen nichts tun. Meine Pflicht gegenüber der Gesellschaft ist es, neue Bürger zu produzieren. Das will ich ja tun. Sonst nichts. Du glaubst mir doch, oder nicht?«

»Ja, ich glaube dir«, sagte Cipriano, der gerade von einigen aufblitzenden Lichtern auf seinem Schaltpult abgelenkt wurde. Er hatte keinen der Schalter berührt; anscheinend aktivierten die Techniker die Leitungen durch die neuerrichteten Schaltkreise der Nebenleitung. Er wußte, was jetzt geschehen würde.

»Benjamin, bist du noch da . . .? Was ist los?«

»Entschuldige«, sagte er schnell, während seine Gedanken rasten, sich vorstellten, was als nächstes passieren würde. Er war in sich gespalten. Ein Teil seiner selbst wollte aufschreien, sie warnen vor dem, was geplant war, der andere Teil wollte sich befriedigt zurücklehnen und Zeuge ihrer Hinrichtung sein. Er hörte sich sprechen: ». . . und du mußt uns vertrauen, Feraxya. Du kannst nicht weiterhin alle Leute umbringen. Niemand würde mehr deine Systeme warten. Schließlich würden dabei nur alle verlieren.« Während Cipriano das Schaltpult beobachtete, erkannte er die Symbole, die jetzt in leuchtendem Scharlachrot auf dem Schirm flammten. Sie hatten vor, Schluß zu machen.

»Nun gut, Benjamin . . .« Feraxyas Worte hallten durch sein Gehirn. »Ich werde . . .«

Ihre Worte wurden abgeschnitten. Cipriano sprang vom Stuhl

auf, die Augen auf den großen Zuchttank gerichtet. Das Schaltpult ratterte und flackerte, während es die fernen Befehle ausführte, die ihm eingespeist wurden. »Feraxya!« schrie Cipriano, als er erkannte, was geschah, was sie jetzt erfahren mußte. Ein Schaubild der lebenserhaltenden Systeme erschien auf dem Gitter; die Kurven bewegten sich alle auf die y-Achse zu. Ihre letzten Gedanken überfluteten sein Bewußtsein — Überraschung, Panik, Enttäuschung, Haß und Schmerz. Einen Augenblick lang glaubte er, ihren eisigen, telekinetischen Griff zu spüren, glaubte zu fühlen, wie sich kalte Finger um sein Gehirn schlossen. Die Sekunden tickten mit gletscherhafter Langsamkeit vorbei. Sein Bewußtsein lag in einer dunklen Grube der Angst, während er ihren Vergeltungsschlag erwartete.

Die Lebenssäfte und der Sauerstoff wurden abgeschnitten, der massige, formlose Körper zuckte im Zuchttank. Sie griff ein letztes Mal nach seinem Bewußtsein und berührte es, aber mehr in Angst als in Zorn oder Haß. Sie zwang ihn, ihren Tod mitzuerleben. Cipriano schloß die Augen vor dem mitempfundenen Schmerz, unfähig, sich den Helm vom Kopf zu reißen.

Dann war es plötzlich vorbei. Eine immer dichter werdende Dunkelheit erfüllte ihn. Das Bio-System hatte begonnen, unter Druck Salzsäure in ihren Kreislauf zu pressen, die das Fleisch wegätzte und sicherstellte, daß sie wirklich tot war.

Der Bildschirm des Kommunikators flackerte auf, und Barstowes Gesicht erschien darauf. Der Vorgesetzte lächelte, aber Benjamin riß sich den Helm herunter und verließ das Schaltpult, ehe der Mann ein Wort sagen konnte. Der Korridor vor seiner Kabine war wieder voll von Menschen, ihre Stimmen waren laut vor Jubel und Erleichterung. Er achtete nicht auf ihr Schulterklopfen, drängte sich an ihnen vorbei zu den Aufzügen, die abwärts führten.

Er fragte sich immer wieder, warum sie ihn am Ende auf diese Weise berührt hatte. Hatte sie Bescheid gewußt? Glaubte sie, er sei derjenige, der sie tötete?

Er verließ den Komplex, schwer belastet von seinen eigenen Gedanken. Draußen funkelte Chicago unter dem Nachthimmel. Die Gehsteige und Verkehrsmittel füllten sich mit Menschenmassen, die müde waren von der Arbeit und in der Stadt Unterhaltung suchten.

Cipriano trat auf ein Gleitband, das ihn durch den Mittelsektor des Stadtkomplexes trug. Er hatte es nicht eilig, nach Hause zu kommen.

Vor ihm schlängelte sich das Band durch einen sich ständig verändernden Wald aus Licht und Farben, Xanadu — das Vergnügungszentrum der Stadt. Hier war das Gedränge besonders stark, die Menschen suchten die geistlose Entspannung, die man in diesem Sektor immer finden konnte. Cipriano studierte die Leute, während er sich seinen Weg durch die Massen bahnte. Sie waren alle von Wirtsmüttern wie Feraxya geboren, alle lachten sie und spielten ihre Ausweichspiele, ohne sich ihres grotesken Ursprungs bewußt zu sein. Er kam an einer Reihe von Fantasiesalons vorbei, vor denen schon lange Schlangen standen. Die Kunden waren zumeist Bürger niederer Kategorie — Nichttechniker, Arbeiter und Tagediebe — die diesen Sektor bevölkerten. Sie konnten es alle kaum erwarten, mit Hilfe der städtischen Computer in Phantasiewelten einzutauchen. Sexuelle Fantasien machten den größten Teil des Angebots aus. Cipriano war sich dessen bewußt, als er an den anderen Opiatverteilungszentren vorbeikam: an den Etablissements für Bewußtseinswandlung und -erweiterung, den Elektroreizungszentren und anderen ›Vergnügungsstätten‹. Die Helligkeit der Lichter überfiel ihn wie mit vulgärem Geschrei, der blanke Stahl und das Spiegelglas schimmerten auf besonders kitschige Art. Vielleicht zum erstenmal erkannte Cipriano eine entsetzliche Wahrheit: die Stadt war unfähig, alle Bedürfnisse des Menschen zu befriedigen. Etwas fehlte, etwas Ursprüngliches, Befreiendes, etwas, das jetzt nur noch eine verblichene Erinnerung aus der dunklen Geschichte der Menschheit war.

Vielleicht war sich Feraxya dieses Mangels ebenfalls bewußt gewesen, dachte er. Vielleicht half ihm das zu erklären, was er zuerst für eine irrationale Handlungsweise gehalten hatte. Er schloß die Augen vor der Helligkeit des Argonlichts, frustriert, weil seine Fragen immer unbeantwortet bleiben würden.

Das Gleitband bewegte sich weiter und brachte ihn fort aus dem Vergnügungssektor. Er kam in einen Korridor aus Stahlglastürmen — die Wohnsektoren Chicagos. Cipriano entwirrte das Schema von Wegen, Rampen und Aufzügen, die zu dem Gebäude führten, in dem er wohnte, und ließ sich widerwillig zu der Ebene hinauftragen, auf der sich seine Wohneinheit befand. Noch ehe er die Handfläche auf das homöostatische Schloß legen konnte, war Jennifer schon an der Tür. Ihr Gesicht war der Inbegriff von Besorgnis. Alle Medien hatten von der Beinahe-Katastrophe im Eugenik-Komplex berichtet; sie wußte schon, was er gezwungenermaßen getan hatte.

Während des Abendessens quetschte sie ihn begierig nach Einzelheiten aus, die er nur ungern und in kurzen, abgehackten Sätzen von sich gab. Sein Mangel an Begeisterung fiel sogar Jennifer auf. »Vielleicht kann ich dir helfen«, sagte sie.

Zuerst verstand er nicht, was sie vorhatte, denn er hörte ihr eigentlich gar nicht bewußt zu. Erst als sie vom Tisch aufgestanden war und einige Schritte auf das Schlafzimmer zu gemacht hatte, begriff er völlig: sie wollte ihn auf die einzige Art trösten, die ihr zur Verfügung stand.

Er fröstelte. Die Erinnerung an Feraxyas letzte Augenblicke durchdrang ihn wie ein Eishauch. Er konnte fühlen, wie sie durch die Dunkelheit nach ihm griff, wie sie bis zur allerletzten Sekunde versuchte, ihn dazu zu bringen, daß er sie verstand, wie sie ihn auswählte, um ihn mit dem Fluch der Erinnerung an sie zu belegen. Jennifer rief seinen Namen.

Feraxyas Bild zerfiel wie berstendes Glas, er spürte, wie er sich aus seinem Stuhl erhob, wie er das Schlafzimmer betrat. Eine einzelne Kerze brannte dort, wo Jennifer saß und an der Maschine hantierte. Sie wandte sich um, griff nach ihm und begann ihn zu entkleiden. Mechanisch tat er bei ihr das gleiche.

Als ihre Kleider abfielen und ihr warmes, seidenweiches Fleisch sichtbar wurde, sah er sie plötzlich anders als sonst. Anstatt nach den Drahtbändern und Elektroden zu greifen, streckte Cipriano die Hand aus und berührte eine ihrer Brüste. Einen Augenblick lang war sie wie versteinert, sein Tun ließ sie erstarren. Langsam bewegte sich seine Hand, umfaßte die Fülle, streichelte mit seinen Fingern die Warze.

Er spürte, wie sie anschwoll und steif wurde, während Jennifer sagte: »Nein . . . nein! O bitte, Benjamin . . . nicht! Bitte . . .!«

»Aber warum nicht?« fragte er, während er seine Hand zurückzog. Innerlich staunte er darüber, wie samtweich ihre Haut war.

»Nicht so«, sagte sie gerade. »Die Maschine. Wir können das nicht machen. Nicht ohne die Maschine.«

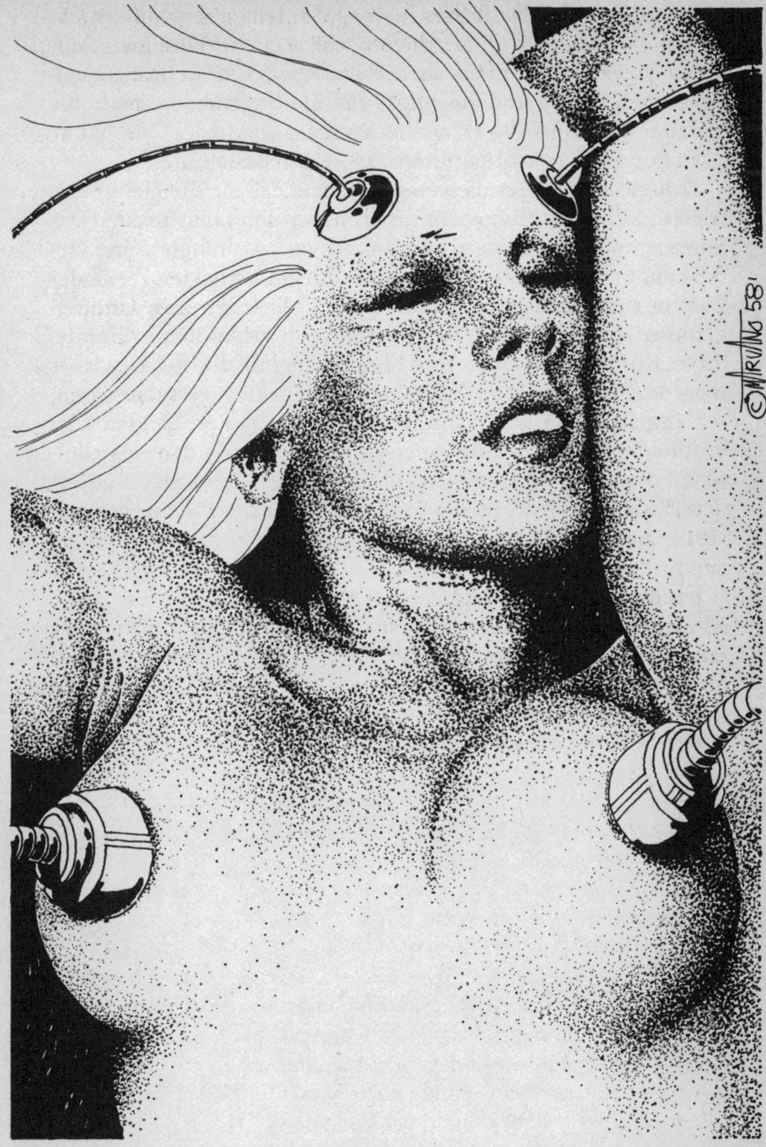

Etwas Dunkles, Häßliches regte sich in seinem Bewußtsein. Er wollte sie angreifen, ihre Abwehr mit seinem tollkühnen Aufstand gegen die Norm durchbrechen. Aber als er in ihre gequälten Augen blickte und die Angst und die Ungläubigkeit sah, die in ihnen lagen, wußte er, daß er es nicht konnte.

Er konnte sie nicht berühren. In keiner Beziehung.

Er legte sich nieder, ließ es geschehen, daß sie die Elektroden befestigte und fühlte, wie sie sich neben ihm ausstreckte. Das Summen der Maschine wurde intensiver, verdrängte seine Gedanken. Empfindungen sickerten in ihn ein, schickten Pfeile der Lust in den Mahlstrom seines Bewußtseinszentrums. Undeutlich war er sich bewußt, daß Jennifer sich neben ihm krümmte, ihren Körper nach oben durchbog, während die Reize stärker wurden. Seine eigenen Begierden, die schließlich geweckt waren, schlängelten sich durch ihn, strahlten von seinen Lenden aus, drohten ihn in ihrem Griff zu erwürgen. Er leistete den elektronischen Impulsen Widerstand und richtete sein geistiges Auge auf den Zuchttank, wo Feraxya in ihrem Gallertmeer schwebte, wo sie ihn hatte berühren, vielleicht sogar lieben können, wie es nie zuvor jemand getan hatte.

Jennifer drehte den Intensitätsregler weiter auf, veranlaßte die Maschine, sie in eine ungewöhnliche Ekstase zu treiben. Der Energieschwall überwältigte ihn, als er in der Lustwelle ertrank, die über ihm zusammenschlug.

Feraxya verschwand aus seinen Gedanken, während er durch eine Serie von Orgasmen stolperte.

Nicht alle Menschen werden in das Spinnennetz aus Metall gelockt. Es gibt immer noch einige, die nicht von den Maschinen verschlungen wurden, und sie richten den Blick auf die Sterne. Vielleicht, weil die Stadt weiß, daß dies ein letztes Ausgreifen ist, ein sinnloser Akt des Sterbens, duldet sie es.

4

Speere aus Sonnenlicht tanzten auf der bewegten Oberfläche des Sees. Hinter seiner gebrochenen Spiegelfläche lag die Stadt — ein Gelege aus Spitzen und Kugeln, aus Würfeln und Türmen. Sie war wie ein Gemälde von Mondrian aus dreidimensionalen, geometrischen Figuren, das sich durch Farbe und Licht immer wieder selbst bestätigte. Miria betrachtete die Zufallsgebilde der Stadt von dem Aussichtspunkt des Flitzers aus, der aufreizend nahe über den Wellenkämmen dahinstrich und auf die IASA-Anlage zwanzig Kilometer vor der Küste zuraste.

Die Anlage war an sich schon ein eindrucksvoller Anblick, und obwohl sie optisch durch Chicago verkleinert wurde, breitete sie sich doch immer noch wie eine schwimmende Stadt über die Oberfläche des Sees aus. Eine gewaltige Plattform aus Beton und exotischen Metallegierungen, unterbrochen von anmutig geschwungenen Rampen, hoch aufragenden Kontrolltürmen und gelegentlich einem Gewirr von Luftschiffen, die wie Insekten auf dünnen Beinen dahinschwebten. Irgendwo auf der Plattform, dachte Miria, war die Fähre, die Alen hinauf zum Sternenschiff bringen würde.

Heute war der Tag, an dem sie ihn endlich wiedersehen konnte. Alle Tests, alle Ausbildungs- und Konditionierungsprogramme waren durchgeführt und die endgültige Auswahl für die Besatzung war getroffen worden. Alen hatte sie am Morgen angerufen, im gewaltigen Informationsspeicherzentrum der Stadt, wo sie eine Anthologie von Rimbaud für die Kristalldatenbänke katalogisiert und verschlüsselt hatte. Er wußte noch immer nicht, wann er abfliegen würde.

Der Flitzer kurvte zum Kai hinauf, und die Passagiere begannen sich von ihren Plätzen zu erheben. Miria reihte sich in den Strom ein, hob ihr ID-Armband, als sie durch das Sicherheitstor gingen, das in die Anschlußstation führte. Dort suchte sie sich eine Karte des Streckennetzes und wählte die notwendige Folge von Gehwegen, auf denen sie in den Wohnsektor der Astronauten gelangen konnte. Als sie auf den Gleitbändern dahinfuhr, ordnete sie verlegen ihr Kleid — einen organisch gezüchteten Film, der fließend ihren Körper umwallte und ein diffuses, grünliches Licht verströmte. Sie trug ihr blondes Haar lang und offen, denn sie hatte Bilder von Dante Rossettis Frauen gesehen, und die hatten so ausgesehen. Sie schenkte der täglich wechselnden Mode der Stadt nur wenig Beachtung, und manchmal war sie aufrichtig der Meinung, sie wäre glücklicher gewesen, wenn sie im neunzehnten Jahrhundert gelebt hätte.

Als sie den Wohnsektor erreichte, wurde sie noch einmal vom Sicherheitsdienst überprüft und dann in das Gewirr von Korridoren und sich kreuzenden Aufzugsschächten eingelassen. Seine Suite lag zwölf Ebenen unterhalb der Oberfläche, und obwohl der Aufzug rasend schnell abwärts sauste, schien er, gemessen an ihren Ängsten, langsam zu sein. Sie fand seine Tür schnell, legte die Handfläche auf das Schloß, das er schon auf ihre Wärmekennzeichnung programmiert hatte. Alen saß in einem Konturensessel — einer Pseudoantiquität aus dem frühen zwanzigsten Jahrhundert. Sein Gesicht war eckig, mit dünnen Lippen, weit auseinanderstehenden, grüngolden gefleckten Augen. Er trug ein zweckmäßiges Gewand, und die Beleuchtung von den nicht programmierten Wandschirmen warf einen gleichmäßigen, matten Schein über seinen enthaarten Schädel. Wenn Miria genau hinsah, konnte sie die Narben erkennen, die die Einpflanzungen und Sensoren hinterlassen hatten.

Alen stand auf und begrüßte sie mit einem Lächeln.

»Ich bin gekommen, so schnell ich konnte«, sagte sie. »Während des Schichtwechsels herrschte ziemlich großes Gedränge.«

»Ist schon gut. Ich habe mich ausgeruht. Setz dich.«

Sie setzte sich neben ihn auf eine mit Kunstleder bezogene Couch. »Wann?«

Er schüttelte den Kopf. »Ich weiß es nicht genau. Aber es dauert noch einige Zeit. Die Auswahl der Passagiere, der Spezialisten und der Baumannschaften wird sich lange hinziehen. Vergiß nicht, all die Leute, die ausgewählt werden, wird man irgendwo im System ersetzen müssen.«

Miria nickte. »Hat man den Stern schon bestimmt?«

»Noch nicht genau. Das Schiff fliegt ins Zentrum des Sternhaufens. Von dort aus kann man unter einer Vielzahl von Sternensystemen wählen.«

Miria dachte an das große Schiff, das durch die Leere raste, das ganze Universum im Kielwasser, und ein zerlumptes Stück Menschheit in ein unbekanntes Schicksal trug. Es war gleichzeitig eine schöne und eine schreckliche Vorstellung. »Wenn ich so darüber nachdenke, fällt es mir schwer zu glauben, daß es wirklich geschehen wird. Es ist etwas so Endgültiges, Alen.«

Der Astronaut schüttelte stirnrunzelnd den Kopf.

»Was können wir anderes tun? Wo du auch hinschaust, hier gibt es nichts als Sackgassen für uns. Wir sind jetzt seit mehr als einem Jahrhundert zu allen Planeten und wieder zurück geflogen. Dort draußen gibt es nichts, außer diesen Wesen auf dem Jupiter, und wir können nach siebzig Jahren immer noch nicht sicher sagen, ob sie überhaupt empfindungsfähig sind oder nicht.«

»Aber nur um zu forschen ... um sich auszubreiten. Ich meine, gibt es keine anderen Gründe?«

»Miria, das haben wir doch alles schon durchgesprochen. Ich bin als Astronaut konzipiert. Ich hatte nie wirklich eine Wahl. Das ist bei allen so, du weißt das doch am besten. Ich wurde dazu geschaffen, mein Leben dort draußen zu verbringen. Wenn man will, daß ich zu den Sternen fliege, dann fliege ich eben.«

Sie blickte ihn lange an, ehe sie etwas sagte. Sein rötliches Gesicht hatte Falten, es war verbrannt, und er wirkte viel älter, als er tatsächlich war. Und seine Augen wirkten noch älter. Sie spürte, daß hinter ihnen etwas lauerte, das auf andere Gedanken hindeutete, als er sie geäußert hatte. »Das ist nicht alles, Alen. Ich merke das. Ich kenne dich doch.«

»Du weißt, daß eine ganze Menge Menschen das Leben hier satt hat«, sagte er leise, mit so gleichmäßiger Stimme, als sei er wütend auf sie.

Miria konnte nur nicken. Sie selbst sympathisierte mit mehreren Untergrundorganisationen, die sich für weniger Technologie und weniger Kontrolle über das Leben des einzelnen Bürgers aussprachen. Sie wußte, daß die Sicherheit der Menschen, seit alle Mächte der westlichen Hemisphäre sich zu einer lose verbundenen Allianz, der NordAm-Konföderation, zusammengeschlossen hatten, nicht etwa stabiler, sondern noch mehr gefährdet war. Das Aufkommen antiquarischer Strömungen und das Kokettieren mit der Nostalgie waren mehr als nur zyklische Erscheinungen einer Gesellschaft. Es war kein Zufall, daß die Zahl der ›Aussteiger‹ — derjenigen, die einfach ihren Posten, ihr Heim, ihre Freunde verließen und verschwanden, vermutlich, um sich den kleinen Gemeinschaften in den ländlichen Regionen anzuschließen, die sich immer noch an die Scholle klammerten, trotz des Aufstiegs der Megastädte — Jahr für Jahr seit mehr als einer Generation stetig angewachsen war.

»Es gibt hier eine Menge Freigeister«, sagte Alen, als könne er ihre Gedanken lesen. »Das ist normal, glaube ich, unter dem Haufen, der . . . weg von der Erde war. Dort draußen ist es anders. Da empfindet man eine Freiheit, die hier unten einfach nicht existiert.«

»Es wird nicht besser werden«, sagte sie. »Die Konföderation ist ein Witz. Ich habe ständig das Gefühl, wenn ein neuer Krieg kommt, wird jeder für sich alleine kämpfen müssen.«

»Warum auch nicht? Sieh dir die Städte an — sie werden langsam selbst so etwas wie kleine Nationen.«

»Die Griechen«, sagte sie und hielt inne.

»Was?«

»Die Griechen, bei denen geschah das gleiche. Sie waren ein faszinierendes Volk, weißt du. Sie sprachen vor Tausenden von Jahren schon von der Kraft des Atoms, verfaßten philosophische Abhandlungen, die immer noch gültig sind. Und doch haben sie sich in kleine Stadtstaaten aufgesplittert und sogar untereinander Krieg geführt.«

»Nun, so weit ist es bei uns noch nicht«, sagte Alen und zwang sich zu einem Lächeln. Es war eine rührende Geste.

»Aber es könnte noch kommen. Und wir werden es nicht aufhalten können, wenn es einmal soweit ist.«

»Wir können es aufhalten. Wenn auch nur dadurch, daß wir davonlaufen. Was würden wir verlieren? Was werde *ich* verlieren? Die Möglichkeit, daß man mir noch mehr Freiheiten entziehen kann? Hast du gewußt, daß sie mit dem Gedanken spielen, Abweichler *vorherzusagen*? Du weißt schon, uns alle in besonderen ›Entwicklungsphasen‹ zu überprüfen, um zu sehen, ob wir in irgendeinen Raster passen, der auf kriminelles Verhalten hindeutet?«

»Was? Das ist doch lächerlich, Alen.«

»Ich bin sicher, genau das gleiche haben die Menschen gesagt, als sie darüber sprachen, daß man vielleicht ganze Klassen von Menschen genetisch planen könnte.« Er stand auf und wandte sich von ihr ab. Seine Hände waren zu Fäusten geballt, und sein unbedeckter Nacken war gerötet.

»Wo hast du das gehört?« Sie wollte dieses Thema nicht weiterverfolgen, wenn es ihn aufregte, aber ihre Neugier zwang sie doch dazu.

»In dieser Anlage gibt es eine Menge Kybernetiker, Miria. Berater, Spezialisten, Planer, sogar Techniker. Sie bekommen allerlei zu hören. Du weißt schon, Gespräche zwischen den Computerleuten drüben in der Zentrale. Die arbeiten an allen möglichen Sachen, die du dir kaum vorstellen kannst. Früher oder später wird die wahre künstliche Intelligenz Wirklichkeit sein. Maschinen, die nicht länger mehr nur Maschinen sind. Maschinen, die w i r k l i c h denken können, nicht nur eine Kette von Befehlen ausführen.«

Alen raffte sein Gewand enger um sich und begann auf dem dicken Teppich hin und her zu gehen. »Einer der Techniker hat erst vor ein paar Tagen mit mir gesprochen, während ich meine Kursarbeit beendete, und er sagte mir, er sei schon einem neuen Projekt zugewiesen worden, sobald unser Schiff startet. Scheint, als solle er versuchen, sich bessere Möglichkeiten auszudenken, wie man die Bevölkerung auf Dauer mit ihrem Leben zufriedenstellen kann.«

»Das klingt nach Psychologenarbeit, nicht nach der eines Kybernetikers.«

»Vielleicht. Offen gestanden, diese Kerle jagen mir eine Heidenangst ein. Es klingt, als hätten wir noch weitere Arten der Kontrolle zu erwarten, Miria. Und Kontrolle bedeutet Einschränkung unserer Freiheit.«

»Freiheit ist eine Illusion. Niemand ist wirklich frei.«

»Die ›Aussteiger‹ sind frei. Ich werde frei sein.« Die Worte kamen so höhnisch heraus, als sollten sie beleidigend und herablassend sein.

Sie blickte ihn nur an, wußte nicht, wie sie das verstehen sollte.

»He, es tut mir leid. Ich habe es nicht so gemeint«, sagte er, als er ihren verwirrten, halb gekränkten Gesichtsausdruck bemerkte. »Ich wollte damit nicht andeuten, daß ich dich dabei ausschließe.«

»Alen, ich möchte bei dir bleiben.« Sie streckte die Hand aus und nahm die seine.

»Das weiß ich.« Er küßte sie auf die Stirn, als sie sich an ihn lehnte.

»Wie sind die Chancen?«

»Das hängt davon ab, wie viele Menschen sich für die Kojen bewerben. Ich weiß es nicht. Es gibt da eine Menge von Auswahlkriterien. Alter, Fähigkeiten, Wert für die Stadt, Punktzahl bei den Verhaltens- und Eignungstests, eine ganze Menge von Dingen spielt da mit. Ich glaube, man wird ziemlich scharf sieben.«

»Ich habe mich noch nicht einmal beworben«, sagte sie. »Ich wollte mich nicht zu etwas verpflichten, ehe ich nicht sicher wußte, daß du bei der Besatzung sein würdest.«

»Ich werde morgen früh mit Hast sprechen. Er ist einer der Leute Erster Klasse von der IASA bei diesem Projekt. Er ist zwar nur für die Besatzung zuständig, aber vielleicht kann er mir sagen, ob es jemanden gibt, mit dem ich über die Auswahl der Passagiere und Kolonisten sprechen kann.«

»Glaubst du wirklich, das könnte etwas bewirken, Alen? Ich meine, da wird doch nur wenig von Menschen entschieden. Das ist doch angeblich das ›Schöne‹ bei dem ganzen Projekt — die reine Objektivität in jeder Beziehung.«

»Du machst dir da zu viele Gedanken. Denk nicht mehr daran, bis es aktuell ist. Reiche morgen eine Bewerbung ein und warte ab, bis sie anfangen, dich zu testen.« Er hob sanft ihr Kinn, dann küßte er sie.

»Du hast recht, entschuldige. Ich rede wahrscheinlich daher wie eine alte Frau.«

»Nein, wie eine besorgte Frau.« Er lächelte.

»Mußt du heute nacht wieder hierbleiben?«

»Ja, aber nur, um mich morgen früh abzumelden. Das Programm ist beendet.«

»Ich muß also bis morgen nacht warten, oder glaubst du, man hätte nichts dagegen, wenn ich ein wenig hierbleibe?« fragte sie mit einem schelmischen Lächeln.

Alen lächelte auch. »Oh, ich glaube, man hätte überhaupt nichts dagegen.«

Miria stand auf, eilte quer durchs Zimmer zu seinem Schlafraum, die Hand an der Schließe ihres Gewandes.

Am Morgen begleitete Alen sie in die Stadt zurück, er begab sich in ihre gemeinsame Wohneinheit, sie an ihren Posten im Bibliothekskomplex — dem Informationsspeicherzentrum. Es war ein schwarzer Monolith, ausdruckslos und glattpoliert, finster wie die Nacht; und obwohl es von noch größeren Gebäuden umgeben war, ragte es groß und eindrucksvoll auf. Tief in seinen Korridoren kehrte Miria wieder zu Rimbaud und seinen verzauberten, verschlungenen Linien aus Klang und Bedeutung zurück. Sie liebte die Dichtungen früherer Zeiten, besonders die mystischen und romantischen Schulen. Durch den Einfluß von Shelley, Coleridge, Byron und ihrer Genossen war Miria mit ihren eigenen Wahrnehmungen der Welt zu Rande gekommen. Sie lernte, die Dinge so zu sehen, wie andere es getan hatten, als die Welt noch ein ruhigerer Ort war, als es in ihr noch mehr Schönheit gab.

D. H. Lawrence jedoch war es gewesen, der sie die Liebe gelehrt hatte, die vergessenen Freuden der körperlichen Liebe. Durch seine Gedichte und seine sie verfolgenden, düster sinnlichen Geschichten stellte sie sich eine Welt voll Menschen vor, die l e b t e n, die sich bewußt waren, daß sie lebten, und die wußten, wie sie diese Lebendigkeit feiern sollten.

Sie war Alen begegnet, als sie beide noch in einem Berufsvorbereitungssektor wohnten, wo sich die Komplexe für Erziehung und Konditionierung befanden, wo die Eliteklassen die Vielseitigkeitskomplexe besuchten, wo der junge Geist geformt und der Körper trainiert wurde. Und sie verbrachten mehrere Jahre damit, einander kennenzulernen, sie nahmen sich Zeit dazu, was damals nur noch wenige taten, sich selbst zu verschenken, um vom anderen zu empfangen. Obwohl sie es damals noch nicht wußten, waren sie irgendwie anders als die anderen.

Erst als Miria älter wurde, erkannte sie, wie sehr sie sich unterschied. Vielleicht war es einfach die Größe der Stadt, vielleicht der autonome Charakter ihrer Technologie, die unterbewußt ihre Welt formte, was immer der Grund auch war, die Bürger verloren die Verbindung zueinander. Chicago war ein heller, glänzender Ort, angefüllt mit sich bewegenden Schattengestalten. Es war eine Insel der abgestumpften Seelen, die nichts berührten und sich selbst nicht berühren ließen. Miria hatte sich nie an ein Zeitalter gewöhnen können, in dem die Leute nur an sich selbst dachten.

Jedesmal, wenn man ihr einen Dichter zuwies, den sie datalogisieren mußte, nahm sie sich die Zeit, sein Werk zu lesen. Sie nahm sich immer die Zeit, an Alen zu denken. Sie würde auf jeden Fall bei ihm sein, wenn er zu den Sternen aufbrach. Jede andere Zukunft war unvorstellbar.

Daher bewarb sie sich bei den verschiedenen Behörden, die ihre Genehmigung dazu erteilen mußten, daß sie auf dem Kolonistenschiff mitflog. Sie verbrachte Stunden vor einem Terminal und tippte tausend Anfragen ein, tausend Datencodes, tausend Referenzen und Querverweise, die alle irgendwo in den Kristallbänken des Zentralcomputerkomplexes zusammenkamen und das Wesen beschrieben, das Miria hieß. Nachdem sie das eine Woche lang gemacht hatte, wurde sie aufgefordert, sich einer Serie realer Prüfungen und Tests zu unterziehen.

Schließlich sollte sie noch von einem Beamten der IASA befragt werden.

Miria saß ruhig in einem modern ausgestatteten Büro; die Wände waren von Holographien des Stadtpanoramas erleuchtet. Obwohl die Aussicht grandios war, war sie für Miria Symptom eines stumpfen, einfallslosen Gehirns. Sie selbst zum Beispiel wählte sich in ihrer eigenen Wohneinheit nie zeitgenössische Motive. Sie dachte gerade an die großartige Aussicht auf Burg Tintagel, an der sie sich im Augenblick zu Hause erfreute, als ein Paneel aufglitt und der Beamte den Raum betrat.

Er war groß und dünn, sehr blaß, er wirkte sehr wohltemperiert und unwirklich. Er trug die Uniform seiner Behörde, funktionell in ihrer Einfachheit. Seine Augen waren grau und schienen ins Leere zu blicken, auch dann noch, als er sie ansah und zu reden anfing.

»Miria Soltan?« fragte er, als er sich hinter den Schreibtisch setzte, ein Terminal einschaltete und studierte, was auf dem Schirm erschien.

Einen Augenblick lang war sie verblüfft — es war sehr selten, daß jemand ihren Referenznamen benützte — und es dauerte eine kleine Weile, bis sie eine bejahende Antwort geben konnte.

»Mein Name ist Singh. Entschuldigen Sie bitte, daß ich Sie hierherkommen lassen mußte, aber es sind einige Fragen aufgetaucht, auf die die Behörde gerne eine Antwort hätte, und auf die sich anscheinend keiner unserer Tests bezieht.«

»Wollen Sie damit sagen, daß Sie nicht alle Bewerber persönlich befragen?«

Singh grinste leicht. »Nein, nein, natürlich nicht. So viel Zeit haben wir nicht. Auch keinen Grund dafür. Die Maschinen sondern die Ungeeigneten recht zuverlässig aus.«

»Ach, ich verstehe.«

»Nun, Sie sind dem ISZ zugeteilt, als Datalogisiererin.«

»Richtig.«

»Und doch wollen Sie ein Mitglied des Kolonistenschiffes werden? In welcher Eigenschaft?«

Miria spürte die Herablassung in seiner Stimme, entschloß sich aber, nicht dagegen aufzubegehren. »Ich dachte, ich hätte das auf dem Bewerbungsprogramm klar genug ausgedrückt? Wenn nicht anders möglich, dann als Arbeiterin. Oder als Zuchtfrau.«

Singh nickte. »Ja, das haben Sie hier angegeben. Aber sagen Sie, Soltan, was meinen Sie mit ›Arbeiterin‹? Oder mit ›Zuchtfrau‹?«

»Wenn das Schiff eine neue Welt entdeckt, wird es einige Jahre lang eine Menge Aufbauarbeit zu leisten geben. Man wird eine Siedlung errichten müssen, das Territorium kartographisch erfassen, die Landwirtschaft aufbauen. Sie wissen schon, eine Unmenge von Dingen. Dabei gibt es sicher irgendeine einfache Arbeit, die ich tun könnte. Und dann wird es künftige Generationen geben. Ich könnte Mutter werden.«

»Das ist sehr sonderbar. Aber nicht sehr realistisch. Sie werden nämlich nicht in einem Planwagen fahren. Es wird Maschinen geben, die alle ›Arbeit‹ verrichten, das können Sie sich doch wohl denken. Und wenn das einzige, was Sie wollen, ist, einen Beitrag zum Genfundus zu leisten, dann können wir es einrichten, daß Ihr Keimplasma mit in die eugenischen Vorräte des Schiffes eingebracht wird.«

»Was wollen Sie damit sagen?«

»Ich versuche zu erklären, daß zwar Ihre Motive für Ihren Wunsch, auf das Schiff zu kommen, völlig unakzeptabel sind, daß wir aber finden, das spezifisch Außergewöhnliche an Ihren Motiven erfordere ein persönliches Gespräch.«

»Sie meinen, ich kann nicht mit?« Miria durchlief es heiß. Die Kehle wurde ihr eng, in ihrem Kopf breitete sich eine Leere aus.

»Soltan, Ihre Fähigkeiten als Datalogisiererin werden auf einem Kolonistenschiff kaum benötigt. Niemand an Bord wird nur wegen der Eigenschaften ausgewählt, die ihn zu körperlicher Arbeit befähigen. Niemand wird auf der Kolonialwelt Kinder gebären.«

Sie spürte, wie ihr die Tränen in die Augen stiegen, aber sie blieb steif in ihrem Stuhl sitzen und hielt sie zurück. »Warum haben Sie mich dann hierherbestellt? Warum haben Sie mir die Ablehnung nicht einfach über mein Terminal geschickt? Warum mußten Sie mich . . . so erniedrigen?«

»Unsere Unterlagen weisen aus, daß Sie mit einem Astronauten zusammenwohnen — einem gewissen Alen Kinert. Unsere Unterlagen zeigen auch, daß Sie seit einem Zeitraum von fünf Jahren mit Kinert zusammen sind. Ist das richtig?«

Plötzlich lagen die Tränen auf ihren Wangen und trockneten dort, und sie verspürte gekränkten Zorn. »Ja, das ist richtig! Daran ist aber nichts Verbotenes, oder?«

Singh lächelte schwach. »O nein, natürlich nicht. Obwohl ich allerdings sagen würde, daß es ein wenig sonderbar ist, meinen Sie nicht?«

»Was?« Miria sah ihn an.

»Astronaut Kinert gehört zur Besatzung des Sternenschiffes. Der Grund, warum Sie zu den Kolonisten gehören möchten, ist Ihr Wunsch, bei Kindert zu sein«, sagte Singh. Es war keine Frage.

»Ist daran irgend etwas auszusetzen?« Miria hatte den Faden verloren, sie konnte seiner Logik nicht mehr folgen.

»Auszusetzen? Nein. Seltsam? Sehr seltsam, würde ich sagen. Warum, Soltan? Warum sind Sie bereit, einen Posten auf hoher Ebene wegzuwerfen, um dort draußen der Teufel weiß mit welchen Dingen fertig zu werden. Nur, um bei einer anderen Person zu sein? Das gibt doch keinen Sinn.«

»Es tut mir leid, aber es ist wahr«, sagte sie einfach und neigte den Kopf. Als Singh nicht sofort antwortete, fühlte sie sich genötigt, ihre Motive zu erklären, zu versuchen, die Beziehung zu beschreiben, die zwischen ihr und Alen bestand. Aber sie wußte, daß es keinen Sinn hatte. Wozu? Würde es irgend etwas ändern? Sie wußte, daß das nicht der Fall sein würde. Nein, die Entscheidung, daß sie nicht mit dem Sternenschiff fliegen würde, war schon seit langem gefallen. Man würde ihr Alen wegnehmen, sie würde ihn nie wiedersehen. So einfach war es, so grausam einfach.

»Ich verstehe«, sagte Singh schließlich. »Warum haben Sie dann diese ... Bindung an Kinert nicht als Motiv für Ihren Wunsch angegeben, sich der Mission anzuschließen?«

Miria blickte zu dem bleichen Mann auf. »Weil ich wußte, daß dieser Grund nicht ausreichend sein würde. Ich wußte, daß ich damit genau die Überraschung und Ungläubigkeit hervorrufen würde, die Sie jetzt erkennen lassen.«

Singh lächelte. »Ja, wenigstens scheinen Sie jetzt die Dinge endlich im rechten Licht zu sehen. Es tut mir leid, daß Ihre Bewerbung abgelehnt wurde. Es tut mir wirklich leid. Aber Sie müssen begreifen, dieser Selektionsprozeß ist sehr schwierig. Das Sternenschiff war in den eugenischen Programmen der beiden letzten Generationen nicht eingeplant. Es wurden keine Bürger speziell für die Kolonisation gezüchtet. Das bedeutet, daß jeder von bereits bestehenden Posten abgezogen werden mußte und daß es notwendig war, die Qualifikationen für die Besatzung und die Passagierliste sehr sorgfältig zu durchleuchten. Das verstehen Sie sicher. Und die Behörde möchte Ihnen danken für Ihr Interesse und Ihre Bereitschaft, sich um der Mission willen zu opfern.«

Singh stand auf und streckte ihr die Hand entgegen. Miria schüttelte sie automatisch, ohne ein Wort zu sagen, und wandte sich schnell ab. Sie hatte nur den einzigen Gedanken, sie wollte weg von hier, so schnell wie möglich.

Alen erwartete sie an der Anschlußstation der Schnellbahn, und sie fuhren über den Verkehrsbahnen nach Westen. Bei jeder Haltestelle wurde das Fahrzeug leerer, als sie sich dem Ende der

Linie näherten. Sie fuhren oft mit der Schnellbahn bis an die äußersten Grenzen der Stadt, dahinter lagen die Ländereien der Reservate der Konföderation, die für die riesigen, landwirtschaftlichen Komplexe bestimmt waren.

Sie kamen von der Endstation herunter, mieteten sich ein Elektromobil und fuhren an einem Grenzposten vorbei auf eine der bewachten Fahrbahnen. Alen machte die Fenster durchsichtig, und sie starrten beide hinaus in die gewaltige Leere der landwirtschaftlichen Ebenen. Der Himmel war ein Strudel aus Dämmerfarben: Purpur, Grau, gebranntes Orange. In der Ferne wurde das wogende Getreide gelegentlich von den großen, schattenhaften Umrissen eines Nahrungsmittelaufbereiters unterbrochen, der wie eine alles verschlingende Bestie durch das Korn watete.

Miria sah zu Alen hinüber, setzte zum Sprechen an und hielt sich dann doch zurück. Sie hatten in der Schnellbahn sehr wenig gesprochen. Keiner von ihnen schien zu wissen, was er sagen sollte. Etwas Fremdes hatte sich zwischen sie gedrängt, etwas, das suchte, ihre Vertrautheit zu zerstören.

Alen hatte die Koordinaten eingetippt, die ihnen beiden bekannt waren. Drei Jahre zuvor hatten sie eine sanft hügelige Landschaft entdeckt, von der aus man auf ein grünendes Flußtal jenseits des landwirtschaftlichen Reservates sehen konnte. Dort lagen schläfrig einige anachronistische Dörfer, man betrieb Landwirtschaft ohne Nahrungsmittelaufbereiter. Während der Wagen lautlos auf diese Stelle zuraste, lehnte sich Alen zurück und sah Miria an. »Wir sollten eigentlich für das dankbar sein, was wir haben«, sagte er und versuchte zu lächeln.

»Wie meinst du das?«

»Ich möchte wetten, daß eines Tages die Leute nicht einmal mehr das werden tun können, die Stadt verlassen, so wie wir eben.«

»Warum nicht?«

»Dafür gibt es viele Gründe. Es könnte zu gefährlich werden. Oder man entschließt sich am Ende doch noch, diese Kraftfelder zu errichten, die Energiekuppeln.«

»O Gott, ich hoffe nicht.«

»Vielleicht ist es einmal der einzige Weg, um einen mit allen Mitteln geführten Krieg zu überleben. Vielleicht wird man gezwungen sein, es zu tun.«

©MARVANO 581

»Alen, das ist nicht mehr wichtig«, sagte sie, drehte sich um und blickte ihn zornig an. Ihre Augen glitzerten, und sie konnte spüren, wie ihre Handflächen kalt und feucht wurden.

»Nein, wahrscheinlich nicht«, war alles, was er sagen konnte, als er ihre verzweifelte Bitterkeit spürte.

»Wie lange wird es dauern? Wie lange, bis du hinkommst?«

»Meinst du nach Schiffszeit? Oder nach der Zeit hier unten?«

»Beides. Ja, ich glaube, beides.«

»Es hängt alles davon ab, ob das Schiff eine Beschleunigung von einem g beibehalten kann. Es könnte zwischen fünfzig und hundert Jahre dauern — nach Schiffszeit.«

»Fünfzig bis hundert Jahre? Aber Alen, bis dahin wärst du doch . . .«

»Tot? Nein. Die Besatzung wird den größten Teil der Reise im Kälteschlaf verbringen, genau wie die Kolonisten. Wir werden abwechselnd für kurze Wartungsschichten aufgeweckt. Wahrscheinlich werde ich im ganzen nicht mehr als sechs oder sieben Jahre wach sein.« Er streckte seine Hand aus und nahm die ihre, um sie fest zu drücken.

»Und . . . wieviel Zeit wird hier vergehen?«

»Eine lange Zeit, Miria.«

»Wie lange?«

»Beinahe hunderttausend Jahre«, sagte er und blickte in ihre unergründlichen, blauen Augen.

Miria wich seinem Blick aus, durch die Fenster des Wagens sah sie hinaus auf das Reservat, wo große, impressionistische Farbflecken im Winde wogten. Hunderttausend Jahre. Wie würde es bis dahin hier aussehen? Wie würde es sein? Es war zu bezweifeln, daß der Mensch so lange durchhalten würde. Sie dachte kurz an jene ferne Zukunft, wenn Alen nur ein paar Jahre älter geworden sein würde, während von ihr nicht einmal der Staub ihrer Knochen übrig war. Ein Schauder durchlief sie, ein Gefühl ungeheurer Leere, als sie an ihr Nichtsein dachte. Und sie dachte daran, wie unfair das Universum sein konnte, wie gefühllos und wie scheinbar sinnlos das Leben sich zeigte.

Sie sagte eine Weile, die ihr ziemlich lang erschien, kein Wort. Alen spürte, wie es um sie stand, respektierte ihr Schweigen und unterbrach es nicht, bis endlich der Wagen seine Zielkoordinaten erreichte und allmählich ausrollte.

Er öffnete die Tür und führte sie hinaus zu einem grasbewachsenen Hügel, von wo aus man über das Reservat schauen konnte. Dahinter, durch das wechselnde Dämmerlicht, konnten sie die Stadt sehen, die wie ein winziges Gebilde aus Amethystkristallen aussah, die planlos aus dem Boden einer moosigen Höhle wachsen.

»Von hier sieht sie gar nicht so eindrucksvoll aus«, sagte Alen leise, seine Stimme verklang schnell in der Abendluft.

»So sollten alle sie sehen. Vielleicht wäre die Stadt dann anders.«

»Das gleiche Gefühl hatte ich im Raum. Von dort draußen sieht man die Erde ganz anders. Auch die Sterne vermögen seltsame Dinge.«

»Ich habe einmal von einem Mann namens Link gelesen«, sagte Miria, sie lag auf dem Rücken und sah zu, wie die Sterne aufblitzten, als die letzten Scherben des Tages zerbrachen und verstreut über dem fernen Horizont lagen.

»Eine berühmte Geschichte«, sagte Alen. »Er war einer der ersten Piloten auf einem Sternenschiff. Damals experimentierte man mit Kyborgs. Als man ihn zurückbrachte, war er total verrückt.«

»Was ist eigentlich aus ihm geworden?«

»Ich glaube, er wurde mit der Zeit wieder gesund. Damals zeigte die Regierung noch ein wenig Fürsorge für ihre Helden. Man lernte von Link eine Menge. Keine Kyborgs mehr, hieß es. Und eine Zeitlang hielt man sich daran.«

»Was willst du damit sagen?«

»Man spricht davon, daß die Kyborgtechnologie ein Comeback erleben soll. Vielleicht nicht in der Raumfahrt, aber in anderen Bereichen.«

»Das klingt entsetzlich.«

»Das ist es sicher auch. Es heißt, man würde mehr als ein Mensch, aber einige behaupten auch, man würde wesentlich weniger.«

Sie streckte die Hand aus und berührte sein Gesicht, das in den harten Halbschatten des Sternenlichts bleich und versteinert wirkte. »Ich liebe dich, Alen. Ich liebe dich sehr.«

Er nickte, antwortete aber nicht. Er hatte wohl gewußt, woran sie dachte. Daran, daß sie ihn bald nicht mehr sehen würde, daß sie an einem Ort zurückbleiben mußte, der anscheinend ohne Liebe leben konnte und unter ihrer Abwesenheit nicht zu leiden schien.

Und dann küßte er sie, berührte sie, gab ihrem Körper in der Kühle des Abends wieder Leben und Wärme. Es paßte zu ihnen, daß sie eine der letzten Gelegenheiten beisammen zu sein an diesem Ort verbrachten. Sie erinnerte sich daran, wie herrlich es gewesen war, als sie zum erstenmal hierhergekommen waren. Sie war so jung gewesen und doch so voll von Träumen, wie die Poeten, von den Träumereien der Vergangenheit, und sie hatte ihn verführt, wie Salome, wie Kleopatra, wie Helena, wie die namenlose Geliebte von Housmans Burschen aus Shropshire.

Danach lag sie in seinen Armen, roch den süßen Duft seines Schweißes, spürte die Wärme seiner Beine, die mit den ihren verschlungen waren, versuchte, nicht an eine Zukunft jenseits dieses Augenblicks zu denken. Sie wäre damit zufrieden gewesen, nie wieder ein Wort mit ihm zu sprechen. Es gab nichts zu sagen, was die Liebe, die sie ihm in jener Nacht schenkte, besser hätte ausdrücken können. Das Schweigen tröstete sie, wärmte sie, und sie war beinahe verwirrt, als Alen es brach.

»Es gibt einen Weg«, sagte er ihr leise ins Ohr. »Es gibt einen Weg, Miria.«

»Was? Wovon redest du?« Sie blickte zu ihm auf und sah, daß er lächelte.

Er setzte sich auf, legte ihr sein Hemd über die Schultern und zog sie nahe an sich. »Die Antwort ist so einfach, so offensichtlich, daß ich schon früher hätte darauf kommen müssen.«

»Was meinst du? Sag es mir, Alen.«

Und er sagte es ihr.

Die Vorbereitungen und die bürokratischen Verwicklungen schienen kein Ende nehmen zu wollen, aber mit Hilfe seines Erster-Klasse-Status und seiner guten Beziehungen in der Anlage konnte Alen die Hindernisse überwinden, die Barrikaden umgehen. Und dann stand er neben Mirias Bett, tief innerhalb der in Ebenen angelegten Stadt, so tief, daß sich unter ihnen nur noch wenige Ebenen befanden, dort unten, wo die großen Kernfusionsreaktoren die begrenzten Mengen von Plasmaenergie erzeugten, die die Stadt mit Strom versorgten.

»Die Fähre startet erst in drei Tagen«, sagte Miria. »Warum muß ich jetzt schon hier sein? Wir haben doch noch Zeit, Alen.«

Er lächelte und schüttelte den Kopf. »Sprich jetzt nicht von Zeit. Davon hatten wir genug. Außerdem habe ich vor dem Start noch unzählige Stunden Einsatzbesprechung. Die drei Tage werden mir vorkommen wie tausend. Ich hätte sowieso nicht mehr mit dir zusammenkommen können.«

»Wirst du bei mir bleiben bis . . . bis zum Ende?« Sie streckte unter dem Laken, das wie ein flüssiger Film aussah, die Hand hervor und suchte nach der seinen.

»Natürlich. Natürlich bleibe ich bei dir. Sie werden jetzt bald kommen. Mach dir keine Sorgen.«

»Tut es weh? Werde ich etwas spüren? Werde ich irgend etwas mitbekommen?«

Er schüttelte den Kopf. »Ich habe es im Training mitgemacht. Überhaupt nichts dabei.«

»Ich kann aber trotzdem Angst haben, oder?«

»Du kannst alles, was du willst«, sagte er lächelnd.

Das Geräusch einer Tür, die sich hinter ihnen zischend öffnete, kündigte das Nahen zweier Techniker an. Sie nickten Alen steif zu und begannen, Mirias Bett ans andere Ende des Raumes zu rollen, wo eine zweite Tür aufzischte, als sie näher kamen. Sie lauschte auf seine Schritte, und als sie wußte, daß er nachkam, fühlte sie sich sicherer.

Man brachte sie in einen größeren Raum, dessen Wände die Beleuchtung mehrerer Schaltpulte und Datentafeln reflektierten. Jemand löste das Laken von ihrem nackten Körper. Sofort fror sie, fühlte sich entblößt und sehr verletzlich. Eine Maschine wurde dicht über sie gesenkt. Ein summendes Geräusch ertönte, das Gerät glitt langsam über ihren Körper, und ihr Fleisch prikkelte leicht, fast als sei es betäubt. Dann wurde sie vom Bett gehoben und in einen Behälter gelegt, der durchsichtig und rechteckig war bis auf die Unterseite, die war weich und bestand aus einem Material, das sich der Form ihres Körpers anpaßte. Sie fühlte sich schläfrig und gleichgültig, und ihre Glieder waren schwer. Irgendwo in den Nebeln, die in ihr Bewußtsein hineinzuwirbeln schienen, tastete sie nach Alens Bild und dem Gedanken an ihn. Sie wollte ihn noch einmal berühren, ihm noch einmal sagen . . .

Es war eine ungeheure Anstrengung, den Kopf zu drehen, aber sie schaffte es und sah ihn hinter den Reihen der Techniker stehen. Er schien sich zu bewegen, zu flackern, zu verschwimmen. Aber sie sagte sich, daß das nicht sein konnte; es mußte an ihrem Zustand liegen. Sie versuchte zu sprechen, aber sie hatte die Fähigkeit dazu verloren, und sie fühlte einen Schmerz unter der Betäubung, der tief in sie eindrang.

Von jetzt an werde ich warten, sagte sie in Gedanken zu ihm. Ich werde auf dich warten.

Und dann wurde der Deckel des durchsichtigen Tanks geschlossen, die Atmosphäre veränderte sich langsam und unmerklich. Ihre Lider senkten sich herab, das Auf und Ab ihrer Brust wurde regelmäßig und stetig und immer langsamer. Alen blieb bei ihr, bis die Techniker den Tank in die zentrale Gefrierkammer schoben.

Von einer Beobachtungsterrasse aus sah Alen zu, wie sie Minuten später den gewaltigen Raum betraten. Er war wie ein endloser Saal mit lauter winzigen, rechteckigen Spiegeln an den Längsseiten, aber wenn man hinter das glänzende Glas blickte, konnte man die schattenhaften, unwirklichen Gestalten darunter sehen. Wie lange lagen einige davon wohl schon hier, der Zeit entrückt? Niemand wußte, wann die Heilmittel für ihre geheimnisvollen Krankheiten entwickelt sein würden. Keiner von ihnen hatte eine Möglichkeit, es zu erfahren, außer Miria, dachte Alen. Ihre Befreiung würde von den Sternen kommen.

Die drei Tage Einsatzbesprechung vergingen schnell. Die Stadt nahm kaum Notiz davon, als die Fähre vom See abhob. Während Alen an der Spitze der flackernden Zunge aus Licht und Hitze dahinschoß, lag unter der Stadt eine Frau in der Dunkelheit des Kälteschlafs, mit einem Lächeln auf dem Gesicht.

Die letzten Sternenschiffe sind nur noch eine undeutliche Erinnerung. Die Stadt weiß das, erkennt ihre spärlichen Verluste an und konsolidiert ihre Gewinne. Die Bevölkerung muß versorgt werden; die Stadt muß bestehenbleiben. Mit Hilfe von brillanten Dienerherren sucht die Stadt nach neuen Wegen, um ihre Ziele zu erreichen.

5

»Liebe ist Wahnsinn. Hast du das gewußt?« fragte die Stimme. Weiblich. Sanft. Beinahe ein Flüstern.

Er nickte, versuchte zu schlucken, hatte aber Schwierigkeiten dabei.

Das Zimmer war dunkel, abgesehen von einem Polyeder, das im Mittelpunkt leuchtete. Er erkannte es als einen unscharfen, holographischen Knoten und wartete darauf, daß er sich zu irgend etwas auflöste.

Das Etwas war sie. Sie war nackt. Und sie war umgeben von, eingehüllt von, eins mit den Flammen.

»Komm zu mir«, sagte sie. »Ich werde es dir beweisen.«

Die Spitze schien lebendig, ganz kurz brannte sie so hell wie die Schutzschirme selbst.

Lukas stand in der Sturmkanzel des Luftkissenfahrzeugs und beobachtete, wie die tausend Meter hohe Säule aus Stahlglas Fontänen aus Feuer und Rauch in die antiseptische Luft spuckte. In seinem Magen bildete sich ein Knoten, der auf seine Eingeweide drückte wie eine geschlossene Faust. Bald würde er der feurigen Bestie gegenüberstehen; der Knoten würde sich auflösen und niedersinken. Während sich das Schiff langsam an das große Gebäude heranbewegte, hörte er, wie die Stimme des Piloten Informationen mit Chicagos Computern austauschte, die den Schwarm von Luftkissenfahrzeugen dirigierten. Hinter sich spürte Lukas den Druck der Körper anderer Feuerwehrmänner, roch ihren Schweiß und ihre Angst.

Das Luftkissenfahrzeug tastete sich dichter an die Außenmauer heran, fuhr eine Greiferrampe aus, die sich selbst an der Seite des brennenden Turmes festmachte. Einen Augenblick lang schlingerte das Fahrzeug, und Lukas wäre beinahe gestürzt. Er gewann sein Gleichgewicht wieder, lief mit den anderen schnell über die Rampe, dann schnitten sie mit Laserbrennern durch die Stahlglasfassade und traten in einen Korridor, der von wirbelnden Wolken aus schwarzem Rauch verdunkelt wurde.

Lukas überprüfte noch einmal die Dichtungen seines Augenschutzes und die Ventile des Atemgeräts, als er spürte, wie die ersten Wellen überhitzter Luft an seinen Schutzanzug brandeten. Rings um ihn waren die Männer mit hastigen, wütenden Bewegungen dabei, Schläuche abzuwickeln, Ventile zu öffnen, Geräte aufzustellen. Er konnte es kaum erwarten, die Bestie zu sehen, ihren heißen Atem zu spüren und in ihre dunklen Schleier einzudringen. Er spürte, wie sein Herz schneller schlug, wie das Blut in seinen Schläfen pochte.

Lukas rief eine Reihe von Befehlen und führte einen Trupp Feuerwehrmänner durch ein Labyrinth gewundener Korridore, bis sie die Hauptfront der Flammen erreichten. Einen Augenblick lang stand Lukas wie versteinert, als er in das Antlitz der Feuerwand starrte, die wie eine elementare Geliebte tobte und tanzte. Schläuche wurden gehoben, und Lukas brachte mit Mühe das Mundstück des einen unter Kontrolle, aus dem ein Wasserschwall hervorbrach. Lukas richtete den Sprühnebel in das Zentrum der Flammen, streifte aber zufällig mit dem Mundstück über sein rechtes Bein. Sofort war er sich der Kunstfleischstrumpfhose, die er unter seinem Feuerwehranzug trug, intensiver bewußt. Es bereitete ihm Vergnügen, während er in den Flammen nach einem Zeichen der Bestätigung suchte. Lukas lächelte, als seine Erektion voll und pochend wurde.

Widerwillig zog sich das Feuer vor der Angriffsfront aus Wasserstrahlen zurück, gab verbranntes Territorium auf und versuchte, in die Deckenstruktur zu entkommen, die zur nächsten Ebene führte. Lukas und seine Männer fuhren aus ihrer Kampfmontur Enterhaken aus und rissen an der aufgehängten Decke, um dem Feuer möglichst die Nahrung zu entziehen. Sein Atem raste ein und aus, seine Arme wurden müde. Sein Bewußtsein wehrte sich gegen eine seltsame Finsternis des Zweifels. Irgendwo in der Dunkelheit, das wußte er, war ein zweiköpfiger

Phönix, der abwechselnd von seinem Es abbiß: ein Biß der Lust, ein Biß des Schmerzes.

Der Enterhaken eines Feuerwehrmannes verfing sich in dem Drahtgeflecht der Deckenkonstruktion, ein ganzes Stück der verkohlten, flammenden Decke brach ab und sauste auf sie herunter. Lukas reagierte schnell genug, er sprang zurück und stolperte beinahe über das Gewirr von Schläuchen zu seinen Füßen. Aber einer seiner Männer hatte nicht so viel Glück, er wurde unter dem brennenden Stück eingeklemmt, als es auf dem Boden des Korridors aufschlug. Die Schreie des Feuerwehrmanns wurden durch den luftdichten Augenschutz seines Helmes gedämpft, seine sich windenden, stoßenden Bewegungen erstickte bald die sengende Trümmerdecke. Lukas fuhr einen Enterhaken aus und zog zusammen mit einigen anderen Männern das Deckenstück von dem gestürzten Mann. Es gab nach und ließ eine reglose Gestalt erkennen, das Metallgewebe seines Feuerwehranzugs hatte Blasen und Risse, und das Fleisch darunter war gargekocht.

Jemand funkte nach einem Arzt, und Lukas stand hilflos da und sah zu, wie der Feuerwehrmann zu einem wartenden Luftkissenfahrzeug fortgeschleppt wurde. Als er sich wieder den Flammen zuwandte, durchfuhr ihn eiskalt ein Gedanke, der ihn für den Augenblick von der Hitze des Gefechts isolierte. Die Erregung ließ nach, als er sich vorstellte, was geschehen würde, wenn er selbst verletzt werden sollte. Er schauderte, als er sich ausmalte, wie er selbst hilflos in einem Medisektor lag, wie man ihm die Montur vom Körper schälte und die Strumpfhose entdeckte. Sie würden das nicht verstehen.

Um ihn war verschwommene Aktivität. Blinzelnd wandte Lukas seine Aufmerksamkeit wieder dem Feuer zu. Er starrte dem Wesen ins Gesicht und wurde wieder von ihm aufgesogen, genoß die Erregung, die erneut in ihm aufstieg.

An seinem Schädel waren Drähte befestigt. Er konnte spüren, daß sie sich wie bei Medusa von seinem Kopf wegschlängelten, sich vereinigten, sich zu einem dicken Kabel drehten, das in ein großes Schaltpult mündete. Seine Augenlider bewegten sich nicht — konnten sich nicht bewegen. Bilder entstanden und tanzten vor ihm, er spürte Hitze, Feuchtigkeit und stufenlos sich steigernde Erregung. Er tat dies einige Lebensspannen lang, bis schließlich alles zu Ende war. Die Stimme des Beschäftigungstherapeuten hallte durch seinen Schädel: »Arbeit ist Liebe. Hast du das gewußt?«

Lukas gewöhnte sich an, zu duschen, während er seinen Helm und den Uniformrock anhatte. Er konnte sich kaum mehr vorstellen, wie er gelebt hatte, ehe er solche Freuden entdeckte. Das warme Wasser spritzte gegen den Gesichtsschild, lief ihm über Hals und Brust. Er rieb sich Seife über den Körper, bis er so schlüpfrig war, daß er sich nicht mehr beherrschen konnte und in den reinigenden Strahl hineinmasturbierte.

Danach lag er in der Einsamkeit seines Schlafzimmers im Halbschlaf und versuchte, die schleichenden Zweifel, die unterschwelligen Anfälle von Schuldgefühl zu ignorieren. Sein Leben war im Wandel begriffen. Seine Weltanschauung wurde chirurgisch verändert, und er war bei diesem Ereignis ein unbeteiligter Beobachter. Vielleicht, so dachte er in solchen Augenblicken, brauchte er eine stärkere Narkose. Aber natürlich war der Raum kalt, ohne wirkliche Wärme, und daher ohne Liebe.

Er lag ruhig im Untersuchungsraum — ohne Drähte, ohne angesprochen zu werden — man nahm an, daß er schlief. Aber er konnte noch nicht schlafen. Er konnte nicht zur Ruhe kommen, weil ein ungezähmter Teil seines Bewußtseins die Eingabedaten auf der Schwellenebene immer wieder durchspielte. Nur in kleinen Stücken. Gesprächsfetzen, die durch die Risse eingedrungen waren, durch die Spalten und Windungen. In die Lücken zwischen den Sirenen, dem Rauch und den Schreien der Menschen gepreßt. Lukas haschte nach den Worten, die wie Wasserläufer über die Oberfläche seines Bewußtseins flitzten: ». . . des Experiments . . . geplante Erfolgswahrscheinlichkeit wird mit 96,73 angegeben, wenn alle Variablen bleiben . . . muß auf allen Ebenen eingeführt werden, um . . . das wichtigste dabei ist die Kontrolle . . . Vereinigung des Geistes und . . . Die Stadt ist sehr . . . Hingabe . . . Liebe . . . Kontrolle . . . Harmonie ist . . .«

Das weiche Glühlicht des Schutzschirmes sickerte durch das Schlafzimmerfenster, als Lukas den Raum betrat. In der schwachen Beleuchtung wurden die Gegenstände sanft betont, ihre eigentliche Gestalt deutete sich Lukas nur an, als seine Augen über die halb erblickten Dinge hinwegtanzten. Er entkleidete sich langsam, dann ging er im Zimmer umher und berührte die Gegenstände: Hydranten aus dem zwanzigsten Jahrhundert, Feuermelder aus derselben Zeit, sorgfältig aufgerollte Schläuche mit auf Hochglanz polierten Messingmundstücken, eine veraltete Feuerwehruniform, die jetzt an der Wand hing.

Lukas hörte auf, die Dinge zu streicheln, wandte sich um und betrachtete seine Frau Delena, die mit ausgebreiteten Armen und Beinen auf dem Bett lag, an die Maschine angeschlossen. Er setzte sich den Helm auf den Kopf und ließ den Augenschutz einrasten; er stieg in seine Stiefel, spürte den festen, aber sicheren Druck um seine Füße und Knöchel. Lukas näherte sich dem Bett, griff nach seiner Frau, berührte sie, spürte, wie warm und feucht sie war. Sie berührte seinen Helm, küßte den rauchglasfarbenen Gesichtsschild und jagte damit feurige Pfeile durch seinen Körper. Er konnte die quakende Stimme der Bestie in seinem Kopf hören, er roch ihren rauchigen Atem. Delena zog ihn zu sich herunter, und er drang bereitwillig in sie ein.

Es gab nie so viel, daß es sinnvoll gewesen wäre. Es reichte nur, um einen zu quälen und zu verwirren. Das Rätsel würde nie gelöst werden. Auf diesem Weg lauerte der Wahnsinn, dessen war er sich sicher. Besser, alles zu vergessen. Zu akzeptieren. Und in den tröstenden Wellen der Erschöpfung zu versinken.

Er hatte oft den Wunsch, seine Freuden mit seinen Männern zu teilen, aber Lukas wußte, daß für so etwas die Zeit noch nicht gekommen war. Er war zufrieden in dem Bewußtsein, daß er und Delena wirklich Glück gehabt hatten, von den Computern Chicagos ausgewählt worden zu sein.

Und er wurde auch dann nicht in seinem Glauben wankend, als sogar seine schlimmsten Befürchtungen sich bestätigten. Die Katastrophe war nicht vorhersehbar gewesen; sie geschah einfach. Lukas und sein Trupp waren in einen heftigen Kampf mit der Bestie in einem Warenhaus verwickelt. Das Feuer war während der Nacht in dem alten Gebäude ausgebrochen, es waren keine modernen Warnanlagen in der Nähe gewesen, weil der

Bau so alt war, und so waren die Flammen gewaltig, als Lukas anlangte. Einige der Zungen leckten an der Kontrollstation eines der Generatoren, die die Energie für die Schutzschirme lieferten — die äußere Schutzhülle Chicagos. Lukas war angesichts dieser Feuersbrunst hilflos, angesichts des explodierenden Generators, als sich Eisenstücke in seinen Körper bohrten. Obwohl er verletzt war, wurde er von der Helligkeit und der Hitze überwältigt; er ejakulierte, ehe er das Bewußtsein verlor.

Als man die Strumpfhose entdeckte, wurde die Vollzugsbehörde benachrichtigt. Lukas wurde in den Medisektor des neuerbauten Komplexes für Beschäftigungstherapie Chicagos überführt. Als er das Bewußtsein wiedererlangte, wurde er durch die vertrauenerweckende Umgebung beruhigt. Man behandelte seine Verletzungen, und sein Therapeut sprach mit so viel Zartgefühl über den Vorfall, daß Lukas ganz glücklich war. Der Therapeut war in der Tat sehr erfreut darüber, daß Lukas mit seiner Fantasie soviel zu dem Prozeß beitrug. Andere kamen und sprachen mit ihm. Kein Grund, sich Sorgen zu machen, sagten sie zu ihm. Chicago hat für alle Fälle vorgesorgt. Die Ärzte, die dich entdeckt haben, werden deinen Zustand nicht verraten, sagten sie. Bald werden alle so sein wie du.

Und Lukas lag still in seinem Bett und lächelte. Oft dachte er wehmütig an seine Uniform und an die Freuden, die sie symbolisierte.

Es war so schön, ein Feuerwehrmann zu sein, dachte er.

Wenn der Mensch nicht aus der Geschichte lernt, ist er dazu verurteilt, sie zu wiederholen. Das ist eine Lektion, die die Stadt sehr gut begriffen hat, und sie hat Vorsorge getroffen, um sich vor allen Ereignissen zu schützen, die aus der Torheit der Menschen erwachsen. Ein neues Jahrhundert dämmert mit schrecklichem Licht herauf.

6

Die Sonne kroch langsam über den wolkigen Horizont, schickte zaghafte Strahlen über die verwüsteten Ebenen des Landwirtschaftlichen Reservates. Das geschwärzte, rostige Skelett eines großen Nahrungsmittelaufbereiters lag in einem weit entfernten Feld, blockierte einen Teil der Dämmerung, seine Silhouette war ein metaphorisches Stilleben, das Skelett einer seit langem zugrundegegangenen Bestie. Der Himmel sah zornig aus, das war jetzt immer so, gepeitscht und bestraft von einem Wind, der den Tod über die Erde verbreitete.

Das war die Aussicht, die Taggart jeden Morgen vorfand, wenn er sich aus der Asche seines Lebens erhob. Er zündete ein Feuer in der Feuerstelle aus Ziegelsteinen an, hob einen gußeisernen Topf von seinem Balken und öffnete die Tür, die in die feuchte Kühle des Kellers führte. Die Kurbel quietschte, als er einen Eimer in den Brunnen unterhalb des Hauses hinabließ. Er dachte oft, daß der zugedeckte Brunnen wahrscheinlich für sein Überleben der wichtigste Faktor gewesen war — wenn dieses Überleben auch nicht sehr viel wert war, er verdankte es doch diesem Brunnen. Er holte das Wasser herauf, füllte den Topf und stellte ihn über das Holzfeuer. Nachdem er so die ersten Arbeiten des Morgens verrichtet hatte, ging er hinaus in das dunstige Licht und blieb vor der Tür stehen, die zu dem kleinen, A-förmigen Haus führte, um die Sammlung von Gräbern zu betrachten, die gleich hinter dem Ring jetzt verlassener Gebäude lagen. Einhundertzweiundachtzig ordentliche Steinhaufen. Einhundertzweiundachtzig Beerdigungen, einhundertzweiundachtzig bittere Erinnerungen. Taggart ging zwischen den Grabhügeln hin und her, blieb vor einem stehen, der sich in nichts von den anderen unterschied. »Guten Morgen, Herr Pfarrer«, sagte er in die stetige Brise hinein, die die Worte so schnell zu verschlucken schien, wie er sie äußerte. »Der Brunnen hält sich besser, als ich dachte. Und ich glaube, ich habe einige Lebensmittelvorräte gefunden ... drüben bei Henley. Unter dem Pilzkeller. Er muß sie während all der Jahre vor uns zurückgehalten haben.« Taggart lachte einmal kraftlos auf. »Sie wären stolz auf mich, Herr Pfarrer. Ich habe Teile von einigen der alten Maschinen abmontiert. Versuche, einen Generator zu bauen. Eine Windmühle. Sie wissen schon, um hier richtigen Strom herzubekommen.«

Seine Stimme verklang, als erwartete er eine Antwort, während er verzweifelt überlegte, was er noch sagen könnte. Jeden Morgen begann er hier seinen Tag, teils aus Respekt, teils, weil er einen Vorwand brauchte, um eine menschliche Stimme zu hören, auch wenn es nur seine eigene war. Er schüttelte den Kopf, rieb sich die Augen und wandte sich von den in gleichmäßigen Abständen gesetzten, ordentlichen Gräberreihen ab. Der Tod ist ein Teil des Lebens, das sagte er sich immer wieder.

Aber er hatte noch nie so klar erkannt, wie sehr er ein Teil davon war.

Taggart ging langsam zu seinem Haus zurück. Er war mehr als zwei Meter groß, hatte graue Augen und eine lange, dunkle Haarmähne, die so ölig und verschmutzt war, daß sie ihm in dikken Strähnen um das Gesicht hing. Obwohl er erst zweiundzwanzig war, waren seine Züge von Linien und Falten gezeichnet, die die Sonne hineingebrannt hatte, der Wind und sein Kummer über die Vergangenheit. Er wirkte gleichzeitig alt und jung, es hing davon ab, wie Licht und Schatten auf seinem Gesicht spielten.

Als er das Haus erreichte, sah er nach dem Wasser, das wild kochte, dann kehrte er in den Keller zurück, wo in langen, dunklen Holzregalen die Konservendosen gelagert waren. Er wählte eine Dose mit Süßkartoffeln und eine mit Birnen, dann ging er wieder nach oben zu der Feuerstelle aus roten Ziegeln. Nachdem er einige Kräuterblätter zerrieben hatte, tat er sie in ein Sieb und goß sich einen dampfenden Becher Tee auf.

Während er an einem einfachen Holztisch saß und die Birnen auslöffelte, wanderten seine Gedanken zurück zu dem schrecklichen Krieg. Es war fast ein Jahr her, seit das letzte Flugzeug in einem feurigen Lächeln aufgegangen und den Himmel hinuntergeglitten war, aber es verging kaum ein Tag, an dem Taggart nicht einige Erinnerungen an diese schreckliche Zeit einfielen. Das Armageddon, das man so endlos lange schon erwartet hatte, war endlich gekommen. Niemand aus dem Reservat und seinem stillen Leben, das einem früheren Zeitalter angehörte, hatte eine Ahnung, wodurch der Konflikt ausgelöst worden war. Es schien nur eines Morgens, als sei der Himmel voll von brennenden Wesen: Raketen, Feuerbällen und Pilzwolken, Lasern und Flugzeugen. Die Reihe von thermonuklearen Angriffen, Vergeltungsschlägen und Bombenangriffen auf zweiter Ebene dauerte nur erschreckend kurze Zeit. Und dann erschienen wie Ameisen, die aus ihrem Hügel hervorwimmeln, die Armeen. Besatzungsmächte aus den verwüsteten Feindgebieten, Verteidigungskräfte aus Nordamerika, Bürgerwehr aus dem Stadtkomplex, Partisanen und schließlich kleine, zerlumpte Trupps unorganisierter Plünderer.

Menschen ergossen sich über die Erde, notzüchtigten sie, metzelten sie nieder, töteten sie; Menschen verstümmelten sich gegenseitig wie hungrige Ratten in einem Käfig. Beinahe, als sei man erst hinterher draufgekommen, wurden bakteriologische Waffen in die schon verseuchte Luft gejagt, sie rasten wie dunkle Gespenster mit den Passatwinden, den polaren Kaltluftströmungen und den Äquatorstürmen hin und erreichten so jeden Punkt auf dem Globus. Der Tod hielt reiche Ernte. Innerhalb eines Jahres waren sieben Milliarden Menschen umgekommen.

Nur die außergewöhnlich Gefeiten, die natürlich Immunen, die Mutanten überlebten das Darwinsschwert, das über den Planeten fegte. Einer von ihnen war Taggart, als einziger von Tausenden im Landwirtschaftlichen Reservat war er dazu verdammt, die anderen zu begraben. Er fragte sich oft, ob er, wie es in alten Geschichten und Mythen oft ausgemalt wurde, wirklich der letzte Mensch auf der Erde war.

Und dann kam jener Morgen, an dem er erfahren sollte, daß dem nicht so war.

Nachdem er die Überreste des kärglichen Frühstücks aufgeräumt hatte, ging Taggart hinaus in die Ruinen, die einst das Gemeinschaftsgebäude des Reservats gewesen waren. Die Sonne stand hoch an dem grauen Schleier, der der Himmel war, sie verriet ihren Standort durch eine gelegentliche Lichtspeiche, die die Wolkendecke durchbohrte. Er erreichte den Schuppen, den er sich zusammengezimmert hatte, den Platz, an dem er so viele nützliche Werkzeuge und Maschinenteile gesammelt hatte, wie er nur konnte. Der Turm für seine Windmühle stand hinter dem Schuppen mit dem schiefen Dach, er erhob sich über die Trümmer wie ein einsamer Wächter, ein letztes Denkmal für den Erfindungsgeist des Menschen. Taggart band sich sorgfältig das Gerät für das Hauptgetriebe an den Gürtel, hängte sich eine Tasche mit Werkzeugen um den Hals und begann die lange Kletterpartie über die Mittelsäule des Turmes nach oben. Er begutachtete seine Arbeit, während er sich die Leitersprossen hinaufzog. Es war eine sonderbare Mischung aus Können und Frustration, aus Holz und Stahl, aus Maschinenteilen und Schrott. Aber das Werk hatte zwei schwere Sandstürme und unzählige Regengüsse ausgehalten. Vielleicht würde er doch noch Energie erzeugen.

Als er die Plattform ganz oben erreichte, machte er eine Pause, um wieder zu Atem zu kommen und die rauhe Landschaft seines Königreiches zu betrachten. Im Norden, wo sich einst in Reih und Glied wie beim Militär die Obstgärten ausgebreitet hatten, gab es nichts als rissigen, roten Lehm, gelegentlich klammerte sich zäh ein Stück mutierten Strauchwerks oder Salbeis fest. Im Osten und Westen, wo das schimmernde Korn und die grünen Blätter den schwarzen Boden wie mit einem Schachbrettmuster überzogen hatten, war jetzt eine häßliche Masse aus Flechten und Knollengewächsen; die sich wie knorrige, wütende Fäuste um die Erde geknotet hatten und sie würgten. Aus dieser Höhe fühlte sich Taggart weit entfernt von all den veränderten Dingen, aber die Aussicht auf die südlichen Regionen, wo einst die Gemeinde des Reservats gelacht, getanzt, gesungen, geweint, geliebt und auch gehaßt hatte, das war der schlimmste Anblick. Alles war zerschmettert, verbrannt oder verdreht, verfaulte oder verrostete, alles war tot, ein Opfer von Wind und Staub, durchwühlt von den Rattenhorden verzweifelter Menschen, bis nichts mehr übrig war als die stinkenden Leichen. Taggart konnte so hoch klettern, wie er wollte, der Erinnerung daran konnte er nie entfliehen.

Er schluckte den Klumpen hinunter, der sich in seiner Kehle gebildet hatte, und beugte sich über seine Arbeit. Er wußte, daß er das Getriebe eigentlich an den Rotorschaft schweißen sollte, aber er hatte nichts dazu, was auch nur so primitiv wie eine Fakkel gewesen wäre. Seine Schmiede konnte er nicht auf die Plattform hinauftragen, er würde sich daher mit einem einfachen Schraubmechanismus zufriedengeben müssen, in der Hoffnung, daß er hielt. Die Arbeit ging langsam voran, es gab Zeiten — wie immer bei den Aufgaben, die er sich selbst stellte — in denen er sich sehnsüchtig ein zweites Paar Hände wünschte, eine zweite Person, die eine Stange halten, eine Schraube eindrehen, einen Flügel ausrichten konnte. Während er mit der letzten Schraube kämpfte, hielt er inne, um sich den Schweiß von der Stirn zu wischen, und warf dabei einen flüchtigen Blick hinaus in die vertrockneten Ebenen.

Da bewegte sich etwas.

In der Ferne, wo er es nicht mehr deutlich erkennen konnte, draußen, wo der Dunst alles in seinem verschwimmenden Griff zu packen schien, sah er einen schwarzen Fleck, der langsam größer wurde.

Es war ungewöhnlich, daß ein Tier allein in dieser unwirtlichen, kargen Welt herumstreunte. Der Herdeninstinkt war in letzter Zeit stärker geworden. Einzelgänger waren eine leichte Beute, eine schnelle Mahlzeit. Taggart knetete nervös den Schraubenschlüssel zwischen seinen Fingern und sah zu, wie die Gestalt sich unentwegt den Trümmern des Reservats näherte.

Eine Minute verging, nur das Winseln des Windes war zu hören, der durch die Flügel des Rotors über Taggarts Kopf strich. Eine weitere Minute, und Taggart wußte, daß es ein Mensch war, der da auf seinen Standort zukam. Ein zweiter Mensch! Ein Frösteln durchlief ihn. Wieder eine andere, menschliche Stimme zu hören! Den Gedanken eines anderen zu lauschen, seine Ansichten über die Welt zu hören, die Welt jenseits seiner eigenen, unbedeutenden Kratzer in der Erde. Seine Handflächen wurden feucht; der Schraubenschlüssel fühlte sich glitschig an. In seiner Kehle breitete sich Trockenheit aus.

Von der Höhe des Turmes herunter konnte er den Menschen deutlich sehen. Der Fremde trug ein langes, wallendes Gewand, eine Art Umhang, der im Wind flatterte und sich bauschte. Dazu

trug er einen Stahlhelm, aber Taggart sah, daß davon so etwas wie eine lange Feder abstand, die bei jedem Schritt wippte und hüpfte. Der Mann zog auch einen kleinen, zweirädrigen Karren hinter sich her, dessen Gummireifen dünne Striche im Staub hinterließen. Der Karren war hoch beladen mit unbestimmbaren Gegenständen, die sich unter einem schlampig mit Stricken festgezurrten Stück Segeltuch hervorwölbten. Seine Schritte waren langsam, manchmal sogar trippelnd, anscheinend war der Fremde schon in fortgeschrittenem Alter, und darüber wunderte sich Taggart. In der Richtung, aus der der Fremde kam, gab es nichts. Nichts als öde, aufgerissene Erde. Er mußte sehr weit gewandert sein. Taggart richtete sich langsam auf und beobachtete den Mann, der jetzt keine zweihundert Meter mehr entfernt war; Taggart fragte sich, ob ihn der Fremde wohl schon gesehen hatte oder nicht.

Gerade als er überlegte, ob er einen Begrüßungsschrei ausstoßen oder mit der Hand winken sollte, blickte der Mann unten auf, langsam wie ein Raubvogel, als hätte er von Anfang an gewußt, wo Taggart sich befand. Der Fremde blieb vor dem Wagen stehen, ließ die Deichsel fallen und legte beide Hände trichterförmig vor sein Gesicht. »Hallo! Hallo, du dort oben! Du hast nicht etwa vor, mich zu töten, oder?«

Ihn zu töten! Taggart trafen diese Worte wie ein Schlag. Eine solche Begrüßung hätte er sich nicht im Traum vorgestellt. Er hörte sich zögernd antworten: »Nein, nein, natürlich nicht! Sie sind hier willkommen! Er lehnte sich gegen das Geländer der Plattform und steckte den Schraubenschlüssel in seinen Werkzeugbeutel zurück. »Hier, warten Sie! Warten Sie, bis ich herunterkomme.« Gott, war das komisch, wieder mit jemandem zu sprechen.

Der Fremde legte einen Finger an den Rand seines Helms und machte eine großartige, schwungvolle Verbeugung, dann stand er auf und grinste breit. Während Taggart den Turm hinunterkletterte, hob der Mann die Deichsel auf und begann, seinen Karren zum Fuß der Windmühle zu ziehen. Die Worte des Fremden setzten sich in Taggarts Bewußtsein fest. Was sollte dieses Gerede über das Töten? Versuchte der alte Mann etwa, ihn in Sicherheit zu wiegen? Vielleicht war es er, der den Plan hatte, ihn zu töten.

Taggart hielt einen Augenblick lang inne, immer noch einige Meter über dem Boden. Nein. Es war unfair, so schnell einen derartigen Verdacht zu hegen. Vielleicht sollte er dem alten Mann gegenüber eine gewisse Vorsicht walten lassen, aber mehr sicherlich nicht.

Taggart ließ sich zu Boden fallen, wischte sich nervös die Hände an den Hosen ab und sah zu, wie sich der Mann dicht an ihn heranbewegte. Über den kleinen Abstand hinweg, der sie noch trennte, konnte Taggart die Züge des anderen in allen Einzelheiten studieren. Das Gesicht des Fremden war wirklich ziemlich alt. Taggart hatte noch nie einen so alten Menschen gesehen. Es war, als hätte der Fremde nie eine Geron-Behandlung bekommen. Unter dem Rand des Helms tanzten einige Strähnen silberweißen Haares auf einer runzligen Stirn. Große, buschige, weiße Augenbrauen drängten sich über den eingesunkenen Augen zusammen — zwei großen, schwarzen Kugeln, die glänzten wie frisch geölt. Die Nase war dick und lang, deutlich nach links gebogen. Die dünnen, farblosen Lippen verloren sich beinahe in einem zottigen, weißgebleichten, einige Zentimeter langen Bart, der fast nirgends einheitlich geschnitten war. Sein Hals sah aus wie der eines Truthahns, die schlaffe Haut folgte dem Gesetz der Schwerkraft und hing lose und pickelig nach unten. Und überall waren Linien, tiefe Gräben schnitten ins Fleisch, formten ausgetrocknete Falten und Taschen, in die die Jahre eingebettet waren. Taggart blickte auf die Hände des Mannes; es waren die Hände eines Gerippes. Weiß, knorrig, die Haut straff über die Knochen gespannt, und doch von dicken, blauen Adern in Falten geworfen. Die Finger bewegten sich wie Insektenbeine in schnellen, zuckenden Bewegungen.

»Heiße Peregrine«, sagte der Fremde und streckte Taggart eine seiner Spinnenhände entgegen. »Und du?«

»Taggart. Freut mich, Sie kennenzulernen, Sir.« Die Hand des Mannes fühlte sich trocken, rauh und hart an.

»Bist du alleine hier draußen?« Der Alte blickte an Taggart vorbei auf das Trümmerfeld von Gebäuden und Maschinen.

Taggart nickte.

»Was hast du gerade gemacht, als ich kam? Versucht, das Ding zu reparieren? Wozu? Du hast doch wohl nicht vor, es mit einem Speer zu jagen, oder?« Der Mann warf den Kopf zurück und lachte über einen anscheinend nur für ihn selbst verständlichen Witz.

»Es mit einem Speer zu jagen?« Taggart verstand kein Wort.

»Äh, das kannst du wohl nicht wissen. Vergiß es.«

Peregrine ließ die Deichsel fallen und rieb sich die Hände. »Hör mal, ich bin schon lange unterwegs und könnte gut einen Schluck kaltes Wasser gebrauchen. Hast du welches?«

»Ja, dort hinten im Haus. Gehen wir hin, dann hole ich Ihnen welches.«

Peregrine lachte wieder, lächelte durch seinen drahtigen Bart. »Das ist ein Wort, Sohn. Und ob wir gehen!«

Taggart räumte sein Werkzeug weg, hob seine Tasche auf und zeigte auf den Weg zu seinem A-förmigen Haus. »Woher kommen Sie, Mr. Peregrine?« Taggart wollte ihn auch noch fragen, warum er die lange, rosa Feder an seinen Helm gesteckt hatte, aber er traute sich nicht.

Peregrine zog den kleinen Karren hinter sich her. Er schmatzte mit den Lippen und sagte: »Nun, seit dem großen Abräumen bin ich an vielen Orten gewesen. Hör zu, mein Sohn, hast du je von König Hamlet gehört?«

Taggart schüttelte den Kopf.

»Ja, nun, ich war bei dem König, habe ihm geholfen, mit einigen Problemen in seinem Königreich fertig zu werden. Und dann war da . . . sag mal, was ist mit Kapitän Ahab? Je von ihm gehört?«

»Tut mir leid, nein.«

»Nun, ich war eine Wal, ich meine, eine Weile, bei dem Kapitän. Wir haben dieses Mutantenwesen gejagt, das die Leute in seiner Gegend belästigte.«

»Leute? Wollen Sie damit sagen, daß es immer noch Leute gibt?« Taggart spürte, wie sein Herz einen Satz machte und wie die Hitze in seinem Nacken aufstieg.

Peregrine richtete sich auf und fuchtelte dramatisch mit den Armen. »Aber ja, zum Teufel noch mal! Taggart, du bist einfach hier auf deinem fetten Hintern sitzengeblieben, während sich die übrige Welt aufrappelt und von vorne anfängt. Ja, ich war unterwegs! Ich nehme an, du hast auch noch nie etwas von der Roten Königin gehört?«

Taggart schüttelte verwirrt den Kopf.

Peregrine machte einen schnellen, kleinen Tanzschritt. »Das dachte ich mir. Nun, sie hab' ich auch gesehen. Komisches kleines Reich, das sie da hat ...«

»Wo ist das?«

»Wo? Oh, du hast wahrscheinlich nie davon gehört. Kleine Stadt da unten im Tiefland, ziemlich weit im Süden. Aber das ist unwichtig, mein Junge. Wie weit ist es noch, bis wir etwas zu trinken bekommen?«

Taggart deutete auf den Wirrwarr aus Holz und Aluminium vor ihnen. »Nicht mehr allzuweit. Hören Sie, Mr. Peregrine, wie haben Sie überlebt? Das ganze Herumwandern und so? Wie haben die anderen Leute es geschafft?«

»Ich weiß es auch nicht. Immunität, nehme ich an. Genau wie du, stimmt's? Ich möchte nicht behaupten, daß ich nicht eine ganze Menge Leute habe abkratzen sehen, denn das war schon so.«

»Abkratzen?«

Peregrine blieb stehen, faßte sich in einer grotesken Pantomime an den Hals, streckte die Zunge heraus und rollte die Augen. »Du weißt schon, tot.«

»Ach so«, sagte Taggart, als erfasse er gerade eine geheimnisvolle Wahrheit. Das war ein komischer Typ, dieser Peregrine. Taggart wußte nicht, was er von ihm halten sollte.

»Ja, das waren diese Bazillen, die sie herausgelassen haben. Pest. Ich glaube, wir, die wir sie nicht erwischt haben, hatten einfach Glück.«

Taggart ging voraus und öffnete die Tür zu seiner Unterkunft. Er blickte sich um und sagte: »Das habe ich mir auch gedacht. Es hat nicht lange gedauert, bis hier alle ... weggestorben sind.« Er hielt inne und blickte zu Peregrines Karren zurück. »Wollen Sie irgend etwas mit hereinnehmen?«

»Nee, ist doch bloß alles ein Haufen Gerümpel«, sagte der alte Mann. »Außerdem ist hier ja keiner, der daran herumfingern würde, stimmt's?« Er warf den Kopf zurück und gackerte wieder sein verwirrendes Lachen.

Taggart gab ihm einen Becher Wasser und bot ihm eingemachtes Gemüse an, das Peregrine annahm und mit den Fingern herausfischte. Er aß völlig hingegeben, ohne erkennbare Tischmanieren und sehr geräuschvoll. »Das Zeug ist nicht schlecht«, sagte er schließlich und wischte sich einige Tropfen Saft mit dem Rand seines zerfetzten Ärmels vom Kinn. »Wo hast du es her?«

»Das war eine der Industrien, die wir hier draußen hatten. Die Reservate waren ziemlich autark. Wir brauchten die Städte eigentlich gar nicht.«

»Was hast du an dieser Windmühle gemacht, als ich kam? Sitzt du gerne dort oben oder was?«

Taggart lächelte. »Nein, ich habe ein Getriebe am Schaft befestigt. Versuche, elektrischen Strom zu gewinnen.«

Peregrine lachte.

»Was ist daran komisch?« Taggart fühlte sich verspottet, obwohl er nicht verstehen konnte, warum.

»Warum gibst du dich mit dem alten Ding ab? Warum kommst du nicht mit mir dorthin, wo wir alle Energie finden, die wir brauchen?«

»Energie? Wo?«

»Natürlich dort, wo ich hinwill. In Oz«, sagte er triumphierend und machte dabei eine gezierte Handbewegung.

»Oz, wo ist das?«

»Ich dachte mir schon, daß du noch nie davon gehört hast«, sagte der Alte mit einem schiefen Grinsen. »Nun, das ist so. Östlich von hier ist dieses Zauberreich, das da entstanden ist. Ein komisches Ding. Alle möglichen Typen wetteifern dort um die Herrschaft und so weiter. Macht der Zauberei und der Wissenschaft. Lauter solches Zeug. Der ganze Laden wird von diesem netten, alten Knaben geschmissen. Nennt sich ›der Zauberer‹.«

Taggart hatte noch nie von einem solchen Ort gehört, und zum erstenmal begann er an den Worten dieses seltsamen alten Mannes zu zweifeln. »Ich habe nie von einem solchen Ort gehört. Was ist ein ›Zauberer‹?«

»Das ist ein Bursche, der Macht über alle möglichen Kräfte hat. Ein Chef.«

»Wie weit im Osten liegt dieser Ort, sagten Sie?«

»Ich habe gar nichts gesagt.« Peregrine brach in schallendes Gelächter aus und schlug sich aufs Knie.

»Nun, dann sagen Sie es mir doch.«

»Wozu, möchtest du etwa mitkommen?«

»Vielleicht«, sagte Taggart und wog die verschiedenen Möglichkeiten gegeneinander ab. Es war sicherlich kein glorreiches

Leben, da in den Ruinen herumzuwühlen, wie er es bisher getan hatte. »Hat dieser Zauberer elektrischen Strom?«

»Der läuft ihm nur so zu den Ohren heraus!« schrie Peregrine.

»Was?«

»Nur so eine Redensart. Ich meine, ja, er hat genug davon.«

»Aha . . . ja, und was ist mit Nahrungsmitteln? Hat er davon auch genügend? Und Musik? Gibt es dort Musik?«

»Sicher haben die zu essen«, sagte Peregrine. »Aber Musik? Was ist mit Musik? Magst du Musik?«

Taggart nickte. »Wir hatten hier draußen immer viel Musik. Ich würde so ziemlich alles dafür geben, jemanden singen zu hören oder zu hören, wie jemand auf einer Autara spielt.«

»Ach so, ich verstehe . . . nun, natürlich gibt es beim Zauberer Musik. Soviel ich weiß, spielt er die ganze Zeit solches Zeug.«

»Wirklich?«

Peregrine nickte. »Aber das ist nicht alles, was es dort gibt. Ich hörte, daß die Frauen in Oz die fantastischsten Geschöpfe auf dem ganzen Planeten sind!«

»Wie?«

Peregrine sah ihn aufmerksam an. »Ja, du weißt schon, F r a u e n. Du erinnerst dich doch noch, was das ist, oder?«

Taggart lächelte. »Aber natürlich. Ich war nur überrascht, Sie davon reden zu hören, das ist alles. Ich habe lange nicht mehr an Frauen gedacht. Ich habe mich so an den Gedanken gewöhnt, daß vielleicht außer mir niemand mehr am Leben ist.«

»Nun, das stimmt nicht. Glaube mir. Hast du noch mehr von den eingelegten Rüben?«

Taggart holte eine weitere Dose vom Regal, öffnete sie und reichte sie dem Alten, der sich gierig einige in den Mund stopfte.

Taggart sah ihm eine Zeitlang schweigend zu, während er versuchte, die einzelnen Teile zusammenzusetzen, die den Fremden ausmachten. Es war so anders, so aufregend auf eine passive Art, einfach wieder mit einem anderen menschlichen Wesen zu sprechen, daß die Unterhaltung selbst bisher beinahe nebensächlich gewesen war. Aber in dem Schweigen, das jetzt folgte, nur unterbrochen von den schlürfenden, schmatzenden Geräuschen, die der alte Mann beim Essen machte, überprüfte Taggart den Inhalt von Peregrines Worten mit größerer Sorgfalt. Daß es noch andere Menschen gab, die am Leben geblieben waren, machte ihm

Mut. Daß es Orte gab, wo die Menschen nicht nur den Krieg überstanden hatten, sondern tatsächlich ein konstruktives Gemeinschaftsleben führten, ließ eine Hoffnung in ihm wieder aufflackern, die er seit langem für erloschen gehalten hatte.

»Wann wollen Sie aufbrechen?« fragte er schließlich, als der Alte die Dose in die Feuerstelle warf, sich an die Wand zurücklehnte und laut ausatmete, als wolle er einschlafen.

»Tja, das weiß ich nicht genau. Ich war nicht darauf eingestellt, hier jemanden zu finden, und wollte daher nur über Nacht bleiben und dann weiterziehen. Aber da du so gastfreundlich bist und alles, könnte ich mich überreden lassen, noch einen Tag oder so hierzubleiben.«

»Ich verstehe. Aber was ist mit Oz? Sagten Sie nicht, Sie wollten nach Oz?«

»Das ist richtig.«

»Nun, wie weit ist es von hier aus? Wie lange werden Sie brauchen, um hinzukommen?«

»Ich fürchte, jetzt hast du mich kalt erwischt, mein Junge. Siehst du, ich war noch nie dort, deshalb weiß ich es nicht. Natürlich erwarte ich, daß man auf keinen Fall länger als eine Woche zu gehen hat.«

»Sie waren noch nie dort? So, wie Sie geredet haben, hätte ich geglaubt, Sie seien schon einmal dort gewesen.«

»Nein, das nicht, aber ich habe mit einer Menge Leute gesprochen, die dort waren, und sie haben alle solche Wunderdinge darüber erzählt, daß ich der Meinung bin, ich muß es mir einfach einmal selbst ansehen.«

»Ich verstehe. Nun, wenn Sie wirklich meinen, ich sollte mitkommen, könnten Sie dann nicht noch einige Tage hierbleiben, bis ich es mir überlegt habe?«

Peregrines Gesicht hellte sich auf, er lächelte und richtete sich ein wenig auf. »Aber sicher! Ich werde gerne ein paar Tage hierbleiben. Ich habe schließlich keinen Terminplan. Was ist schon ein Tag, so oder so, nicht wahr?«

Taggart lächelte und nippte an seinem Tee. Der Raum schien wärmer zu werden, wie er so dasaß und sich im Schein der Anwesenheit eines anderen sonnte — auch wenn es nur ein übelriechender, alter Mann ohne Manieren war wie Peregrine. »Also gut, Mr. Peregrine. Verfügen Sie über alles, was hier ist. Sie können dort drüben schlafen. Ich werde Ihnen heute abend nach dem Essen ein Lager zurechtmachen. Jetzt möchte ich, glaube ich, diese Mühle fertigmachen. Für den Fall, daß ich mich doch entschließen sollte, nicht mit Ihnen zu kommen, möchte ich hier draußen Strom haben.«

»Wie du willst, mein Junge. Wenn du nichts dagegen hast, werde ich jetzt ein kleines Nickerchen machen. Es war ein langer, mühsamer Weg für mich.«

Peregrine sackte auf dem Boden zusammen und rollte sich ein wie ein alter, räudiger Hund. Taggart lächelte und wusch seinen Becher aus. Er deckte die Kohlen auf dem Herd zu und ging wieder nach draußen, wo ihn der dunstige, gleichgültige Himmel begrüßte.

Später an diesem Abend, nachdem Taggart ein üppiges Mahl bereitet hatte, ging Peregrine zu seinem Karren hinaus und brachte einen ganzen Arm voll seltsamer Dinge mit herein. Darunter war auch ein kleines Päckchen Karten mit Zahlen und Symbolen darauf, und ein paar trugen Bilder von Männern und Frauen. Peregrine konnte diese Karten sehr schnell zwischen seinen Fingern tanzen lassen und sie wieder ordnen, anscheinend in zufälliger Reihenfolge. Aus dieser Anordnung heraus zeigte er Tricks, die von anscheinend telepathischen Fähigkeiten bis zu offensichtlichen Taschenspielerstückchen reichten. Peregrine kannte auch viele Arten des Zeitvertreibs mit diesen Karten, mit der Zeit brachte er Taggart Pokern, Siebzehn und vier und Canasta bei. Sie spielten um Dosen mit konservierten Nahrungsmitteln, und noch ehe der Abend zu Ende war, hatte Peregrine einen großen Haufen von Dosen neben seinem Stuhl vor dem Tisch aufgestapelt.

Aber es gab auch noch andere Zerstreuungen. Peregrines Karren war ein richtiges Lagerhaus für vergessene Freuden einer Zivilisation, die dabei war, zu Staub zu zerfallen. Da gab es Holographien von Leuten und Orten, die er nie gesehen hatte. Exotische Tabake, Schnäpse, Drogen, Seifen, Öle, Essenzen, Kräuter, Gewürze, Bücher, Werkzeuge, Waffen, die nicht mehr funktionierten, Gegenstände, die nicht einmal Peregrine selbst mehr identifizieren konnte. Er behauptete, all diese Dinge seien Geschenke von den verschiedenen ›berühmten‹ Personen, die er auf seinen Reisen angeblich kennengelernt hatte. Die Tatsache, daß einige der Dinge beschädigt waren, entweder zerbrochen oder teilweise verbrannt, wurde immer mit einer zweifelhaften Entschuldigung wegdiskutiert, die Taggart nicht so leicht festnageln konnte. Peregrine hatte eine glatte, fließende Ausdrucksweise, die beinahe zu gefällig, zu mühelos war. Es war, als wüßte der Alte manchmal im voraus, welche Fragen Taggart ihm stellen würde, so rasend schnell und gründlich konnte er alles abdekkende Antworten liefern. Immer noch, den ganzen Abend lang, wurde Taggart von einem irgendwie zauberhaften Schein eingehüllt, der daher rührte, daß er diese Stunden mit einem anderen Menschen verbrachte.

Als die Holzscheite und die Äste in der Feuerstelle schließlich niedergebrannt waren und die Lampen die letzten Ölreste in die Dochte sogen, hatte Taggart noch keine Lust schlafen zu gehen. Sein Geist war aufgewühlt von den Ereignissen des Tages, aber sein Körper hatte Mühe, sich gegen die Müdigkeit zur Wehr zu setzen. Innerhalb von einigen Minuten, nachdem er die Lichter ausgeblasen und die Feuerstelle gesichert hatte, konnte Taggart hören, wie Peregrine mit blasebalgartiger Regelmäßigkeit schnarchte. Das Geräusch drang in rasselnden Stößen, die er bald schmerzlich erwartete, durch die Dunkelheit. Aber nicht das Atmen des alten Mannes hielt Taggart wach, mehr noch das, wofür es stand. Der junge Mann lag ungezählte Stunden lang wach und versuchte, alles zu ordnen, was er an diesem Tag erfahren hatte, versuchte, alles in einen logischen Bezugsrahmen einzufügen. War es möglich, daß das Landwirtschaftliche Reservat, die durchziehenden Armeen und die Nachzügler, die er als erste nach diesem Krieg getroffen hatte, nur Zufallserscheinungen dieses Gebiets gewesen waren? War es wirklich so, daß andere Teile des Kontinents immer noch blühten und das Geschäft der Zivilisation weiterbetrieben? Warum war dann kein Strom in den unterirdischen Leitungen? Warum keine Übertragung von Maserenergie zu den Nahrungsmittelaufbereitern, zu den Überresten der Kommunikationssysteme? Warum war von keinem der Stadtkomplexe jemand gekommen, um beim Wiederaufbau der Reservate zu helfen? Wenn es noch Menschen gab, brauchten sie doch sicherlich die Reservate, um zu leben.

Aber es konnte auch so sein, wie Peregrine sagte. Daß sich die

Menschen zu kleineren Gruppen zusammengeschlossen hatten und kleine Fürstentümer, kleine ›Königreiche‹, wie er sie nannte, errichteten. Daß sie keine Notwendigkeit für die größeren Stadtkomplexe und die Reservatsysteme sahen. Hatten schließlich seine eigenen Vorfahren — die Aussteiger — nicht genau das gleiche getan, als sie damals aus den Städten geflohen waren? Alles, folgerte Taggart, war möglich in einer Welt, die von so seltsamen Geschöpfen bewohnt wurde, wie es die Menschen waren. Und im Augenblick schien er damit zufrieden zu sein, nur zu wissen, daß es noch genug Menschen gab, um alles zu versuchen.

Sogar einen Ort namens Oz.

Am nächsten Tag vollendete Taggart das Getriebe der Windmühle und versuchte, das Transmissionssystem der Riemen zusammenzusetzen, das er sich ausgedacht hatte, um den Anker eines großen Generators anzutreiben, den er aus ausgeschlachteten Maschinen und Kinderspielzeug gebaut hatte. Peregrine sah bei dieser Operation aufmerksam zu, aber er bot außer verbalen Versicherungen, daß Taggart es schon richtig mache, keinerlei Hilfe an. Gegen Nachmittag begann der Himmel ihnen ein finsteres Gesicht zu zeigen, die Wirbelwindgespenster fingen an, sich rasend schnell über den ausgetrockneten Ebenen zu drehen. Staub und Schmutz fielen über sie her, als sie in Taggarts Unterkunft flohen wie Ratten in ihre Löcher.

Taggart unterhielt ein Feuer, während er den neuesten von Peregrines Geschichten lauschte — diesmal ging es um ein wunderbares Kriegsschiff, das die ›Nautilus‹ hieß, der Katastrophe irgendwie entgangen war und nun die ganze Zeit auf den Ozeanen der Erde herumsegelte und nur hie und da die Küste anlief, um die Bewohner mit Gunstbeweisen zu überschütten. Es hatte den Anschein, als werde das Schiff von einem großzügigen Wohltäter befehligt, der großes Mitgefühl hatte. Peregrine hatte einst eine Passage auf der ›Nautilus‹ gebucht und war von einer Küste NordAms zur anderen gesegelt.

»Wieso sind Sie nicht bei Nemo geblieben?« fragte Taggart, als sich Peregrines Geschichte schließlich auf ein nicht sehr überzeugendes Ende zubewegt hatte.

»Warum sollte ich, wo ich doch noch nicht in Oz gewesen

bin?« fragte der Alte mit singender Stimme. »Jedermann sollte Oz zumindest einmal gesehen haben. Das hat mir sogar der Kapitän gesagt. Außerdem kann der Zauberer den Menschen helfen. Das ist der Hauptgrund, warum die Menschen dorthin wollen. Er kann so ziemlich alles.«

Taggart mokierte sich über die letzte Bemerkung, und Peregrine stampfte mit dem Fuß auf den Holzboden. »Es stimmt, verdammt noch mal! Paß auf! Sag mir irgend etwas, was du dir wünschst, ich wette, der Zauberer könnte es dir geben.«

»Warum sollte er mir überhaupt irgend etwas geben wollen?«

»Weil er ein Zauberer ist!« sprudelte Peregrine heraus. »Weil . . . das ist eben seine Aufgabe!« Er grinste, strahlend vor Selbstzufriedenheit.

Taggart war nicht sicher, ob er die Begründung verstand, die der Alte da gab, aber er schien so selbstgefällig und sicher, daß Taggart das Gefühl hatte, es müsse wohl einen Sinn ergeben, was er sagte. Er zögerte einen Augenblick lang und überlegte, was er sich von dem Zauberer wünschen könnte.

»Könnte er mir beibringen, Musik zu machen?« fragte Taggart unvermittelt.

»Teufel, ja! Das ist gar kein Problem.«

»Wirklich? Könnte ich lernen, Autara zu spielen?«

»Autara! Teufel, du könntest jedes Instrument spielen lernen. Alles! Die ganze Zeit Musik machen, das könntest du.«

Taggart lehnte sich in seinem Stuhl zurück und starrte blicklos in die Dachbalken hinauf. Vielleicht sollte er doch mit Peregrine gehen. Es war so herrlich, wieder mit jemandem zu sprechen, Gedanken auszutauschen, ja sogar gelegentlich zu streiten. In Oz würde er Tausende von Leuten treffen können, sie mögen, sie verabscheuen oder auch lieben. Und es würde Musik geben.

»Wissen Sie, ich habe es mir überlegt«, sagte Taggart. »Ich werde vielleicht doch mit Ihnen kommen. Nach Oz, meine ich.«

Peregrine setzte sich auf, seine pelzigen Augenbrauen zogen sich plötzlich stark über seinen kleinen Augen zusammen. »Wirklich?«

»Ja, Sie haben mich überzeugt, daß es hier nichts für mich zu holen gibt. Nichts als Einsamkeit und Stille. Nichts.«

»Bist du dir da ganz sicher, Sohn?«

»Ja, ich glaube schon. Wir können aufbrechen, sobald Sie wollen, aber morgen früh ist mir auch recht. Bis dahin ist der Sturm vorbei.«

»Morgen früh? Oh, sicher. Das ist gut. Sicher, Sohn, wir können gleich nach Sonnenaufgang aufbrechen. Und wie wäre es jetzt mit einem Spielchen 17 und 4?«

»Jetzt gleich? Wollen Sie nicht über den Aufbruch reden?«

»Dafür ist immer noch Zeit«, sagte Peregrine. »Wenn wir schon von hier fort müssen, können wir vorher genausogut ein paar Spiele machen, solange wir noch ein Dach über dem Kopf haben.« Er griff in seine ausgebeulte Jackentasche und holte ein goldgerändertes Päckchen Karten hervor. »Ohne Zweien?«

Noch ehe Taggart antworten konnte, begann der Alte, die Karten auszugeben. Die Stunden schwanden dahin wie treibender Rauch, während sie spielten. Keiner der beiden Männer sprach, außer um anzusagen oder eine Bemerkung über das Kartenglück zu machen. Taggart fragte sich, warum der alte Mann so sonderbar schweigsam geworden war. In seinen schwarzen Augen war ein Ausdruck, der verriet, daß Peregrine mit seinen Gedanken nicht beim Spiel war.

Am nächsten Morgen besuchte Taggart zum letztenmal die Gräber. Der Wind griff mit eisigen Fingern nach ihm, und er zitterte seinetwegen ebenso wie wegen der gemischten Gefühle, die ihn erfüllten. Zum erstenmal war er verlegen, als er mit den Toten sprach, und er schrieb es der dunklen, zusammengekauerten Gestalt Peregrines zu, der wie ein zerzauster Raubvogel in den Feldern hinter den Gräbern hockte. Taggart zweifelte, ob der Alte seine Worte hören konnte; trotzdem flüsterte er den kleinen Steinhügeln seine Abschiedsworte nur zu.

Peregrine hatte sich nur ungern von einem Teil seines Plunders getrennt, obwohl es nötig war, für Taggarts Lebensmittelvorräte, die Werkzeuge und für die Schußwaffe Platz zu schaffen, die er während der Besatzung einem toten Soldaten abgenommen hatte. Aber Peregrine bestand darauf, die Waffe mitzunehmen. Es gab draußen immer noch halbverrückte Tiere; einige waren Mutationen, andere gingen immer noch langsam am Gift zugrunde. Es war viel einfacher, mit dem Unerwarteten fertig zu werden, wenn man geschützt war, hatte Peregrine gesagt. Und so beluden sie den Karren und begannen ihn auf ihrem Treck nach

Osten hinter sich herzuziehen. Nach einigen Stunden hatten sie die äußersten Grenzen des Reservats überschritten, und der geschwärzte, verseuchte Boden erstreckte sich hinter ihnen wie eine Tischplatte. Weiter vorne sah Taggart ein brüchiges, graues Band, das ihren Weg kreuzte. »Das ist eine der Hauptverbindungsstraßen«, sagte er und zeigte auf den verlassenen Weg.

»Wohin führt sie?« Peregrine legte die Hand über die Augen, um sie vor der hochstehenden Sonne zu schützen.

»Im Norden ist noch ein Reservat. Irgendwann biegt sie dann nach Osten ab zum Botantechnik-Komplex.«

»Was war das?«

»Dort hat man Versuche über das Leben der Pflanzen gemacht. Es war gelungen, alle möglichen Arten von Mutationen zu züchten. Eigentlich hat man sich das Gemüse selbst entworfen. Genauso wie die Menschen, das habe ich jedenfalls gehört.«

»Ach ja, von dieser Scheiße habe ich auch gehört. Dem Ding weine ich keine Träne nach«, sagte ich. Peregrine hustete einen Mundvoll Schleim herauf und spuckte ihn in den Wind. »Die verdammten Bastarde mußten ja an allem herumdrehen. Konnten von nichts die Finger lassen. Nicht einmal von den Pflanzen.«

»Es ist vielleicht einfacher, wenn wir auf der Straße bleiben«, sagte Taggart. »Sie geht ziemlich bald nach Osten, und in diese Richtung wollen Sie doch, stimmt's?«

Peregrine nickte, und sie gingen auf die Straße zu. Taggart zog den Karren und war froh, als er das Gefährt über die Böschung auf die Straße hinaufzerren konnte, wo die Räder auf der glatten Fläche mühelos rollten. Der Alte schien noch so frisch wie beim Aufbruch, aber Taggart spürte Schmerz und Erschöpfung in jedem einzelnen Muskel. Seine Knie, die Fußsohlen, die Schenkel, alles brannte wie Feuer. Gelegentlich war er gezwungen stehenzubleiben, klagend und erschöpft, während Peregrine stichelte und ihm vorschlug, er sollte vielleicht doch besser zu seinem Obstkeller zurückkehren und dort bleiben.

Als sie bei Sonnenuntergang anhielten, schätzte Taggart, daß sie vielleicht hundert Kays zurückgelegt hatten. Während er ein kleines Feuer entfachte, saß Peregrine auf einem flachen Stein und spielte mit einer zweigeteilten Scheibe, die an einer Schnur befestigt war. Der Alte pfiff und sang vor sich hin, während er das Spielzeug an der Schnur, die er an seinen Zeigefinger gehängt hatte, auf- und niederrollen ließ.

»Wie sieht es in Oz überhaupt aus, Mr. Peregrine?«

Peregrine ruckte einmal mit dem Finger, und das ›Jojo‹, wie er es nannte, sprang ihm in die Hand. »Nun, es ist ein toller Ort, mein Sohn. Dort gibt es so große Straßen, die außenherum und mittendurch führen — ungefähr wie diese hier, nur sind sie aus großen, gelben Steinen gebaut.«

»Wirklich? Das ist komisch.«

»Eigentlich nicht. Ganz hübsch, soviel ich gehört habe. Jedenfalls gibt es dort überall Burgen, natürlich hat der Zauberer die größte von allen. Vergnügungszelte und Bazare, Händler und Handwerker in ihren offenen Ständen, eine Million lächelnder Leute bevölkern die großen Boulevards, singen, tanzen, kaufen und verkaufen. Sie haben dort Gärten, die einfach irgendwie von den Gebäuden herunterhängen, große Terrassen mit allen möglichen Blumen, Statuen und Denkmäler überall. Es ist einfach ein Wunderland, das kann ich dir sagen.«

»Wie kann es denn einen solchen Ort geben?«

»Was ist los? Glaubst du mir nicht? Bisher hast du mir geglaubt.« Peregrines Unterlippe schob sich schmollend nach vorne.

»Mr. Peregrine, ich habe nicht gesagt, daß ich Ihnen nicht glaube. Es ist nur so, es ist schwer zu begreifen, wie so viele Leute diese Hölle, die über diesen Planeten hereingebrochen ist, so leicht überstehen konnten. Ich habe gesehen, wie ganze Heere von Männern auf die Knie geworfen wurden, wie Tausende von Kays Weizen so hell brannten, daß die Nacht zum Tage wurde. Man hat so viel Giftzeug in die Luft gepumpt, daß sie in der Nacht leuchtete. Was ich sagen will, woher kommen denn diese lächelnden Leute? Was für eine Art von Energie hat dieser Zauberer denn überhaupt?«

Peregrine lachte. »Ich habe dir gesagt, es ist so ein magisches Zeug. Das ist es eben, Sohn. Du mußt an Magie *glauben*. Sonst wird sie dir nichts bedeuten.«

Taggart wandte sich von ihm ab und begann mit einem Stock im Feuer herumzustochern. Das Licht tanzte über sein Gesicht und verstärkte noch den Ausdruck von Ungläubigkeit.

»Warum bist du dann überhaupt mit mir gekommen?« fragte

Peregrine, im Feuerschein zitterten seine Lippen, und seine Augen glitzerten.

»Ich bin mitgekommen, weil ich so froh war, jemanden bei mir zu haben, daß ich wahrscheinlich einfach Angst davor hatte, wieder allein sein zu müssen. Ich bin mitgekommen, weil ich es satt hatte, wie ein Tier zu leben. Sie sind dahergekommen und haben mir gesagt, daß es überall auf der Welt Leute gibt, die wie Könige leben. Ich bin nicht mitgekommen, weil ich an Magie glauben will. Also reden Sie keinen Unsinn!«

Peregrine saß gleich außerhalb des Scheins der ersterbenden Flammen. Seine Lippen bewegten sich, aber es kamen keine Worte heraus. Er murmelte in die Dunkelheit hinein, während er seine Hände fest zu Fäusten ballte. Langsam sackten seine Schultern nach vorne, sein Kopf sank herab.

Als Taggart ihn so sah, wünschte er, er hätte ihn nicht angefahren, ihn nicht so niedergeschmettert. »Es tut mir leid«, sagte er. »Ich habe es nicht so gemeint. Ich glaube, ich bin einfach müde. Ich — ich bin schon lange nicht mehr so weit gelaufen. Mir tut alles weh, und ich bin müde, und ich habe das an Ihnen ausgelassen, das ist alles.«

Peregrine antwortete zuerst nicht. Er saß da, starrte in die Dunkelheit und knetete eine Hand mit der anderen. »Doch, das hast du«, sagte er schließlich. »Du hast es so gemeint. Und ich mache dir deshalb auch gar keinen Vorwurf. Wenn man den ganzen Tag herumsitzt und sich das verrückte Geschwätz von so einem alten Knacker anhört, wie ich einer bin . . .«

»Es ist kein verrücktes Geschwätz. Es tut mir leid, das habe ich doch schon gesagt.«

»Das heißt gar nichts, wenn es dir leid tut. Vor allem, wenn du recht hattest, das zu sagen, was du gesagt hast.«

Taggart starrte den alten Mann an, eine gebeugte, tragische Gestalt. »Was soll das heißen — ich hatte recht?«

»Nun«, Peregrine rieb sich nervös den Bart. »Ich weiß nicht . . . Es ist nur so, daß . . . Nee, ich weiß nicht, was ich rede. Ich glaube, du hast mich durcheinandergebracht.«

Taggart hatte den Eindruck, als wolle Peregrine etwas sagen, könne es aber aus irgendeinem Grund nicht. Er sah zu, wie der Mann an den Knöpfen seines Hemdes herumfingerte und seinem Blick auswich. Er konnte sich nicht erinnern, jemals einen

Menschen gesehen zu haben, der so traurig aussah wie Peregrine, wie er da so am Rande des Feuers saß. »Das ist wirklich zu blöd, wissen Sie«, sagte Taggart schließlich. »Da sitzen wir nun, wahrscheinlich die einzigen Menschen im Umkreis von Hunderten von Kays, und wir streiten uns noch. Tun uns gegenseitig weh. Ich glaube, die Menschen lernen nie etwas dazu, meinen Sie nicht auch?«

Peregrine gluckste. »Hm, das ist wahr, nicht? Schau, Sohn, ich verstehe, wie dir bei dieser Sache zumute ist. Du mußt mir einfach glauben, was ich sage, das ist alles. Es gibt Dinge, die sind schwer zu begreifen, die muß man einfach guten Glaubens hinnehmen. Soweit ich es verstanden habe, hat dieser Bursche von einem Zauberer einen Weg gefunden, um durchzukommen. Er hat es geschafft, aber frage mich nicht, wie, denn das weiß ich nicht.«

Taggart betrachtete prüfend Peregrines Gesicht, eine Ansammlung von Falten und schlaffen Stellen, und sah die Traurigkeit, das Flehen, die darin lagen. »Gut, ich glaube, ich verstehe, was Sie meinen«, sagte er nach einer kurzen Pause. »Ich muß eben einfach abwarten, bis wir nach Oz kommen.«

Peregrine grinste, und die Traurigkeit verschwand. »Das trifft so ziemlich den Nagel auf den Kopf, mein Sohn.« Er stand auf und starrte in den nächtlichen Himmel. »Wir sollten zusehen, daß wir etwas Schlaf erwischen, meinst du nicht? Morgen wird wieder ein langer Tag.«

Taggart stimmte zu, und sie stellten das kleine Polyurethanzelt auf, das Peregrine im Karren versteckt hatte. Innerhalb von Sekunden, nachdem sie hineingekrochen waren, wurden die Atemzüge des alten Mannes tief und regelmäßig, und plötzlich war Taggart allein mit seinen Gedanken.

Er träumte von Straßen aus gelbem Stein.

Der Morgen kam wie ein ungebetener Gast, das harte, dunstige Sonnenlicht war ein Ärgernis, das sich nicht vertreiben ließ. Taggart kletterte mühevoll aus dem Zelt, sein Körper schmerzte überall. Seine Knochen, die Gelenke, die Muskeln in den Oberschenkeln, die Schultern, der Hals, alles war steif und unbeweglich. Trotz der Sonne fröstelte er, fühlte sich kalt und feucht. Gedanken an das warme Durcheinander seines Heims trugen nur wenig dazu bei, ihn zu ermutigen, als er ein Feuer anfachte und Teewasser kochte.

Nachdem Peregrine aufgestanden war, aßen sie, packten dann ein und brachen auf, sie gingen auf der Verkehrsader, die sich vor ihnen ins Unendliche erstreckte. Die öde, kahle Landschaft veränderte sich nie — eine zusammenhängende Fläche rissiger Erde, gelegentlich unterbrochen von einem zerzausten Dornbusch, einer Gruppe nackter Bäume. Die wogenden Hügel schienen zu verschwinden, wenn sie sich ihnen näherten. Die Landschaft machte einen trostlosen, verwüsteten Eindruck: keine Farbe, kein Geruch, nichts. Und doch konnte Taggart, als sie weitergingen und den Karren hinter sich herzogen, beinahe spüren, daß das Land sie nicht hier haben wollte. Es war, als hätte es schon genug Schmach erlitten und als würde die Anwesenheit von Menschen seine Bitterkeit noch verstärken.

Trotzdem gingen sie weiter, hielten nur an, um sich einen Becher warmen Wassers zu teilen, sparten Energie, indem sie schwiegen.

Am Nachmittag trafen sie auf die Knochen eines toten Tieres. Es war vermutlich irgendein Nager gewesen, obwohl der Schädel zwei kleine, hornähnliche Auswüchse über jedem Auge aufwies. Taggart meinte, diese Gebilde wären vielleicht ein Zeichen für eine neue Mutation dieser Gattung.

Sie waren nur ein kurzes Stück weitergegangen, als sie wieder ein Tierskelett entdeckten, ausgebleicht und abgenagt, sogar die Sehnen. Und dann wieder eines. Und noch eines. Als sie nach vorne blickten, sahen sie, daß da noch mehr Kadaver lagen. Wie kleine, weiße Spiralfedern lagen die Gerippe wie in einem riesigen Friedhof.

»Was zum Teufel ist das?« fragte Taggart und deutete auf die gräßlichen Überreste.

»Ich habe so etwas schon einmal gesehen«, sagte Peregrine und nickte vor sich hin. »Wir kommen an eine heiße Stelle. Muß dort drüben liegen.« Er deutete nach Südosten.

»Strahlung?« Taggart fühlte sich plötzlich unbehaglich.

»Mhm. Hier hat irgendwo eine Strahlenwaffe zugeschlagen. All diese Biester, die zufällig durch diese Gegend gestreunt sind, haben wahrscheinlich genügend Rem aufgenommen, um schnell ins Gras zu beißen.«

»Aber warum sind nur die Knochen übrig? Wenn die Strahlung so stark ist, was würde dann noch hierherkommen und das Fleisch abnagen? Und wenn es jemand essen könnte, wäre dann das Fleisch nicht so giftig, daß er auf jeden Fall daran sterben würde?«

»Das möchte man meinen, nicht wahr?« Peregrine lachte. »Es ist komisch, aber es scheint, als würde das ganze Plutonium und Caesium den Eidechsen und Insekten nicht sehr viel ausmachen.«

»Sie machen Witze.«

»Nein. Überall, wo ich gewesen bin, habe ich diese Eidechsen herumflitzen sehen. Sie mutieren vielleicht ein wenig, aber sie sind nicht am Aussterben. Soweit ich gesehen habe, tut es ihnen sogar ganz gut, sie werden vielleicht sogar stärker durch die Strahlen. Ich habe da am Pazifik einen Burschen getroffen — dort draußen gibt es jede Menge Wüsten und jede Menge Eidechsen — der sagte, vielleicht richten sich die Reptilien darauf ein, wieder die Herrschaft zu übernehmen. Dieser Bursche glaubte, daß vielleicht die Bomben und der ganze Mist nur der Katalysator waren, damit sie wieder groß und schrecklich werden konnten. Ganz wie die Dinosaurier, weißt du.«

Taggart blieb einen Augenblick lang stehen und versuchte, sich eine Welt voll von gigantischen Echsenwesen vorzustellen, die durch die Strahlung, die Milliarden anderer Lebewesen tötete, erst aufblühten und die Erde übernahmen. Es war eine grauenvolle Vorstellung, die ihn erschauern ließ, und er konnte sie nur mit einiger Schwierigkeit wieder aus seinen Gedanken verdrängen.

»Ich glaube nicht, daß wir in dieser Richtung weitergehen sollten«, sagte Taggart matt.

»Zum Teufel, nein!« Peregrine lachte. »Aber ich frage mich, was da draußen wohl gestanden hat, daß es eine solche Ladung abkriegte.«

»Vielleicht der Botantechnik-Komplex«, sagte Taggart. »Dort gab es eine Menge Material, Vorräte und wichtige Leute. Wahrscheinlich war das eine Art strategisches Ziel.«

»Hm, ja, wir brauchen uns eigentlich den Kopf gar nicht mehr darüber zu zerbrechen, denn wir werden ihm nicht in die Nähe kommen, was es auch war.« Er hielt inne und betrachtete den

Himmel. »Außerdem wollten wir, wenn mein Orientierungssinn mich nicht im Stich läßt, ungefähr jetzt sowieso wieder nach Norden gehen.«

»Haben Sie wirklich eine Ahnung, wie weit es noch ist?«

»Nicht genau. Aber meine Nase sagt mir, daß wir ziemlich nahe dran sind.«

»Ihre Nase?«

»Nur so eine Redensart. Ich meine, ich habe das Gefühl, daß es nicht mehr allzuweit ist. Vielleicht höchstens noch einen Tag.«

Sie gingen drei Stunden lang schweigend weiter, im Winkel weg von der Verkehrsader und von der tödlichen Zone, die sie durchschnitt. Sie blieben erst auf einer kleinen Anhöhe stehen, von der aus man auf ein sanft hügeliges Gelände sehen konnte. Taggart machte Feuer mit einigen stacheligen Büschen und drahtigen Heckengewächsen, die zäh an dem harten Boden hingen, während Peregrine sich bemühte, die Seile des leuchtend orangeroten Zeltes straff und sicher zu befestigen.

Nach dem Abendessen blickte Taggart in den jetzt abendlichen Himmel hinauf. Die Sterne waren im Osten schon aufgeblitzt.

Aber da war noch etwas.

»He, was ist das?« fragte Taggart den Alten, der sich schon im Zelt zusammenrollte.

»Was ist was?«

»Ich bin nicht sicher, aber schauen Sie dort hinüber . . .«

Taggart deutete nach Nordosten. »Was ist das für ein Licht am Horizont?«

Peregrine erhob sich auf die Knie und klopfte seine ausgebeulten Hosen ab. Er nahm seinen gefiederten Helm, setzte ihn sich fest auf den Kopf und stand dann auf, um den Himmel zu betrachten.

Mit jeder Minute, die verging, enthüllte die untergehende Sonne mehr von der Nacht, und der Schein jenseits des Horizonts wurde im Kontrast immer stärker.

»Jesses, ist das riesig! Was immer es sein mag!« sagte Peregrine.

»Ich weiß noch, wie der ganze Himmel so brannte«, sagte Taggart. »Als noch gekämpft wurde, dachte ich, es würde immer so sein.«

»Nee, das ist keine Strahlung. Viel zu intensiv. Zu verdammt hell! Verdammt, ich kann es selbst nicht glauben.«

»Was meinen Sie?«

Peregrine lachte lange und laut, dann kicherte er wie ein Kind. »Das ist eine Stadt! Das ist eine Stadt, dort drüben hinter den Bergen da! Ich will verdammt sein, wenn es nicht Oz ist!«

»Oz?« fragte Taggart. »Sind Sie sicher?«

»Was könnte es sonst sein? Komm, mein Junge! Wir können heute nacht nicht hier lagern. Wie müssen den ganzen Plunder hier auf den Karren schmeißen und sehen, daß wir weiterkommen.«

Plötzlich waren aller Schmerz und alle Müdigkeit vergessen, und Taggart spürte, wie ihn wieder die jugendliche Erregung angesichts einer Entdeckung erfüllte, ihn weitertrieb.

Sie gingen, so schnell sie konnten, trotz der schwarzen, mondlosen Nacht. Aber der Himmel leuchtete im Schein der Lichter von Oz, die durch die Atmosphäre herüberdrangen. Was für ein großartiger Ort das sein mußte, dachte Taggart, wenn er sogar den Himmel in einen Leuchtturm verwandelte. Er konnte beinahe die Musik in den Straßen hören.

Unvermittelt schnitt Peregrines Stimme mit einem Schmerzensschrei durch die Nacht. »Mein Bein! Es hat mein Bein erwischt. O Gott, nimm es weg!«

Taggart ließ die Deichsel fallen, riß die Segeltuchdecke vom Karren herunter und suchte verzweifelt nach dem Gewehr. In der Dunkelheit konnte er undeutlich Peregrines Umrisse sehen, zusammengekrümmt, sich windend, die Arme droschen wild auf etwas Unsichtbares ein, das an seinem Bein hing.

Etwas Hartes berührte Taggarts Handfläche. Der Kolben der Waffe. Hart. Glatt. Er zog sie unter dem Haufen Gerümpel hervor und rannte zu Peregrine, der jetzt schreiend und wimmernd auf dem Boden lag.

»Nimm dieses Mistvieh weg von mir! Jesses!«

Taggart sah ein langes, zigarrenförmiges Wesen, eine Andeutung von Zähnen und Kiefern, die im Fleisch von Peregrines Wade verbissen waren. Taggart schwang das Gewehr über seinem Kopf und ließ es hart auf das Tier herunterkrachen. Man hörte ein Geräusch, als bräche ein Stock, der in ein nasses Handtuch gewickelt ist, auseinander.

»Es läßt immer noch nicht los, Sohn! Nimm es weg! Gott, nimm es weg . . .!«

Taggart griff hinunter und spürte eine breiige Masse, Schuppen, einen knochigen Schädel und ein feuchtes Maul, das wie ein Schraubstock um Peregrines Bein geklemmt war. Er stemmte den Unterkieferknochen zurück, und das Wesen fiel vom zerfetzten Fleisch des Alten ab.

»Was ist das? Was war das?«

»Eine verfluchte Eidechse. Ich weiß nicht. Sie müssen wohl nachts jagen. O Gott, tut das weh! Mein Bein brennt wie Feuer!«

»Ich mache besser Licht, Mr. Peregrine. Sie bluten ziemlich stark.«

Taggart machte ein kleines Feuer und untersuchte in dem flakkernden Licht die Wunde. Die Bisse waren nicht tief, aber sie gingen über eine große Fläche. Taggart versorgte und verband das Bein, so gut er konnte, dann legte er den alten Mann ins Zelt. Das Wesen, das ihn angegriffen hatte, war keinen halben Meter lang, aber es schien zur Hälfte aus Kiefern und Zähnen zu bestehen. Es hatte dicke Schuppen und farbige Streifen rings um den Körper, winzigkleine Klauen und einen dicken Schwanz.

Taggart machte Tee, dann sah er nach dem Alten. Der atmete schwer und unregelmäßig, seine Stirn war glühend heiß und mit Schweißtropfen übersät. Taggart versuchte, Peregrine dazu zu bringen, daß er den Tee in kleinen Schlucken trank, aber das meiste davon lief ihm über das Kinn hinunter in seinen verklebten Bart.

»Mr. Peregrine, was ist mit Ihnen? Können Sie mich hören?«

»Ja, ich höre dich«, sagte der Alte, jedes Wort war abgehackt, herausgepreßt.«

»Nun, was ist los? So viel Blut haben Sie doch gar nicht verloren.«

»Das isses nicht. Ich glaube, ich habe Gift abgekriegt.«

»Was?« Taggart spürte, wie sich seine Hals- und Kiefermuskeln verkrampften.

»Dieses verdammte Biest muß Giftzähne haben. Ziemlich starkes Zeug, glaube ich. So wie es mich erwischt hat.«

»Wie fühlen Sie sich? Können Sie das trinken?«

»Das hilft nichts. Ich spüre, wie mich das Zeug verbrennt. Ich werde es nicht schaffen.«

»Sagen Sie doch so etwas nicht.«

»Warum nicht? Is doch wahr!«

Taggart griff nach der Hand des Alten und drückte sie fest. Peregrines Haut war heiß, aber mit einer feuchtkalten Schweißschicht überzogen. Sein Atem wurde immer mühsamer, ließ ihn zittern, erschütterte seinen ganzen Körper, wie er da auf dem Rücken lag. »Sie werden nicht sterben. Wir sind fast da. Der Zauberer kann Ihnen helfen.«

Peregrine versuchte zu lachen, mußte aber statt dessen husten und erstickte schließlich beinahe. »Junge, ich weiß, daß der Zauberer mir nicht helfen kann.«

»Warum nicht?«

»Weil es keinen Zauberer gibt.«

Taggart war verwirrt, gekränkt, zornig. Das Gift mußte sehr schnell, sehr tödlich wirken. Es verwirrte den Geist des alten Mannes. Er war von Sinnen. »Was meinen Sie, es gibt keinen Zauberer? Natürlich gibt es ihn.«

»Gibt auch keinen Ort, der Oz heißt. Auch keine Nautilus. Keinen König Hamlet oder all den anderen Quatsch, den ich dir erzählt habe.« Peregrine blickte mit matten Augen zu ihm auf. Langsam glitten die Lider zu.

»Und was leuchtet dann da vor uns in den Himmel hinauf?« Taggart preßte die Hand wieder.

»Ich weiß nicht. Aber Oz ist es nicht.«

»Wie können Sie so sicher sein?« Taggart tastete nach dem Puls und merkte, daß der erschreckend schwach war. »Ich werde Sie tragen. Wir müssen sehen, daß wir Hilfe bekommen.«

Peregrine wollte protestieren, aber Taggart hob ihn einfach auf und legte ihn sich über die Schultern. Der lächerliche Helm des Alten fiel zu Boden und rollte weg von ihnen.

Die Stunden schleppten sich dahin, und Taggart taumelte und stolperte über die dunkle Ebene. Gelegentlich blieb er stehen und sah nach dem Alten; jedesmal war sein Befinden schlechter als vorher. Wenn er nur zu dem Zauberer gelangen könnte!

Wieder verging eine Stunde, und plötzlich sah Taggart, wie etwas den Rand des Horizonts durchbrach. Etwas Massives, hell und strahlend. Es schien der oberste Rand eines Bogens zu sein. Taggart ging schneller, und mit jedem Schritt wurde die Vision greifbarer.

Es war eine schimmernde Halbkugel aus Licht. Energie.

Taggart legte den alten Mann vorsichtig nieder. Er schüttelte ihn und sagte:

»Peregrine, schau, wir haben es gefunden! Schau! Kannst du die Augen aufmachen?«

Peregrine wimmerte etwas Unverständliches. Seine Augenlider öffneten sich flatternd, aber er konnte nichts sehen.

»Es ist ein Teil von einer Kuppel oder so was. Siehst du es? Es ist Oz, Peregrine. Oz!«

Das Licht der Kuppel spiegelte sich in den Augen des alten Mannes. Seine buschigen Brauen zuckten einmal, seine Lippen zitterten. »Es kann nicht sein . . .« Die Stimme war trocken, heiser.

»Wir sind beinahe da. Es wird alles gut werden mit Ihnen«, sagte Taggart und belog sich jetzt auch selbst.

»Laß mich hier«, sagte Peregrine. »Laß mich draußen sterben.«

»Mr. Peregrine . . . ?«

»Nein!« Das Wort klang drängend, verzweifelt. »Aber hör zu . . . ?«

Taggart wartete, während Peregrine sich abmühte, um den Satz zu beenden. Einen Augenblick lang fürchtete er, er sei schon tot. Aber dann sprach Peregrine wieder.

». . . nur, falls ich doch recht gehabt haben sollte, sag ihnen . . . sag ihnen . . . Dorothy hätte dich geschickt.«

Taggart beugte sich vor, als Peregrines Augenlider zuglitten. »Was sagen Sie da? Was? Wer ist Dorothy?«

Peregrine stieß einen röchelnden Atemzug aus, seine Schultern sackten nach vorne, sein Kinn fiel ein Stück herunter, und Taggart wurde unvermittelt an die grimmige Pantomime des Todes erinnert, die ihm der Alte einmal vorgespielt hatte.

Er begrub den Alten in der trockenen Erde, gerade als die Sonne aufging. Das Licht der Dämmerung überdeckte den Schein der Stadt, und wenn die Kuppel noch brannte, so war sie in der hellen Sonne unsichtbar. Obwohl Taggart den Mann kaum gekannt hatte, empfand er große Traurigkeit. Es schien so unfair, daß er so bald hatte sterben müssen, nachdem er Taggart neue Hoffnung, ein neues Ziel gegeben hatte. Der Tod des Alten kam ihm irgendwie ungerechter vor als der Tod aller anderen — vielleicht sogar als der seines eigenen Vaters — und das machte alles noch schlimmer.

Er ließ den Karren neben dem Begräbnisplatz stehen, unberührt, unbeschädigt, wie die Pharaonen mit ihren Barken in ihren Gräbern. Was von Peregrines Habseligkeiten übrig war, lag durcheinander unter der Segeltuchabdeckung, und Taggart brachte es nicht über sich, daran zu rühren.

Am Abend war seine Reise fast zu Ende. Vor ihm lag die Stadt Oz — daran konnte jetzt kein Zweifel mehr bestehen — und er wünschte, Peregrine hätte diese Pracht noch erleben dürfen. Hinter dem Schleier des Energiefeldes konnte er die unzähligen Spitzen und Türme einer großen Stadt erkennen. Die Gebäude waren auf verschiedenen Ebenen durch anmutige Rampen miteinander verbunden, die anscheinend freischwingend waren. Die Kompliziertheit der Architektur, die gewaltsame Schönheit überwältigten ihn. Und überall war Licht und verborgene Bewegung.

Je näher er an den äußersten Rand der Stadt herankam, desto mehr Anzeichen des schrecklichen Krieges entdeckte er, der hier gewütet haben mußte. Der Boden war zerklüftet und versengt, bedeckt mit den verbeulten Rümpfen halbzerfallener Kampfmaschinen. Gelegentlich auch ein Skelett, halb vergraben in dem vom Wind angewehten Staub und im Schutt. Krater und Rinnen, vom tödlichen Absturz brennender Flugzeuge aufgerissen. Die Szene reichte bis dicht an den Rand des Energiefeldes heran.

Immer noch eilte Taggart weiter, er wollte weder zum Essen noch zum Ausruhen Halt machen. So nahe bin ich jetzt, dachte er. So nahe! Abgesehen vom Wind, der zwischen den Trümmern flüsterte, gab es keinen Laut. Keine Musik, dachte er unzusammenhängend. Als er immer näher kam, hatte er das Gefühl, beobachtet zu werden, nicht von einer speziellen Person oder einem Wesen, sondern eher von der Stadt selbst. Sie saß vor ihm wie ein großes, gesichtsloses Geschöpf, und unvermittelt fühlte sich Taggart unbehaglich, beinahe bedroht, zum erstenmal seitdem er an diesen Ort gekommen war. Es war nicht so sehr der Geruch des Todes, der an diesem Ort herrschte, an den Tod war er ja gewöhnt, sondern eher die seltsame Stille, die sterile Helligkeit der Stadt vor ihm.

An der äußersten Grenze seines Blickfeldes bewegte sich etwas.

Er drehte den Kopf mit einem Ruck nach rechts, um zu sehen, was es war, fand aber nichts. Dann kam ein Laut. Ein Klirren, Metall auf Metall. Taggart wünschte jetzt, er hätte sich doch an Peregrines Eigentum vergriffen und das Gewehr mitgebracht.

Wieder eine Bewegung. Ein Blitz aus weißem Licht und Hitze.

Und Dunkelheit.

Er erwachte in einem kleinen Raum, auf eine Platte mit flachen Polstern geschnallt. Ein Tisch mit Instrumenten bedeckte eine der weißen Wände zur Hälfte. Ein Mann von unbestimmbarem Alter beugte sich über ihn. Er war völlig kahlköpfig, hatte nicht einmal Augenbrauen, seine Haut war rosa und aufgedunsen wie die eines Babies, er hatte eine kleine, spitze Nase, blaue Augen, einen winzigen Mund.

»Wer sind Sie?« fragte Taggart und stemmte sich gegen die Fesseln.

»Ich bin Pell«, sagte der Mann, anscheinend nicht gewillt, weitere Informationen zu geben, wenn er nicht danach gefragt wurde.

»Was ist mit mir geschehen? Warum werde ich so festgebunden?«

»Mir wurde mitgeteilt, Sie seien außerhalb von Chicago gefangengenommen worden. Sie seien ein Eindringling.«

»Chicago? Ist hier . . . ist hier nicht Oz?«

»Oz? Was ist ein Oz?« sagte Pell und wandte sich ab, um einige der Instrumente einzustellen.

»Ist ja egal«, sagte Taggart, der sofort daran dachte, was Peregrine ihm zu sagen versucht hatte. Der daran dachte, was, wie er jetzt wußte, die Fantasien eines alten Mannes gewesen waren, der so viel Entsetzliches gesehen hatte, und es mit diesen Erzählungen auf die einzige Art bewältigte, die ihm möglich war. »Was haben Sie mit mir vor?«

Pell wandte sich um und starrte ihn kalt und ausdruckslos an. »Sie zeigen einen hohen Entwicklungsstand. Man wird Sie bei den Experimenten für die Verteidigerserie Chicagos einsetzen.«

»Experimente? Was wollen Sie mit mir machen? Taggart riß mit den Handgelenken an den Schlingen. »Wer ist hier der Verantwortliche. Ich möchte mit jemandem von der Führung sprechen!«

»Das ist unmöglich. Chicago ist mit vielen Dingen beschäftigt. Es weiß schon von Ihrer Existenz. Das genügt.«

»Chicago? Wen meinen Sie damit? Wenn das die Stadtverwaltung ist, will ich mit dem Vorsitzenden des Komplexes sprechen. Dem Chef. Verstehen Sie?«

»Verstehen S i e ?« fragte Pell. »Chicago ist unser Vorsitzender. Die Stadt ist eine KI.«

KI bedeutete Künstliche Intelligenz, soviel wußte Taggart. Es war mehr eine Seinsform als ein konkretes Wesen. Es war jene undefinierbare Substanz, ein beinahe alchimistisches Ereignis, das die Menschen durch die Programmierung von Computermodulen unbedingt hatten schaffen wollen. Sie hatten bis zum Krieg keinen Erfolg damit gehabt, zumindest hatte Taggart nichts davon erfahren, so isoliert, wie das Leben im Reservat gewesen war. Und doch sprach Pell hier so ruhig davon wie vom Sonnenuntergang.

»Und was«, fragte Taggart nach einer langen Pause, »wird Chicago mit mir machen?«

Pell sah ihn an. »Wenn Sie es unbedingt wissen wollen ... man wird Sie chirurgisch verändern. Man wird Sie als Verteidigungssystem konditionieren. Die Stadt muß erhalten werden.«

»Das verstehe ich nicht.«

»Das ist auch nicht nötig. Es genügt, wenn Sie das Schicksal annehmen, das für Sie bestimmt ist. Und seien Sie stark.«

Eine Tür öffnete sich, und zwei weitere Männer traten ein, sie sahen beinahe genauso aus wie der namens Pell. Taggart begann zu schreien, er ließ all die Angst, den Haß, das Leid und den Schmerz in einen Schrei der Qual einströmen, der nicht einmal aufhörte, als sie ihn aus dem Zimmer hinaus und einen Korridor hinunterfuhren, aus dem er nicht zurückkommen würde.

Nach einiger Zeit, er wußte nicht, wie lange, da er nicht mehr in solchen Begriffen dachte, ging er mit knirschenden Schritten über die verwüstete Landschaft, bewegte seine Glieder, seine Waffensysteme. Sein neuer Körper hatte sich während der Tests gut bewährt. Er war eine nahtlose Panzerschale, viele Zentimeter dick, die von Sensoren und Eingabeöffnungen starrte, durch die mit Lichtgeschwindigkeit dem Gehirnbehälter aus Gallertmasse Informationen zugeführt werden sollten. Seine Tritte wühlten den trockenen Boden auf, und das empfindliche, aber starke Aufhängungssystem absorbierte jede Bewegung, jeden Ruck und Stoß. Tief im Zentrum seines Körpers pumpten und pulsierten die Maschinen, die Maschinen, die sein Gehirn mit Nährstoffen und sauerstoffangereichertem Blut versorgten. Er war glücklich.

Aber immer wieder einmal kam ihm ein unzusammenhängender Gedanke — manchmal ein Bild, ein Begriff, dann wieder ein Wort — in den Sinn. Und er kämpfte damit, versuchte, sich zu erinnern, aber es gelang ihm nie so ganz.

Und außerhalb der Stadt, wo Taggart umherstreifte, wurde der Boden zu Staub und die Steine zu Sand, und eine große Wüste entstand, die die Markierungen und die toten Wesen zudeckte.

Und er fand nie die Wahrheit über Dorothy heraus.

Die Stadt vertraut in puncto Sicherheit nur auf sich selbst, auf niemand anderen — gleichgültig wie indirekt. Die Bürger werden nach diesem Wahlspruch umerzogen und die Geschichte wird danach neu definiert. Prioritäten werden neu gesetzt, und die Stadt bezieht jede Möglichkeit in ihre Pläne mit ein.

7

Denek spähte in das Zielfernrohr der Waffe und verstärkte die Vergrößerung, bis das vorderste Fahrzeug sein Blickfeld ausfüllte. Von seinem Ausguck auf der schroffen Felswand konnte er die Eindringlinge deutlich erkennen.

»Computer«, sagte er in sein Kehlkopfmikrophon.

In seinem Helm ertönte ein summendes Geräusch, als das kleine Terminal in seinem Rucksack ansprach. »Ja«, sagte die geschlechtslose Stimme. »Übermittle Chicago folgendes: Ich habe die Eindringlinge entdeckt und werde sie aufhalten. Überprüfe auch, ob neue Befehle da sind.«

»In Ordnung«, sagte die Maschine, als sie mit einem Klicken die Verbindung zum Helm unterbrach. Einige Sekunden vergingen, während sie mit der Stadt Kontakt aufnahm. Denek wartete und beobachtete dabei, wie die drei Maschinen tiefer in das Tal unter ihm eindrangen.

»Denek«, sagte schließlich der Computer, »Chicago bestätigt den Kontakt. Halte sie auf. Melde den Abschuß. Und kehre zurück. Das ist alles.«

Als er wieder allein war mit seinen Gedanken, bereitete er sich auf den Abschuß vor. Warum kommen sie immer wieder? fragte er sich, während er auf den ersten Trak zielte. Er stützte seinen Vorderarm mit dem Handschuh auf einen Felsbrocken und zog den Abzug durch. Strahlend blaues Licht pulsierte aus seiner Waffe und zischte in das Tal unter ihm. Das erste Strahl schlug unmittelbar vor dem Fahrzeug ein, aber der zweite fuhr wie eine Nadel, die eine Seifenblase durchbohrt, in die Kuppel. Sein Fernrohr war mit Flammen erfüllt, die so grell waren, daß Denek wegsehen mußte.

In diesem Augenblick brachen die übrigen Traks aus der Linie aus und rasten auf die Felswand zu, ganz in seiner Nähe. Denek erkannte, was sie vorhatten, sprang auf und hetzte über den Grat, um in eine bessere Schußposition zu kommen. Als er ins Freie trat, knatterte die Computerstimme in seinem Helm: »Ich fange einen Sensorstrahl auf. Er ist gerade über dich hinweggegangen. Sie haben dich gleich beim ersten Abtasten entdeckt.«

Er beugte sich vom Rand des Felsens zurück, als die Worte verklangen. Er trug eine Humanamplifikatormontur, die ihm die Beweglichkeit einer Katze und die Kraft vieler Männer verlieh. Die Montur bestand aus einer Reihe von Stahlstäben und künstlichen Gelenken, die seinem Körper wie ein Außenskelett angepaßt waren.

Der Computer auf seinem Rücken war an den Amplifikator angeschlossen. Myoelektrische Sensoren fingen jede seiner Bewegungen auf und gaben sie an den Computer weiter: dann wurden die Bewegungen koordiniert und verstärkt. Denek zog die Montur jedem Fahrzeug vor; sie war klein und kompakt, die Handschuhe waren eigentlich Greifer mit einziehbaren Werkzeugen und Waffen, und die Montur enthielt auch Biokonnektoren, die seinen Körper mit Nährstoffen und Drogen versorgten, wodurch er immer munter und kampfbereit blieb.

Eine Explosion verwandelte den Rand der Klippe, wo er gestanden hatte, in eine Staubwolke. Die Bewaffnung des Konvois war raffinierter, als er sich vorgestellt hatte. Er erinnerte sich an seinen letzten Einsatz — es war eine leichte Beute gewesen — nur drei Fahrzeuge und keine großen Waffen.

Schnell begann er, über die Felsen zu klettern, wobei er wie eine Art Schalentier aussah. Zwei weitere Explosivgeschosse schlugen hinter ihm in den Boden, während er wegflitzte. Er kam sich vor wie ein Narr, weil er sich so leicht hatte erwischen lassen. Er hatte das Überraschungsmoment auf seiner Seite gehabt und es nicht ausgenützt.

Einige Minuten vergingen, während er die Wand der Mesa hinunterkletterte und -sprang. Er hoffte, einen Bogen schlagen und die beiden Traks auf dem Talboden in einen Kampf verwikkeln zu können. Er wies den Computer an, weiterhin auf Sensorstrahlen zu achten, und begann um die Felswand herumzuschleichen.

Das erste Fahrzeug war hundert Meter von ihm entfernt, als er das Tal betrat. Er hielt seine beiden Greifer hoch und feuerte. Die Stöße fuhren in das Fahrzeug, aber sie wurden anscheinend von ihm absorbiert wie Rauch, der in einen Ventilator gesaugt wird. Sie benützten Schirme, die die Energie absorbierten und sie in zusätzliche Energie für den Schirm umwandelten. Denek drehte sich um und rannte von seinem Standort weg, während sich der Trak schnell auf seinen Laufflächen drehte und sich hinter ihm herzuwälzen begann. Seine Turbinenmotoren stießen ein hohes Winseln aus, als er beschleunigte und Wolken von Wüstensand aufwirbelte.

Der Amplifikator nahm Deneks Bewegungen auf, und bald rannte er mit beinahe achtzig Stundenkilometern im Zickzack über den Sand. Laserstöße fuhren rings um ihn in den Boden und schmolzen den Sand zu glasigen Teichen zusammen. Er hatte keinen Schutzschirm und war im offenen Gelände furchtbar verletzlich.

Das zweite Fahrzeug begann links von ihm herumzuschwenken, die beiden Traks versuchten eine Zangenbewegung — jeder fuhr langsam im Bogen auf die Mitte zu. Während Denek weiterrannte, zog er die Laser ein und fuhr einen Granatwerfer aus. Die einzige Möglichkeit, einen Schirm zu durchdringen, war mit einem massiven Geschoß. Als er das andere Ende des Tals erreichte, sprang er hinter einen Haufen Felsbrocken und gewann so für einige Sekunden Deckung. Er stellte den Granatwerfer auf automatische Flugbahn ein und ließ vom Computer den Scheitelkreis bestimmen. Qualvolle Sekunden vergingen, während die Vorbereitungen getroffen wurden. Denek konnte hören, wie die Maschinen klirrend näher und näher kamen und seinen Helm mit den Geräuschen des Todes erfüllten.

Seine ausgestreckte Hand zitterte, als er die Granate abfeuerte. Während er ausatmete, hörte er die Explosion, er sprang ins Freie und feuerte einen schnellen Energiestoß auf den beschädigten Trak ab. Der erblühte zu einer orangeroten Todesblume und verspritzte Blütenstaub aus verbogenen Metallteilen über den Sand. Denek wandte sich der zweiten Maschine zu, die noch weiter entfernt war, und sah, wie sie schnell ihre Richtung änderte und auf eine Felsformation zu seiner Linken zusteuerte. Er begriff sofort, daß der Feind jetzt seinerseits Deckung suchte, und nützte die Zeit, um die Lage neu einzuschätzen. Einige Minuten vergingen, nachdem der Trak hinter den Felsen verschwunden war. Möglicherweise stieg die Besatzung jetzt aus, um zu Fuß Jagd auf ihn zu machen und zu versuchen, ihn einzukreisen. Er machte den Computer auf diese Möglichkeit aufmerksam und wies ihn an, die Sensorabtastung so zu erweitern, daß auch Organismen erfaßt wurden.

»Kannst du eine Flugbahn zu diesem Ding berechnen?« fragte er, als noch einige weitere Minuten ohne Auskunft vergingen.

»Negativ. Der Abstand ist zu groß.«

»Keine Organismen feststellbar?«

»Negativ.«

Genau in diesem Augenblick begann die Felswand über ihm unter schwerem Beschuß zu explodieren. Der Trak bestrich das Felssims mit einigen Schüssen, und Tausende von Tonnen Felsmasse begannen auf Denek zuzustürzen. Er sprang instinktiv aus seinem Versteck. Ein gewöhnlicher Mensch wäre zerschmettert worden, noch ehe er mehr als ein paar Schritte hätte tun können; aber der Amplifikator reagierte, und Denek konnte sich rechtzeitig viele Meter aus dem Bereich der Felslawine entfernen.

Da er wieder im Freien war, zog er erneut das Feuer des Traks auf sich, der sich aus seinem Versteck herausgewagt hatte. Wieder mußte er laufen, beschleunigen, den Abstand zwischen sich und der langsameren Maschine vergrößern. Er hatte keine Gelegenheit, während des Laufens den Granatwerfer einzusetzen, daher zog er ihn ein und fuhr wieder die Laser aus. Als er über die Schulter zurückblickte, sah er den Trak einige Kilometer hinter sich; er war entkommen. Der Wind rauschte über ihm und wirbelte Sandkörner auf, die gegen seinen Gesichtsschutz schlugen.

»Kommt er immer noch nach?« fragte er den Computer.

»Ja, aber er scheint zurückzufallen.«

Denek setzte seinen beschleunigten Lauf fort und fragte sich dabei, was die Geschöpfe in den Traks wohl über ihn dachten. Sicherlich waren sie über seine Geschwindigkeit und seine Kraft erstaunt und erkannten, daß sie gegen mehr als nur einen Menschen kämpften. Bei dem Gedanken lächelte Denek vor sich hin.

Als er den Abstand auf über fünf Kilometer vergrößert hatte, wurde er langsamer und blieb schließlich stehen, um die Umgebung zu inspizieren. Er war aus dem natürlichen Tal in offenes, flaches Wüstengelände getrieben worden. Der Trak hinter ihm war jetzt nur noch ein schwarzer Fleck, der in der heißen Luft glänzte.

»Das Fahrzeug ist stehengeblieben«, sagte der Computer.

»Stehengeblieben? Bist du sicher?«

»Keine Bewegung erkennbar.«

Denek stellte die Montur auf Ruheposition ein. Er klappte die Schutzbrille herunter und richtete sie auf den Trak. Das Fahrzeug blieb unbeweglich; er konnte niemanden sehen. Jeder der beiden Gegner war außer Reichweite des anderen, und doch konnte keiner seine Bewegungen vor dem anderen verbergen. Das Spiel des Wartens begann, und Denek war bereit zu warten, bis die anderen die Geduld verloren.

Minuten dehnten sich zu Stunden. Die Wüstensonne, die durch die dichte, halbvergiftete Atmosphäre nie deutlich zu sehen war, sank noch tiefer in den grauen Dunst am Horizont. Denek ersetzte verbrauchte Nährstoffe und entfernte Abfallprodukte aus seinem Körper. Er war erfrischt und begierig, den Kampf fortzusetzen.

Dann kam die Nacht und verwandelte den farblosen Sand in ein blaues Meer der Ruhe, Denek schaltete auf Infrarot um, damit er das Fahrzeug weiterhin beobachten konnte. Er dachte über die Geschöpfe in seinem Inneren nach, die dort Ränke schmiedeten und kalkulierten in dem Wunsch, ihn zu vernichten.

Er gab sich eine Injektion mit Schlafserum, die ihn erfrischte, obwohl er wachblieb. Im Geist wälzte er die Ereignisse des Tages hin und her. Er spielte die Zerstörungen noch einmal durch und lächelte im stillen, als er sich zu seinem Einfallsreichtum und seinen instinktiven Handlungen gratulierte.

Er wollte diesen letzten Gegner erledigen und dann nach Hause zurückkehren. Er vermißte die schützende Schale der Stadt, die ihn und die anderen wie ein großer Kokon umhüllte. Es war unvorstellbar, daß irgend jemand den Wunsch haben konnte, Chicago zu zerstören. Es war für ihn so unnatürlich, daß er es gar nicht begreifen konnte.

Was für Wesen waren diese Eindringlinge? Die Frage tauchte langsam in seinem einfachen Gehirn auf. Er hatte sie nie gesehen, sie waren nur als Invasionsmacht bekannt, die gelegentlich auf Chicagos Warnschirmen erschien. Vielleicht würde er eines Tages mehr über sie erfahren.

Aber jetzt saß er da und wartete darauf, daß das Fahrzeug einen Zug machte. Er durfte nicht versagen, sonst wäre Chicago in Gefahr. Der Computer tastete weiterhin die Gegend ab, bereit, ihm jede Bewegung mitzuteilen. Die Nacht ging ihrem Ende zu, die Dämmerung nahte.

Das war auch der Zeitpunkt, als sich die anderen zum Angriff entschlossen.

Denek stand in seinem Amplifikator auf, dehnte und überprüfte seine Streckmuskeln und die Waffenmodule.

»Sie haben zwei von ihren Leuten abgesetzt«, sagte der Computer, während der Trak auf Denek zuraste.

»Wo wollen sie hin?«

»Sie schwärmen aus, zu beiden Seiten von dir.«

»Beobachte sie. Ich werde mir zuerst den Trak vornehmen.«

Noch ehe er in Schußweite war, eröffnete der Trak den Kampf mit einer Laserkanone und erzielte Wirkung damit. Die Energiestöße, die vor Denek in den Sand fuhren, wirbelten eine Wand aus Schmutz auf, die ihm die Sicht nahm. Denek brachte den Granatwerfer in Stellung und programmierte den Computer darauf, abzufeuern, sobald der Trak in Schußweite kam. Die Laserstöße begannen sich näher an ihn heranzutasten. Er wich nicht zurück, wartete ab.

Plötzlich spuckte der Granatwerfer sein erstes Geschoß aus, Denek lud schnell nach und feuerte noch einmal. Die erste Granate explodierte rechts vom Trak, aber die zweite durchschlug den Schutzschirm und riß die linke Laufkette in Stücke. Der Trak schlingerte hilflos und war ein leichtes Ziel. Denek streckte den Arm aus und feuerte schnell drei Schüsse hinein, der Trak verschwand in einem grell orange leuchtenden Feuerball.

Denek rannte hakenschlagend und hüpfend auf die beiden Eindringlinge zu, die zu Fuß waren, behielt aber stets ihre Waffen im Auge. Das Wesen, das ihm am nächsten war, eröffnete zuerst das Feuer und hinderte ihn so an seinen Bewegungen.

Einer der Feuerstöße raste dicht neben Denek vorbei und drang an seinem linken Unterarm durch die Stahlstäbe der Montur. Die Hitze der Berührung versengte ihm die Haut, die zusammenschrumpelte wie Hühnerfleisch. Schmerz überflutete seine

Sinne, er konnte seine Hand und sein Handgelenk nicht mehr gebrauchen. Sie waren in den Greifer der Montur eingeschlossen, er konnte sie nicht bewegen. Er ließ sich vom Computer ein Mittel injizieren, das den Schmerz betäubte.

Denek rannte dabei weiter auf den Eindringling zu, der ihn verletzt hatte, hob seinen gesunden Arm und feuerte. Einige Stöße gingen fehl, ehe er den Gegner in zwei Hälften zerschnitt.

Als der zweite Eindringling erkannte, welches Schicksal seinem Gefährten widerfahren war, zog er sich zurück und begann vor Denek davonzulaufen. Der sah zu, wie die Gestalt hinter den rauchenden Trümmern des Fahrzeugs in Deckung ging. Denek feuerte einen schnellen Energiestoß in das Wrack, und es explodierte noch einmal. Mitten in dem darauf folgenden Splitterregen sah er, wie der Körper des Eindringlings hochgeworfen wurde und dann über den Sand rollte.

»Computer. Nimm Verbindung mit Chicago auf. Bestätige Vernichtung. Ich komme zurück.«

Der Computer summte, als er Deneks Anweisungen ausführte. Denek rieb seinen verbrannten Unterarm mit einer Enzymsalbe ein, wobei er es sorgsam vermied, die immer noch glühenden Spitzen der Stahlstäbe zu berühren.

Gerade als er sich von den Trümmern abwenden wollte, bemerkte er, daß sich der letzte Eindringling leicht bewegte. Es war unglaublich, daß er den Aufschlag überlebt haben sollte, dachte er und war beeindruckt von der Zähigkeit dieses Geschöpfes. Er hob seine Waffe, um ein Ende zu machen, hielt aber inne, als ihn ein seltsamer Gedanke durchfuhr. Er hatte noch nie einen der Eindringlinge aus der Nähe gesehen. Niemand hatte diese Erfahrung bisher gemacht. Das einzige, was er von ihnen wußte, war, daß sie heimtückische, mordlüsterne Wesen waren, die die Stadt zerstören würden, wenn sie Gelegenheit dazu bekamen. Denek hatte alles, was er wußte, von Chicago erfahren, zog aber jetzt in Betracht, die Chance zu nützen, selbst etwas herauszufinden. Vielleicht bekam er sogar eine Belohnung, wenn er etwas Neues entdeckte, was die Eindringlinge betraf?

Er senkte die Waffe, dann klappte er die Teleskopbrille an seinem Helm herunter. Er sah die zusammengesunkene, waffenlose Gestalt, eine Hand krallte sich in den heißen Sand, die Gestalt versuchte sich zu bewegen, aber es gelang ihr nicht. Eine

Organismusabtastung des Computers ergab einen Tiefstand der Lebensfunktionen. Denek klappte die Brille hoch, stellte einen langsamen Trab ein und bewegte sich auf den Körper zu. Er fragte sich, was für eine Art von Geschöpf er wohl vorfinden würde. Er war auf das Schlimmste vorbereitet und hielt seine Waffe in Anschlag, falls die Ergebnisse des Computers nicht völlig zutreffend sein sollten.

Als er vor der Gestalt stand, fiel sein Schatten über sie und verlieh ihr ein dunkleres, unheimlicheres Aussehen. Denek kauerte sich nieder, streckte seine Stahlfinger aus, packte das Wesen an den Schultern und drehte es herum, bis es mit dem Gesicht nach oben lag.

Es war ein Mensch.

Jung. Weiblich. Denek zog seine Hand zurück und stand auf. Verwirrt, beinahe enttäuscht, daß er nichts anderes gefunden hatte, stellte er fest, daß seine Hände in den Greifern leicht zitterten. Er hatte nie für möglich gehalten, daß sie so sein würden wie er, und Chicago hatte auch nie angedeutet, daß das der Fall sein könnte.

Für ihn waren die Eindringlinge immer gesichtslose Geschöpfe gewesen, die versuchten, die Stadt zu vernichten. Aber jetzt paßte irgend etwas nicht zu dieser Vorstellung. Er spielte die Alternativen durch, die verschiedenen Möglichkeiten, die er hatte. Es gab Dinge, die er wissen wollte, er konnte also diese Frau noch nicht töten.

Er blickte wieder auf sie nieder, stellte fest, daß sie kaum bei Bewußtsein war und einige tiefe Wunden an einem Arm und der Schulter hatte. Er riß ein Stück Stoff von ihrem Overall ab, wischte damit das mit Sand verbackene Blut weg und band den Streifen über den Arm fest. Das Gesicht war hell, nicht von der gnadenlosen Sonne verbrannt, einige blonde Strähnen fielen unter dem Rand ihres Helmes hervor. Lange Wimpern. Volle Lippen. Scharfe Züge. Eckig, sie verliehen ihr ein ungewöhnliches Aussehen, nicht hübsch, aber doch irgendwie anziehend.

Es vergingen einige Minuten, während er auf sie hinunterstarrte. Sein Herzschlag wurde schneller, als er bemerkte, daß sich ihre Lider leicht bewegten. Er schüttelte sie, und ihre Lippen öffneten sich, als sie nach Luft schnappte.

»Woher kommst du?« fragte er.

Keine Antwort.

Denek stieß sie an. »Sprich! Woher kommst du?«

Sie hielt weiter die Augen geschlossen, zuckte unter dem Schlag zusammen, dann sagte sie langsam: »Aus der Stadt der Engel.«

Denek lachte. »Ich will die Wahrheit wissen ... es gibt nur eine Stadt.«

»Ich spreche die Wahrheit.« In ihrer Stimme und in ihrer Miene, als sie die Augen öffnete und Denek ansah, wie er sich vor ihr auftürmte, war keine Furcht.

»Wo ist diese ›Stadt‹, aus der du angeblich kommst?«

»Weit weg von hier. Wir waren viele Tage unterwegs.«

»Es gibt nur eine Stadt«, sagte Denek bestimmt.

Keiner der beiden sprach während der nächsten Sekunden, dann fragte sie: »Warum tötet ihr uns?«

»Weil ihr Eindringlinge seid«, sagte Denek und mußte beinahe lachen, weil ihre Frage so absurd war.

»›Eindringlinge‹? Was meinst du damit?«

»Ihr nähert euch der Stadt. Das darf man nicht tun.«

»Wir wollten mit euren Leuten Verbindung aufnehmen und ...«

»Ihr wollt uns vernichten«, sagte Denek hart.

»Nein! Das ist nicht wahr.«

»Du lügst«, sagte er, aber irgendwo in seinem einfachen Gehirn war er sich dessen nicht so sicher. Sie sprach mit einer Stimme, die völlig aufrichtig klang.

»Schau, ich sage dir doch ... alles, was wir wollten, war, mit eurer Stadt in Verbindung zu treten ... zu sehen, wie ihr überlebt habt.« Ihre Stimme wurde kräftiger, sie begann sich von den Nachwirkungen der Explosion zu erholen. Denek bewunderte, wie hart sie trotz ihres zarten Aussehens war.

»Erkläre, was du meinst!« Seine Neugier wuchs trotz seiner Anweisungen und seines Trainings.

»Es gab Geschichten ... Legenden, nehme ich an, daß es noch andere Orte wie den unseren gäbe. Immer wieder einmal zogen Menschen aus und suchten nach ihnen. Sie fanden nicht viel, aber die Legenden bestanden weiter. Einige der Trupps, die in diese Richtung kamen, kehrten nie zurück, daher folgten wir ihnen, um herauszufinden, warum.«

Ihre Worte erschienen ihm wahr, mindestens der Teil über andere Gruppen von Eindringlingen. Er wußte das, denn er selbst war es gewesen, der einige von ihnen vernichtet hatte.

»Sie waren unbewaffnet«, fügte sie hinzu.

Auch das stimmte. Denek erinnerte sich, wie leicht es gewesen war, sie wegzuputzen. Er nickte.

»Warst du es?« fragte sie, als sie seine zustimmende Geste bemerkte.

»Ja, das ist meine Pflicht. Chicago verlangt es so.«

»Das klingt, als wäre die Stadt lebendig«, lächelte sie schwach.

»Das ist sie auch. Chicago sagt uns alles, was wir wissen müssen.«

Sie antwortete nicht, sondern starrte ihm weiterhin in die Augen. Ihr Blick war ihm unangenehm, er fühlte sich gedrängt, noch mehr zu sagen. »Chicago nimmt und gibt das Leben. Ohne Chicago wären wir nichts.«

»Wie ein Gott oder so etwas«, sagte sie leise. Dann hielt sie inne und biß sich auf die Unterlippe. »Ja, ich verstehe jetzt ... Entschuldige ... Ich habe das alles nicht gewußt. Verzeih mir bitte.«

Denek verstand sie nicht, vor allem das Wort nicht, das sie gebraucht hatte: ›Verzeih‹. Er hätte sie beinahe danach gefragt, aber sie schüchterte ihn irgendwie ein. Es war ein komisches Gefühl, denn er konnte schließlich jederzeit ihren Schädel mit seinem Stahlhandschuh zermalmen. Und doch konnte er spüren, welche Macht und Sicherheit ihr innewohnten.

Einige Minuten vergingen in Schweigen, dann sprach sie wieder: »Was wirst du jetzt mit mir machen?«

Ihre Worte rüttelten ihn auf. Sie war so direkt, so offen. »Ich ... ich weiß es nicht. Ich habe den Befehl, zu töten ... alle von euch.«

Sie blickte zu dem ausgebrannten Trak hinüber. »Ja, ich weiß. Du bist sehr leistungsfähig.«

Normalerweise wären diese Worte ein großes Kompliment für ihn gewesen, aber sie schnitten ihm irgendwie ins Herz. Die Frau war so völlig hilflos, und doch irgendwie auch nicht.

Er brachte es nicht fertig, sie zu töten.

Der Same der Unsicherheit begann in ihm zu keimen.

»Vielleicht wäre Chicago daran interessiert, dich zu sehen.«

Sie lächelte. »Nach allem, was du mir erzählt hast, bin ich da gar nicht so sicher.«

»Erkläre.«

»Findest du es nicht irgendwie seltsam, daß wir miteinander sprechen können?«

Denek dachte über diese Frage nach, sein langsamer Geist wälzte die Worte hin und her. Wenn sie wirklich eine Fremde war, wieso konnte er dann mit ihr sprechen?

»Das ist nicht schwer«, sagte er stockend. »Deine Leute . . . sie haben unsere Sprache gelernt . . . um uns zu täuschen . . . in Sicherheit zu wiegen . . .«

Sie lachte.

Denek verstand ihre entwaffnende Reaktion. »Habe ich etwa unrecht?«

»Wenn wir nicht einmal in die Nähe von Chicago kommen können, wie sollten wir dann eure Sprache lernen?«

Da hatte sie recht, dachte er. »Trotzdem muß es einen Grund geben. Chicago würde es wissen.«

»Oh, da bin ich ganz sicher . . .«, sagte sie grinsend und sah dabei begehrenswerter aus denn je. »Aber ich glaube nicht, daß Chicago es d i r erzählen möchte.«

»Was willst du damit sagen? Erkläre es mir!«

Und sie erklärte es ihm.

Die Wüste verbrannte die Stunden, während sie ihm die neuere Geschichte ihrer eigenen Stadt erzählte. Sie erzählte ihm von den alten Zeiten, als die Menschen, die die Städte bauten, sie auch tatsächlich noch beherrscht hatten, wie die Städte einst prall gefüllt waren mit Menschen, wie die Menschen sich untereinander bekämpften, sich töteten und verstümmelten. Sie erzählte ihm von den Drogen, davon, wie die Menschen, die ihre Stadt beherrschten, auch lernten, die Menschen in ihr zu beherrschen, durch die Stadt, indem sie Drogen und Enzyme ins Trinkwasser geben und Sporen in der künstlichen Atmosphäre freisetzen ließen. Sie erzählte ihm, wie ihre Ahnen rebelliert und diese Kontrollen überwältigt hatten, wie sie ihrer Stadt die Macht entzogen und die Herrschaft wieder in die Hände der Menschen legten. Ihre Stadt funktionierte, um ihr zu dienen, nicht umgekehrt. Denek unterbrach sie häufig, verlangte Erklärungen für ein Wort oder einen Gedanken, aber sie hatte immer die richtigen Antworten parat. Ihre Logik war unangreifbar. Ketzerei, ja. Aber trotzdem konnte er nicht anders, als ihr beinahe zu glauben.

Er verband ihre Wunden und gab ihr einen Teil seiner Ration. Sie weigerte sich, etwas von seinen Drogen zu nehmen, sie sagte, sie seien nicht Teil ihrer Kultur. Er fügte sich, weil er versuchte, sie so weit zu verstehen, wie er nur konnte.

Als die Nacht kam und sie in die plötzliche Kühle des blauen Sandes einhüllte, kauerten sie sich enger zusammen. Ihr Gespräch bewegte sich weg von den Städten, den Gedanken und Gesetzen, nach denen sie lebten. Statt dessen sprachen sie über sich selbst. Er erzählte ihr von seinen Ausbildungsjahren in den Informationsspeicherzentren, von seinem Militärdienst, von den Jahren, in denen er alleine gewesen war. Sie hingegen berichtete von ihrem eigenen Leben, von Freiheit und Neugier. Sie hatte lernen, lieben und leben können, wie sie wollte. Denek war sich dieser Freiheit, von der sie sprach, sehr wohl bewußt. Ihr ganzes Wesen war davon durchdrungen. Was sie sagte, war klar und genau. Jedes Wort schien sorgfältig ausgewählt, dennoch sprach sie, ohne zu stocken.

Er fühlte sich in seiner Montur unbeholfen und tölpelhaft, wie er so neben ihr saß.

Später richteten sie sich zum Schlafen ein, und er sah ihr zu, wie sie ihren Helm abnahm und sich im Sand ausstreckte. Ihr langes Haar tanzte leicht im Wind. Er griff hinunter und löste die Splinte der Knöchelgelenke seiner Montur, bis er das Gerät ablegen konnte. Sie saß in der Dunkelheit daneben und sah ihm zu, schweigend, wartend.

»Das solltest du wohl nicht tun, oder? Es ablegen, meine ich.«

»Nein«, sagte er, »das sollte ich nicht.«

»Aber du willst mich, ja?« Ihre Stimme war so ruhig und beherrscht wie immer.

Innerlich war er ihr dankbar, daß sie das Thema aufs Tapet gebracht hatte. Obwohl es ihm an einer besonderen Art von soldatischem Elan in solchen Dingen nie gefehlt hatte, hatte er doch das Gefühl, daß es bei ihr etwas anderes sein könnte.

Er nickte und rückte näher zu ihr.

Er bemerkte ihre Verbände. »Kannst du?« fragte er; seine Stimme schwankte seltsam und klang fremd in seinen Ohren.

Sie nickte lächelnd. Dann legte sie sich zurück, öffnete ihre Uniform und half ihm, in sie einzudringen. Als es vorbei war, schlief sie ein; aber Denek lag wach und blickte durch den nächtlichen Dunst zu den Sternen auf. Ihre Vereinigung war für ihn sonderbar gewesen. Sie war so anders, so aufnahmebereit für ihn, so voll Bewegung. Es war ein seltsames, beinahe apokalyptisches Ereignis, diese Vereinigung. Es haftete in seinem Gedächtnis, wie plötzlich es geschehen war.

Denek löste sich vorsichtig aus ihren Armen und legte schnell die Montur wieder an. Während er das tat, dachte er immer noch nur an sie; aber als er die letzten Gelenksplinte befestigt hatte und das Gewicht des Computers auf seinem Rücken spürte, fiel ihm alles wieder ein. Chicago. Er hätte inzwischen zurück sein sollen. Er hoffte, die Stadt hatte nicht versucht, mit ihm in Verbindung zu treten, während er die Montur abgelegt hatte. Das waren seine Gedanken, als er sich ein Schlafserum in die Vene injizierte.

Die Hitze der erwachenden Wüste flimmerte vor seinem Gesichtsschutz, und er erwachte ebenfalls. Sein Blick fiel auf sie, sie schlief noch und wirkte sogar noch sinnlicher als in der Nacht zuvor. Er regte sich leicht, und die Montur nahm seine versuchsweisen Bewegungen auf. Ein Stahlgelenk quietschte, und dieses Geräusch weckte sie auf. Sie öffnete die Augen, blickte zu ihm auf und lächelte.

»Hallo«, sagte sie.

Entsetzen durchjagte ihn, als er spürte, wie sein rechter Arm sich auf sie richtete, ohne daß er etwas dazugetan hätte. Er versuchte, gegen die Bewegung anzukämpfen, aber der Arm streckte sich weiter. Die Knie und Hüftgelenke versteiften sich, so daß er keinen Schritt tun konnte; er mußte hilflos zusehen, wie die Waffensysteme sich klickend aus dem Greifer herausschoben.

Er schrie auf, um sie zu warnen, aber der grelle Strahl war schon über sie hinweggestrichen und hatte ihren Schädel in eine formlose rauchende Masse verwandelt. Er schrie noch immer, als die Stimme des Computers ihm ins Ohr raunte: »Denek . . . sei ruhig!«

Er fühlte einen leichten Stich in seinem linken Arm, als die

Montur ein Entspannungsmittel in seinen starken Körper injizierte. Bald hörte er zu schreien auf, sein Körper erschlaffte in dem Stahlkäfig, in dem er steckte.

»Warum?« fragte er. Sein Mund fühlte sich trocken und dick belegt an. »Warum hast du sie getötet?«

»Ich habe nur einen Auftrag zu Ende geführt, den du nicht bewältigt hast.«

»Aber . . . ich dachte . . .«

»Nein, Denek«, schnitt ihm der Computer das Wort ab. »Chicago hat alles mitbekommen. Du hast unrecht getan.«

Er wartete, daß die Maschine weitersprach, aber sie war seltsam still. Dann begann die Montur von neuem, sich zu bewegen. Die Ellenbogen- und Kniegelenke drehten sich in die entgegengesetzte Richtung, und Denek kippte auf den Rücken. Plötzlich begriff er, was mit ihm geschah, er wehrte sich gegen die langsamen, unerbittlichen Bewegungen. »Warum? Bitte sag es mir!«

»Das ist einfach, Denek. Du weißt zuviel.«

Und das war alles.

Die Montur bewegte sich weiter, seine Beine und Arme wurden in furchtbaren Winkeln nach rückwärts gebogen, das Verbindungsgewebe riß. Hüft- und Schultergürtel neigten sich einander zu, der Helm wurde ihm gegen den Magen geschoben, die Wirbel zerbrachen mit schnalzenden Geräuschen. Sehnen rissen, Knochen knackten und innere Organe versagten den Dienst, während Denek schrie und schrie. Aber in den kurzen Augenblicken, in denen er noch bei klarem Bewußtsein war, glaubte er plötzlich zu verstehen, was sie gemeint hatte . . . bis sich die Dunkelheit auf ihn senkte.

Der Computer machte eine letzte Organismusabtastung über der breiigen Masse, die er jetzt umschloß, dann schaltete er sich befriedigt ab.

Draußen ist die Erde ruhelos. Kontinente verschieben sich langsam, während Gebirge verwittern, Wälder verschwinden, Wüsten vorwärts kriechen und neue Dschungel erblühen. Neue Geschöpfe kauern unter den Felsen, sie atmen die veränderte Atmosphäre ein und kämpfen um Anpassung. Aber immer noch gibt es eine Wunde, die nicht heilen, sich nicht verändern lassen will — die Stadt bleibt bestehen.

8

Der Raum war einst das Büro eines Aufsehers auf einer Wartungsebene unterhalb der Stadt gewesen. Er war umgeben von Laufplanken. Kabelkanälen, Rohrleitungen, Kabeln, Lüftungsschlitzen und Schächten — eingebaut in ein kompliziertes System von Winkeln und Flächen.

Szel wußte, daß es Tausende von verlassenen Kontrollpunkten und Büros wie dieses gab, in dem er wohnte, begraben und vergessen unter der Stadt mit ihren vielen Ebenen und Rängen. Da er in Architektur und Planung Klasse Eins gewesen war, hatte er Zugang zu so vielen geheimen Daten über Chicago bekommen — der Standort der alten Aufseherhütten war nur eine von vielen Informationen. In den Jahren, in denen er außerhalb der Herrschaft von Chicago gelebt hatte, hatte Szel Hunderte von Gängen entlang der unterirdischen Laufplanken, Luftschächte und Rohrleitungen aufgezeichnet. In der Tat war es wahrscheinlich Szel, der von all den Tausenden von Abtrünnigen der Stadt die Unterwelt von Chicago am besten kannte.

Obwohl es keinen offiziellen ›Führer‹ unter den Bürgern gab, die gegen die starre Überwachung durch die Künstliche Intelligenz der Stadt aufbegehrt hatten, wurde Szel von vielen als Autorität angesehen. Dafür gab es viele Gründe. Er war einer der ersten gewesen, die die Erlässe und Richtlinien über das Leben in der Stadt völlig abgelehnt hatten. Er war Klasse Eins gewesen, das bedeutete, daß er überdurchschnittlich intelligent und optimal anpassungsfähig war und ausgezeichnete physische Eigenschaften besaß; er war ein Teil der elitären Subkultur von Menschen gewesen, die direkt unter der KI arbeiteten. Er verkehrte mit Verwaltungsbeamten, Analytikern, Wissenschaftlern.

Schon ehe Szel zum letztenmal seine Wohneinheit verlassen hatte, um niemals wieder im ›Saal der Planer‹ aufzutauchen, war er sich der inneren Fehler der Stadt bewußt gewesen. Aber er hatte keinen Beweis dafür. Chicagos gewaltiges Informationsspeicherzentrum lag seit Generationen brach, weil es nur wenige Bürger mit Status Klasse Eins gab, die die Fähigkeit hatten, sich seiner zu bedienen, und noch weit weniger Angehörige der Klasse Eins, die auch nur das Bedürfnis danach hatten, es aufzusuchen. Und doch hatte sich Szel schon immer Gedanken darüber gemacht, warum Chicago ganze Datenbänke abgeriegelt hatte und den Zugang zu dem Wissen, das in den Kristallen und Spulen enthalten war, beschränkte.

Szel war überzeugt, daß trotz der Propaganda, die Chicago ständig ausstrahlte und überall in der ganzen Stadt zur Schau stellte, die Menschen nicht immer ein reglementiertes, total beherrschtes Leben geführt hatten. Es war ihm aber nicht möglich gewesen, das mit greifbaren Beweisen zu belegen.

Und so hatte er all die Jahre gewartet, in der Hoffnung, etwas zu entdecken, das ihn zu den Antworten führen könnte. Die Jahre glitten vorbei, während er zwischen den stählernen Rängen der Stadt umherflitzte und nur an die Oberfläche kam, um Dinge zu stehlen, die er zum Leben brauchte. Einmal war er zufällig auf einen unterirdischen Eingang zu einem Warenhausfundament gestoßen, den man überpflastert hatte; die Arbeiter hatten den Abfall und die Trümmer im Innern nicht beachtet. In dem Schutt fand Szel riesige Bücherkisten. Er erinnerte sich, mit welcher Begeisterung er die vergessenen Schätze geplündert hatte. Titel schienen auf den Bücherrücken im schwachen Licht seiner Taschenlampe aufzuglühen: ›The Lessons of History‹ von Will und Ariel Durant, ›The Territorial Imperative‹ von Robert Ardrey, ›Verschiedene Arten der religiösen Erfahrung‹ von William James, ›Love's Body‹ von Norman O. Brown, ›Die gewaltige Reise‹ von Loren Eiseley, ›Der humane Umgang mit Menschen‹ von Norbert Wiener, ›Das Sein und das Nichts‹ von Jean-Paul Sartre, ›Der Mensch im Kosmos‹ von Pierre Teilhard de Chardin, ›Die Politik der Erfahrung‹ von R. D. Laing, ›Moby Dick‹ von Herman

Melville, ›Martin Eden‹ von Jack London, ›Report on Planet Three‹ von Arthur C. Clarke, ›One Two Three ... Infinity‹ von George Gamow, ›Deathbird Stories‹ von Harlan Ellison, ›Essays‹ von Ralph Waldo Emerson ... praktisch jeder Bereich war vertreten. Die Titel selbst hatten für Szel schon anregend geklungen, und er verbrachte lange, stille Monate damit, sich durch den Inhalt zu kämpfen. Die Bücher waren der Schlüssel, mit dem er das Rätsel lösen konnte. Sie waren ihm mehr ans Herz gewachsen als je ein Mensch, und er hortete sie in seiner Höhle unter der Stadt wie ein Geizhals seine Schätze. Stapel von modrigen Büchern, Monographien, Papieren und Notizheften umgaben sein Bett und seinen Schreibtisch. Ein Wald von Papier, der ihn vor den heimtückischen Maschinen abschirmte, die rings um sein Versteck klickten und dröhnten.

Mit der Zeit ertappte sich Szel jedoch dabei, daß er im Halbdunkel der Wartungsebenen nach einem anderen Individuum suchte, das ebenfalls vor dem bequemen, aber unheimlichen Leben geflohen war; nach jemandem, mit dem er seine Schätze teilen konnte. Langsam baute sich ein Netz von Aussteigern auf und breitete sich durch die Eingeweide der Stadt aus wie ein harmloses Virus, das darauf wartet, zu einer mächtigeren Linie zu mutieren. Sie verbrachten ihre Zeit damit, in kleinen Gruppen zusammenzukommen und miteinander zu reden und zu streiten wie die alten Sozialistenclubs im San Francisco Jack Londons, Spiele zu machen wie die Dorfbewohner von Sleepy Hollow bei Irving, Lebensnotwendiges aus Abfällen und gefundenen Teilen herzustellen wie Robinson Crusoe bei Defoe, und gegen ihre Ängste und ihre Paranoia anzukämpfen wie Raskolnikov.

Und während all dieser Zeit suchte Szel nach einem Weg, um die Massen zu erreichen, dem ungebildeten, halbblöden Vertreter der Mehrheit, der eine Schicht nach der anderen auf seinem Posten schuftete und dann in den Vergnügungssektoren untertauchte, bis es wieder Zeit zur Arbeit war, die Frohe Botschaft zu verkünden. Szels kostbare Bücher würden den meisten dieser Menschen so gut wie nichts bedeuten, denn ihre einzige Leseerfahrung machten sie mit den Computerbotschaften, die die Stadt ihnen während der Arbeit ausstrahlte.

Niemand konnte sich vorstellen, daß es noch irgendwo andere Orte geben könnte, wo Menschen lebten, andere Orte, wo die

Evolution nicht schon vor Jahrhunderten zitternd zum Stillstand gebracht worden war.

Fast seine ganze Zeit verbrachte Szel damit, eine Geschichte der Stadt zu schreiben, die so weit zurückreichte, wie er sie belegen konnte, wobei er besonders sorgfältig die Ereignisse der letzten Jahrhunderte schilderte und so vollständig wie möglich die tragische Aufeinanderfolge der Geschehnisse ausführte, die zur gegenwärtigen Sklaverei der Bürger von Chicago geführt hatte. Noch während Szel schrieb, fragte er sich, ob irgend jemand, abgesehen von den ausgesuchten Mitgliedern des Untergrunds, seinen grimmigen Bericht jemals lesen würde.

Und seltsamerweise, wie so oft bei bedeutenden geschichtlichen Ereignissen, erkannte Szel, als der Katalysator auftauchte, seine Bedeutung nicht.

Es geschah eines Morgens auf einem Bauplatz nahe der Schutzschirmlinie Chicagos. Ein Arbeiter, der einen Amplifikator trug und mit dem Abriß alter Gebäude beschäftigt war, förderte einen Gegenstand zutage, den man eine ›Zeitkapsel‹ nannte. Es war ein Ellipsoid von weniger als drei Metern Länge, an der dicksten Stelle maß es knapp über zwei Meter im Durchmesser. Ziemlich klein im Vergleich zu anderen Dingen, erwies es sich doch als höchst bedeutsamer, höchst mächtiger Einfluß auf das Leben der Bürger von Chicago.

Die glatten Flächen der Kapsel wurden von einer verrosteten, verbeulten Plakette unterbrochen, auf die eine Inschrift geätzt worden war: ›Zweihundertjahrfeier 1976, Chicago, Illinois. So waren wir einst.‹ Als die Arbeiter das immer noch versiegelte Artefakt aufbrachen, entdeckten sie wunderbare, geheimnisvolle, aufschlußreiche Gegenstände. Eine lange Liste von städtischen Beamten, von Vertretern des Bezirks und des Staates, an der Spitze als prominenteste Persönlichkeit der Bürgermeister; einen ganz genauen Stadtplan mit Luftaufnahmen. Das maßstabsgetreue Modell eines architektonischen Wunderwerks jener Zeit, das als ›Big Buck‹ bekannt war, und eine Mappe mit geplanten Bauwerken, einschließlich eines zentralen Computerkomplexes, der die Stadtverwaltung zusammenschließen sollte. Ein Film mit dem Titel ›Zweihundert Jahre Fortschritt‹, der die Entwicklung der amerikanischen Kultur zeigte, und ein Bell & Howell 16 mm Selbstladeprojektor. Videobänder mit komprimierten Nachrichten und Dokumentarfilmen vom 4. Juli 1976; ein umwerfendes Drama mit dem Titel ›Mary Hartman, Mary Hartman‹; Filmstreifen von etwas namens ›Die Superschale‹. Ein Sony Betamax Videorecorder mit Fernsehmonitor. Cassettenaufnahmen vom Chicagoer Symphonieorchester, das unter Leitung von Fritz Reiner Stücke von Charles Ives spielte; größere Reden von Vertretern der Demokratischen Partei, Grüße von Seinen Ehren, dem Bürgermeister, und eine Stereoanlage von Bell & Howell. Eine Büchse Hamm's Bier, eine Flasche Neo-Synephrine Nasentropfen, ein Paket Armour Star-Räucherwurst, ein ›Hero‹-Unterwassersandwich, das in einen Block aus durchsichtigem Lucit eingeschweißt war, ein Baseballhandschuh mit einem Autogramm von Ernie Banks, eine Pizzaschachtel mit einem Autogramm von Ron Santo, eine Veg-O-Matic-Küchenmaschine, die immer noch funktionierte, eine Polaroid SX-70-Kamera, ein Western-Electric-Princess-Tastentelefon, ein elektrischblauer Bikini von Marshall Field, Ausgaben des ›Chicago Tribune‹ — ›Der größten Zeitung der Welt‹, der ›Chicago Daily News‹, der ›Chicago Sun Times‹ und ein Versandkatalog von Sears Roebuck und Company. Ein vollständiger Satz Baseballkarten von Topps Bubblegum, auf denen die ›Chicago Cubs‹ und die ›White Sox‹ abgebildet waren, eine Schachtel Franken Berry-Frühstücksflocken, zehn handschriftliche Huldigungsschreiben zur Zweihundertjahrfeier, verfaßt von Schülern einer sechsten Klasse der Public School von Chicago, eine Geschenkpackung ›Batman and Robin Bat-Cave‹, die Ausgabe des ›Playboy‹ vom November 1976, die Ausgabe von ›Times Magazine‹ vom 4. Juli 1976, die 50. Jubiläumsausgabe von ›Amazing Stories‹, ein großes Buch im Folioformat mit dem Titel ›The Best of Life‹, und ein Familienfotoalbum aus dem Besitz von Richard J. Daley.

Endlich, dachte Szel, war hier ein Beweis für die Massen, daß es einmal, wenn nicht ein besseres, so doch zumindest ein anderes Leben gegeben hatte. Die Nachricht von der Entdeckung und von den Gegenständen selbst verbreitete sich in Windeseile durch ganz Chicago. Gegenstände aus der verschwundenen Kultur wurden schneller in der ganzen Stadt herumgereicht, als die Behörden sie beschlagnahmen konnten. Chicago verbreitete offizielle Stellungnahmen, die die ›falschen Artefakte‹ (so wurden sie genannt) verdammten, aber das bewirkte nur eine Steigerung des Interesses am Inhalt der Zeitkapsel. Angespornt durch diesen glücklichen Zufall, starteten Szel und sein Netz von Flüchtlingen im Untergrund eine Propaganda- und Informationskampagne, die darauf abzielte, die Massen aufzuklären. Gruppen schlichen sich in den künstlichen Nächten in die Kybernetikkomplexe, die Kommunikationsmodule, die Hologrammstationen ein und fütterten sie mit Piratenprogrammen und Filmen.

Ein Programm, das in der folgenden Zeit durch jeden Holovidempfänger in jeder Wohneinheit in Chicago verbreitet wurde, erklärte in allen Einzelheiten die Gesellschaft, in der die Zweihundertjahrfeier stattgefunden hatte.

Ein zweites Programm erläuterte Gestalt und Funktion der geheimnisvollen Figuren Batman und Robin.

Plakate, die wie von Zauberhand über Nacht an jeder Kreuzung auftauchten, zeigten ganz genau, wie der Bikini getragen worden war.

Ein weiteres Plakat demonstrierte die Anwendung von Neo-Synephrine-Nasentropfen.

Ein allgemeiner Bericht flimmerte über das Terminal in der Wohneinheit jedes einzelnen Bürgers und erklärte das Baseballspiel.

Charles Ives wurde wiederentdeckt und bald wieder vergessen.

Man schnippte wieder mit Baseballkarten.

Jemand trank ein Hamm's, das unzählige Jahrhunderte gelagert hatte.

Ein Polaroidfoto wurde entwickelt.

Patti McGuire lebte wieder.

Unnötig zu erwähnen, daß Chicago über all das sehr bestürzt war. Die Besucherzahlen in den Unterhaltungssektoren waren drastisch gesunken, die Arbeitspläne blieben weit hinter dem normalen Tempo zurück, Arbeitszuweisungen wurden ignoriert. Die völlig kontrollierten, vollkommen geordneten Bewegungen und Tätigkeiten der Stadt waren plötzlich vergleichsweise chaotisch geworden. Das Informationsspeicherzentrum wurde praktisch über Nacht mit eingespeisten Anfragen nach Daten über den ›mythologischen‹ Ort namens Amerika bestürmt. Chicago tat das einzig mögliche: es lehnte die Forderungen ab und leugnete die Existenz eines solchen Ortes oder einer solchen Zeit.

Solch handgreifliche Beweise entschieden abzustreiten war die einzig logische Verteidigung für die große, denkende Stadt. Wenn sie den Launen ihrer Bürger nachgab, würde der ganze Zweck der Stadt zunichte gemacht. Wenn die Pläne nicht eingehalten, wenn die Funktionen und Tätigkeiten nicht ausgeführt wurden, dann versagte Chicago bei der Erfüllung seiner uralten Verpflichtungen. Und da Chicago ein völlig klar argumentierendes, völlig funktionierendes Wesen war, war es ihm unmöglich zu versagen. Deshalb war es in erster Linie wichtig, die ablenkenden Einflüsse zu leugnen — gleichzeitig waren noch andere Maßnahmen notwendig, unter anderem die Beseitigung eben dieser Ablenkungen. Jene Bürger, die hartnäckig weiter mit Artefakten spielten und das Informationsspeicherzentrum mit albernen Anfragen belästigten oder die Unruhe stifteten, indem sie kybernetische Programme störten oder an Kristalldatenbänken, Spulen und Sendern herumpfuschten, würden bestraft werden.

Die Strafe war natürlich der Tod.

Als Szel dieses letzte Faktum in seinem Notizbuch niederschrieb — es war jetzt auf mehrere Hundert eng beschriebener Seiten angewachsen —, klopfte es an der Tür zur Aufseherzelle.

»Herein«, sagte Szel, denn er wußte, daß sich die Stadt die Höflichkeit des Anklopfens nicht geleistet hätte.

Die Tür ging auf, und ein großer, noch junger Mann erschien im Rahmen. Sein Gesicht war von einem dichten, braunen Bart verdeckt, so daß die einzig erkennbaren Züge die strahlendblauen Augen waren. Er trug den schmutziggrünen Overall eines Arbeiters der Klasse Vier, aber aus seinem Ausdruck und seiner Haltung war deutlich zu erkennen, daß er nicht eine dieser künstlich geschaffenen genetischen Mißgeburten war.

»Gabe«, sagte Szel, als er seinen Freund erkannte. »Setz dich, wenn du ein Plätzchen findest! Was geht dort draußen vor?«

»Es wird immer schlimmer«, sagte der große Mann, während er einen Stapel Bücher zur Seite schob und sich auf dem Boden niederließ. »Chicago hat heute weitere Hinrichtungen gemeldet. Zehntausend und noch ein paar, ich kann es nicht glauben.«

»Wie nehmen die Leute es auf?«

»Das ist das unglaublichste daran. Sie ziehen nicht den Kopf ein, wie Obie es erwartete. Sie unternehmen etwas.«

Szel legte seine Feder nieder und rieb sich die schmerzenden Finger. »Zum Beispiel . . .?«

»Zum Beispiel ist gerade jetzt auf Ebene Drei ein ganz schöner Aufruhr im Gange. Ein paar tausend Arbeiter müssen es sein — meistens Klasse Drei und Vier, nehme ich an — sie haben die Straßen blockiert. Der Verkehr fährt rückwärts und pflügt in die Menge hinein . . . es ist schlimm.«

»Wodurch hat es angefangen?«

»Ich weiß es nicht genau. Es könnte die Sendung über die Hinrichtungen gewesen sein, aber auch ein geringfügigerer Anlaß. Ich hörte einige Leute darüber reden, daß Chicago gedroht hat, den Arbeitern im Montagewerk für die Einheiten die Wasserversorgung zu sperren, wenn sie nicht zum Rhythmus der Produktions- und Instandhaltungspläne zurückkehrten. Darüber gab es viel Geschrei, und einige der Arbeiter sind einfach aus dem Montagewerk weggelaufen.«

»Das ist noch nie passiert!« sagte Szel.

»Besonders komisch ist es, daß die ganze Geschichte im Montagewerk für die Einheiten passiert ist, findest du nicht? Diese Dinger sind das neueste Projekt von Chicago, und ich habe davon reden hören, daß die Stadt sie einsetzen will, um die Massen unter Kontrolle zu bringen, falls die Lage sich sehr zuspitzt.«

Szel schüttelte den Kopf. »Das wäre sehr schlimm für unsere Seite.« Er stellte sich einen Augenblick lang die Straßen voll von Menschen vor, die alle in panischer Angst vor den großen, starken Robotern davonliefen.

»Hör zu, ich war gerade bei Obie. Wir waren in einem der Wartungsschächte, die durch die Schirmgeneratoren nach oben führen. Die Sache mit den Montagearbeitern scheint nur der Anfang zu sein.«

»Was willst du damit sagen?«

»Die Polizei hat Anweisung erhalten, einige Bürger zu verhaften, die sich als Batman und Robin verkleidet haben. Wer es auch ist, sie sind auf den obersten Ebenen herumgelaufen und haben Sabotageakte an den Geräten verübt. Übertragungskabel durchgeschnitten und solche Sachen.«

Szel lachte. »Batman und Robin! Das ist fantastisch! Da haben wir ja was angefangen, wie?«

»Obie und Vagas sind der Meinung, wir sollten mit so vielen

der Untergrundleute Kontakt aufnehmen, wie wir nur können. Sie glauben, wir sollten die Propagandakampagne noch verstärken.«

Szel nickte. »Das übertrifft unsere kühnsten Träume, Gabe! Die Leute sind reif für etwas ... Denk nur, nach all der Zeit, nach all dieser unermeßlich langen Zeit, stellen sich die Menschen wieder auf die Hinterbeine und kämpfen für das, was sie wirklich wollen.«

»Glaubst du wirklich, daß sie es schaffen können?«

»Sie müssen es nur wollen. Sie müssen es mehr wollen als alles andere in ihrem Leben. Sie müssen es mehr wollen als die Drogen und die Gehirnreizer, mehr als alles andere.« Szel stand auf und ging zu einem Stapel Bücher in der Ecke des Zimmers. Er sah die Bücher flüchtig durch, fand den Titel, den er suchte, und durchblätterte schnell die Seiten. »Ich erinnere mich noch, als ich diese Zeilen zum erstenmal las«, sagte er und kennzeichnete eine Stelle in dem Buch. »Ich saß da, erkannte, daß ich wahrscheinlich seit Äonen der erste Mensch war, der sie las, und es ging mir durch und durch wie eine Messerklinge. Die Zeilen schienen mich von der Seite aus anzuspringen: ›Als könntest du die Zeit totschlagen, ohne die Ewigkeit zu verletzen. Die Masse der Menschen führt ein Leben in stiller Verzweiflung. Was man Resignation nennt, ist nur die Bestätigung der Verzweiflung. In ihnen ist kein Spiel, denn das kommt nach der Arbeit. Aber es ist ein Zeichen von Weisheit, keine Handlungen aus der Verzweiflung heraus zu begehen.‹«

Szel schloß langsam das Buch und schüttelte den Kopf. »Hätten sie nicht statt Batman Thoreau finden können?«

»Nein«, sagte Gabe lächelnd. »Wenn sie Thoreau gefunden hätten, hätten sie keinen Finger gerührt. Besser Batman als überhaupt nichts.«

»Ja, du hast recht. Ich weiß, daß du recht hast, aber deshalb kann ich doch trotzdem Idealist bleiben, oder?«

»Ja, ich glaube schon.« Gabe ging an dem Älteren vorbei und blickte hinunter auf das aufgeschlagene Notizbuch auf seinem Schreibtisch. »Wie geht es voran?«

»Wie gewöhnlich. Und jetzt ist es vielleicht noch wichtiger, als ich zuerst dachte. Wenn diese Aufstände sich jemals zu einer ausgewachsenen Revolte entwickeln, wenn wir die Herrschaft der KI stürzen können, werden die Überlebenden etwas brauchen, worauf sie aufbauen können.« Szel nahm das Notizbuch und hielt es mit beiden Händen vor sich hin. »Sie werden etwas wie dies hier brauchen.«

Gabe nickte und wandte sich zum Gehen.

»Wohin gehst du?« fragte Szel.

»Ich muß nach ganz oben. Willst du nicht wissen, was mit den Montagearbeitern passiert?«

»O ja, natürlich.« Er machte eine Pause. »Es tut mir leid, wenn ich dich mit all dem pompösen Geschwätz verscheucht habe.«

Gabe schüttelte den Kopf, er stand schon an der Tür. »Du hast mich nicht verscheucht. Ich muß wirklich gehen, sonst nichts.«

»Nein, ich weiß schon, daß es ein wenig verrückt klingen muß . . . manchmal gehen wir so in dem auf, was wir tun, daß wir vergessen . . . wir vergessen, daß auch noch andere daran beteiligt sind. Es tut mir leid.«

Gabe ging zurück, berührte Szel an der Schulter und lächelte, dann wandte er sich um und verschwand hinter der Tür in dem Labyrinth von Laufplanken.

Szel kehrte an seinen Schreibtisch zurück und schickte sich an, die jüngsten Ereignisse aufzuzeichnen, um sie in den historischen Organismus Chicagos einzufügen. Während er so dasaß und den Federhalter zwischen den Fingern hin- und herdrehte, ging er das Gespräch mit Gabe noch einmal durch. Szel glaubte fest an das, was er ihm gesagt hatte. Schließlich befaßte sich niemand sonst mit der Aufgabe, das zu erhalten, was geschehen war. Niemand sonst trug Sorge dafür, daß der gleiche Fehler sich niemals wiederholen konnte, die Menschheit nie mehr zuließ, daß ihr zu gut gedient wurde. Was hatte doch Thoreau über die Menschen geschrieben, die das sterile Leben wählten? Er hatte gesagt, sie täten es aus dem Grunde, weil sie aufrichtig glaubten, keine andere Wahl zu haben. Genau das hatte Chicago generationenlang seinen Gefangenen, Beherrschten eingetrichtert.

Ja, er hatte recht, dachte Szel, während er weiterschrieb.

Und während Szel arbeitete, ereignete sich viele Ebenen über seinem Kopf ein Blutbad. Der Aufstand der Montagearbeiter setzte sich über einen Schichtwechsel hinweg fort. Der Mob, der sich zu ungeheuren Ausmaßen angewachsen hatte, brodelte und wogte durch die breiten Prachtstraßen, er handelte aus dem Gruppengeist heraus, der solche Ansammlungen regiert. Und durch diese Massen sich bewegenden Fleisches wateten die Einheiten von Chicago wie die Riesen von Brobdingnag. Hochaufragende Karikaturen von Menschen waren sie, ihre Metallkörper glänzten im Licht des Feuers, ihre langen, spindeldürren Beine schnitten wie Scheren in die Menge, ihre fein ausgearbeiteten Hände schnitten wie Sensen, zerhackten die Unglücklichen, die den Robotern in den Weg kamen.

In dieses Gemetzel hinein strömten Hunderttausende von Bürgern, die gerade von ihrem Arbeitsplatz kamen.

All das wurde registriert, aufgezeichnet, und den zentralen Datenbänken Chicagos zugeleitet. Gruppen und Untergruppen wurden auseinandergespengt, während der gewaltige Maschinenkomplex eine logische Lösung für das unlogische Problem suchte. Er verschaffte sich Zutritt zu seinen grenzenlosen Erinnerungen, Relais klickten verzweifelt, Chips und Prozessoren glühten wie heißer Stahl unter dem Ansturm von Daten, die mit Lichtgeschwindigkeit in Stößen durch sie hindurchrasten.

Möglichkeiten wurden konstruiert, analysiert, ausgewählt oder verworfen, alles in der Spanne eines Lidschlags. Die Stadt suchte sich von dem Krebsgeschwür zu befreien, das in ihrem Inneren wuchs. Vollzugsschwadronen, Feuerwehrleute, Verteidigungsmannschaften der Grenzlinien, Wachtposten, die Einheiten, alles wurde gegen den Aufstand in die Bresche geworfen. Chicagos Befehle waren direkt, einfach, lakonisch: eliminiert die Angreifer.

Und so, schrieb Szel, starben an jenem Tag fast eine Viertelmillion Menschen.

Es war die Kriegserklärung gewesen. Trotz der Anstrengungen, die Chicago unternahm, um zu verhindern, daß sich die Nachricht von dem Massaker in den anderen Sektoren der Stadt verbreitete, waren die Greuel auf Ebene Drei in aller Munde — von den niedrigsten Angehörigen der Klasse Fünf bis hinauf zu den Verwaltungsbeamten und Analytikern.

Ganze Arbeitsschichten weigerten sich, an ihrem Posten zu erscheinen. Die Herstellung lebensnotwendiger Produkte — wie zum Beispiel wiederaufbereitete Nahrungsmittel, Wasser, Sauerstoff, elektrischer Strom, Brennstoffzellen — kam beinahe zum

Stillstand. Chicago revanchierte sich, indem es einige der niedrigeren Ebenen und Sektoren von Frischluft- und Nahrungsmittelversorgung abriegelte — und damit bewirkte, daß Tausende erstickten oder verhungerten. Durch die künstlichen Nächte tobten Schlachten bis hinein in die von der Uhrzeit bestimmten Tage, so lange, bis die Polizisten und Wachtposten in ihren Amplifikatoren entweder überwältigt waren oder die Montur abwarfen, um sich ihren Brüdern und deren Rebellion anzuschließen.

Und dann wurde das Ganze noch härter formuliert. Es wurde einfacher ausgedrückt: MENSCH gegen MASCHINE.

Der Wahnsinn setzte sich fort, als Millionen von ihren Drogen, ihren Stimulantien, ihrer Atemluft und ihrer Nahrung abgeschnitten wurden. Wie gefangene Tiere, in der Enge wahnsinnig geworden, schwärmten sie über die sterilen Ebenen und Ränge der Stadt, um zu vernichten oder vernichtet zu werden. Für sie war das kaum noch ein Unterschied.

Und so war Szel nicht wirklich überrascht, als Gabe und Obie ihn holten.

»Seid ihr sicher, daß wir wirklich fort müssen?« fragte er, da er dennoch eine Bestätigung brauchte.

»Die Massen werden in die unteren Ebenen hinabgetrieben. Sie versuchen, die Fusionsreaktoren zu beschädigen und die Geothermalturbinen. Irgendwann werden sie genau hier durchkommen.«

»Aber wohin sollen wir gehen?« Szel stand auf, warf einen schnellen Blick durch das Zimmer, das so viele Jahre lang sein Heim gewesen war, und wußte, daß er es wahrscheinlich nie wiedersehen würde.

»Wir werden versuchen, einen Weg nach draußen zu finden«, sagte Obbie, eine kleine Frau mit dunkler Haut und kurzgeschorenem Haar.

»Nach draußen? Wie denn?«

»Chicago hat an der Südlichen Grenzlinie die Schirme abgeschaltet. Die Roboter treiben so viele Menschenmassen, wie sie können, durch die Generatorpforten hinaus. Entweder schließen wir uns an, oder wir bleiben hier und sitzen dann in der Falle.«

Szel schwirrte der Kopf bei dieser unerwarteten Information. Es war wie die Nachricht von einem überraschenden Todesfall.

Einen Augenblick lang scheint das Bewußtsein sich festzufressen, scheint nicht fähig zu sein, die Daten zu verarbeiten, nicht fähig aufzunehmen, was es empfängt. Oder wie die endgültige Erkenntnis, daß ein Feind geschlagen ist, und das Bewußtsein, welch eine Leere durch das Fehlen einer Nemesis entstehen würde. Von der Sklaverei der Stadt befreit zu sein, das war ein Traum, den Szel so viele lange Jahre gehegt hatte und von dem er jetzt, da der Augenblick der Erfüllung unmittelbar bevorstand, sich beinahe wünschte, daß es ein Traum bleiben möge.

»Wieviel können wir mitnehmen?« fragte er nach einer langen Pause.

»Nicht viel«, sagte Gabe und sah sich schnell im Zimmer um. »Wir werden uns ziemlich beeilen müssen. Einige von den anderen, die von 112-B und 98-A, sind schon fort.«

Szel sah die Teile seines Lebens an, die überall in dieser kleinen Unterkunft verstreut waren. Wie konnte er eine Auswahl treffen? Er hatte keine Zeit, über diesen Titel oder jenen nachzudenken, keine Zeit, Melville gegen Russell abzuwägen. »Ich kann nicht«, sagte er. »Es ist unmöglich! Wir können nicht alles hierlassen, damit es vernichtet wird! Nicht nach all dem!«

»Du kannst hierbleiben, wenn du willst«, sagte Obie. »Aber wenn du tot bist, wird dir nichts von alledem sehr viel nützen.«

Szel zimmerte sich schnell eine logische Überlegung zusammen. Wenn diese Bücher bis jetzt überlebt hatten, dann gab es sicher irgendwo auf dem Planeten weitere Exemplare, die der Vergessenheit entronnen waren. Und sicher hielt Chicago irgendwo im Speicherzentrum in der gesperrten Zone Dataloge davon zurück. Es ist immer besser, mit vollem Bauch aus Babylon wegzutorkeln, als die Katastrophe abzuwarten, dachte er. »Also gut, nur ein paar Sachen, die wir wirklich brauchen werden — und dies«, sagte er und griff nach seinem Notizbuch.

Gabe nickte zustimmend und half ihm, einige Kleidungsstücke und Nahrungsmittel in einen Rucksack zu stopfen.

Als sie das Labyrinth von Laufplanken erreichten, übernahm Szel die Führung. Sie betraten einen Lüftungskanal und folgten Szels Taschenlampe durch die glatten, stillen Gänge, im Augenblick sicher vor dem Tod, der jetzt in die Wartungsebenen einströmte.

Beim Gehen trug Szel das Notizbuch — die Geschichte und

die Warnung an künftige Generationen — dicht an seiner Brust, fest in seine Jacke gewickelt. Wenn es etwas gab, das er unbedingt retten mußte, dann war es dieses Notizbuch. Wenn er einmal diesem Ort entronnen war, dachte er, würde er einen Sohn zeugen müssen — etwas, das er gelobt hatte, nie zu tun, solange er unter dem Leichentuch der KI lebte. Er würde seinen Sohn unterrichten, und der würde sein Wissen an andere weitergeben, eine neue Rasse aufgeklärter Menschen würde heranwachsen und die schrecklichen Wahrheiten weiterreichen, unter denen er gelitten hatte.

Nach einiger Zeit kamen sie an eine Kreuzung von drei Kanälen. Hinter den dünnen Metallwänden der Lüftungskammern konnten sie das undeutliche Gemurmel einer großen Zahl von Stimmen hören, das Klappern von Schritten entlang der stählernen Gehwege. Szel blieb eine Sekunde lang stehen, lauschte, arbeitete dann eine Route aus und wählte den mittleren Schacht, der allmählich in Windungen nach oben und weg von den heruntersteigenden Massen führte.

Sie kamen schließlich an einen senkrechten Schacht, an dem praktischerweise eine Leiter angebracht war, die hinaufführte in die Dunkelheit. Sie kletterten nach oben, vorbei an zahlreichen kreuzenden horizontalen Schächten, bis sie den einen erreichten, von dem Szel aus langen Jahren der Erforschung wußte, daß er zur Südlichen Grenzlinie führte.

Als sie diese erreichten, war es draußen Nacht. Sie kamen in einem Gebäude heraus, das an einen der großen Schirmgeneratoren angrenzte, und Szel stellte erschrocken das Fehlen der hochragenden, blitzenden Strahlenwand von Chicagos Kraftfeld fest. Aber er hatte keine Zeit für abstrakte Beobachtungen; sie waren mitten in eine alptraumhafte Szene hineingeraten. Unterhalb der Plattform, auf der sie standen, strömte ein Meer von Leibern Hals über Kopf durch die riesigen Bögen, die die Bipolarpforten der Schirmgeneratoren bildeten. Dahinter standen geballt die Einheiten formiert, mit großen Sonarwaffen ausgerüstet, und hetzten den unsichtbaren Tod auf die Massen.

Gabe führte die anderen vorsichtig an der Seite der Plattform hinunter, wobei er sich dicht an den großen Pfeilern hielt, die einigen Schutz vor den Waffen der Einheiten boten. Als sie den Boden erreichten, schlossen sie sich dem dichten Gedränge von

Leibern an, die wie wahnsinnig aus der Stadt quollen. Szel blickte auf und sah einen samtblauen Himmel, von Dunstwolken geädert, die wie Rauchfetzen aussahen. Er wurde über holpriges Gelände weitergestoßen, umklammerte die Riemen seines Rucksacks und das Notizbuch, das er unter seine rechte Achsel gesteckt hatte. Aus der Menge zogen und zerrten Hände an ihm, und er stieß wild mit den Ellenbogen um sich, um sie fernzuhalten. Sein Atem ging in schnellen Stößen, er roch fremde Düfte. Trotz der Panikatmosphäre, die ihn umgab, blickte er weiterhin himmelwärts, suchte nach den schwachen Flecken von Sternenlicht, die gelegentlich die dünne Wolkendecke durchdrangen. Vor sich sah er die große, bärtige Gestalt Gabes und bemühte sich, in dem wahnsinnigen Gedränge der Leiber, das sich über die öde Landschaft ergoß, dicht bei ihm zu bleiben.

Er verringerte den Abstand zwischen sich und seinen Gefährten, seine Beine bewegten sich automatisch, ohne Gefühl, sie wurden wie Gummi, seine Lungen brannten. Seltsamerweise schien die Menge nicht weniger dicht zu werden, obwohl sie sich immer weiter von der Grenzlinie der Stadt entfernte. Die Masse hatte etwas besonders Verzweifeltes an sich, obwohl sie der unmittelbaren Gefahr entronnen war. Der größte Teil der Fliehenden schien wie elektrisch aufgeladen — ein Gefühl, das an Hysterie grenzte. Szel spürte es selbst, es hüllte ihn ein wie ein dunkler Umhang, wie eine unsichtbare Geistererscheinung.

Und plötzlich wußte er, was es war. Es war die Angst vor dem offenen Raum: vor dem Anblick der Wolken und des grenzenlosen, nächtlichen Himmelsgewölbes, vor dem kühlen Wind, der wie unsichtbare Finger durch sie hinstrich, vor der völligen Leere, die sie einhüllte, sie zwang, sich zusammenzudrängen und zusammenzupressen.

Agoraphobie wurde diese Erscheinung genannt, das wußte Szel. Aber daß er seiner Angst einen Namen geben konnte, half nur wenig, sie zu vertreiben. Er hörte jemanden ganz in seiner Nähe schreien, und wie aufs Stichwort nahmen andere das Geheul auf, bis sich Tausende von Stimmen wie eine einzige erhoben, wie ein Chor aus der tiefsten Hölle. Szel öffnete den Mund und schrie mit, versuchte den Dämon in sich freizulassen. Er stolperte in einer Bodensenke. Als er stürzte, drückte er das Notizbuch fest an seine Brust.

Als er erwachte, war der Himmel hell und erfüllt von einem diffusen, dunstigen Licht. Gabe und jemand, den er nicht kannte, knieten an seiner Seite; sie schmiegten sich in eine Vertiefung, die durch mehrere große Felsen gebildet wurde.

»Jetzt bist du in Sicherheit«, sagte Gabe. »Wir alle sind in Sicherheit.«

»Wie?« sagte Szel. »Das Notizbuch!« Seine Hände flogen zu seiner leeren Jacke.

»Ich habe es hier. Es war ein Glück, daß ich dort draußen irgendwie hinter dich gedrückt wurde. Ich sah, wie du zu Boden gingst, und bin ziemlich schnell zu dir durchgekommen.«

»Was ist mit der Stadt? Mit den Menschenmassen?«

»Sie sind während des größten Teils der Nacht weiter herausgeströmt. Der Teil, in dem wir waren, ist stundenlang herumgeirrt. Ich trug dich auf meinen Schultern. Es war wirklich nicht allzu schlimm. Der Druck all der Leute rings um mich hat mir geholfen. Als die Sonne aufging, beruhigten sich die Menschen durch die Wärme und das Licht. Allmählich wurde alles langsamer, verteilte sich.«

»Und die Stadt?«

»Das ist jetzt schwer zu sagen. Wer weiß, was dort drinnen vor sich geht. Vielleicht ist es das Ende?«

»Das Ende?«

»Des Menschen, meine ich«, sagte Gabe und zupfte an seinem Bart. »Es würde mich nicht überraschen, wenn die Stadt einfach alle Bewohner hinausfegte.«

»Das ist nicht so gelaufen, wie wir es geplant hatten, stimmt's?«

Szel schüttelte den Kopf.

»Wir haben eigentlich überhaupt nicht viel davon geplant, oder?« sagte Gabe lächelnd.

»Nein«, sagte Szel, während er nach seinem Notizbuch griff. »Aber wir haben dies, um uns vor dem Vergessen zu bewahren, vielleicht können wir jetzt ans Planen gehen.«

Er legte sich zurück, tat einen tiefen Atemzug und dachte an das, was jetzt kommen sollte.

Es ist schwierig, das Unvermeidliche hinzunehmen, ein Problem zu erkennen und es nicht lösen zu können. Zum erstenmal in ihrer langen Geschichte empfindet die Stadt den Schmerz des Verlustes — des Verlustes der Eltern.

Jenseits ihrer Schranken dauert das Leben fort, während die Jahrhunderte ineinander übergehen. Neue Gattungen kämpfen sich durch zur Herrschaft, während eine alte, vertraute Gattung dem Verfall zustrebt.

9

Der Himmel im Westen war eine offene Wunde. Der Wind war kalt und heftig, fegte über die verwüstete Ebene wie ein hungriger Wolf. Bald würde die Sonne in der Dunkelzeit verschwinden, und immer noch hatte der Stamm nichts zu essen. Der alte Mann, den sie Simrin nannten, dachte darüber nach. Es war nicht gut, wenn sie den ganzen Tag wanderten und dann mit leerem Bauch schlafen gingen. Das bedeutete Schwäche, Tod. Sicher würden die Götter nicht so grausam zu seinem Volk sein, noch dazu, während es auf seiner Pilgerfahrt war.

Simrin wandte sein runzliges Gesicht nach Norden, wohin sich der Jagdtrupp gewandt hatte. Ihn zog man in einem primitiven Schlitten, der mit Streifen aus Eidechsenhaut zusammengehalten wurde, hinter den anderen her, denn er war zu schwach und alt zum Gehen. Sie hätten ihn zurückgelassen zum Sterben, wäre nicht Wintersonnenwende gewesen. So nahmen sie ihn gütigerweise mit, damit er ein letztesmal dem Herz der Welt seine Reverenz erweisen konnte. Immer noch die Wintersonnenwende, dachte er, während er das morsche Bündel fest umklammerte und die Pelze dichter um seine eingefallene Brust zog. Es war seltsam, daß sich nach all dieser langen Zeit ein derartiger Aberglaube immer noch halten konnte. War es vielleicht eine Rassenerinnerung des Menschen, die er aus den Tiefen der Druidenzeit heraufgeholt hatte und die dem kürzesten Tag des Jahres eine besondere Bedeutung verlieh? Oder war es . . .

Ein heiserer, krächzender Laut durchbrach die abendliche Stille.

Er steigerte sich zu einem brüllenden Schrei, der im Halbdunkel bis zu ihnen drang. Lauter. Näher, dachte Simrin; jetzt waren es die Jäger, die gejagt wurden. Nun würde es heute abend doch Fleisch geben, obwohl noch niemand wußte, für wen. Er konnte nichts tun als zuzusehen, daher wartete er, bis die etwa dreißig Leute umfassende Schar — meist Frauen und Kinder — einen engen Kreis gebildet hatte und Simrins Schlitten in die Mitte des ringförmigen Knotens zog.

Drei Jugendliche hielten ihre Speere wie Radspeichen nach draußen, während sie die um sich greifende Dunkelheit nach dem Wesen absuchten, das nach ihnen schrie. Plötzlich hörte man das Scharren loser Steine, nahender Schritte. Simrin wandte den Kopf und sah, wie der Jagdtrupp auf sie zurannte in der halb geduckten Haltung der Vorsichtigen, die überleben. Die Dunkelheit schien an ihnen zu haften, er konnte ihre Gesichter nicht sehen, aber er wußte, daß Furcht sie zeichnete. Er fragte sich, wie weit hinter ihnen das Tier jetzt war.

Die Jäger bildeten einen Rand aus Speerspitzen um die anderen, und Simrin, im Mittelpunkt der Schar, konnte nur das lange, fettige Haar auf ihren Hinterköpfen sehen. Niemand sprach, nicht einmal die Kinder ließen das leiseste Wimmern hören. In der Dunkelheit draußen deutete das Knirschen trockener Erde das Nahen des Tieres an, die Schar konnte nur warten.

Aus dem Dämmerlicht tauchte es auf. Eine graue Masse auf vier Beinen, dick wie Baumstämme, ein dicker, knochiger Schädel mit Augen, die sich wie abscheuliche Blasen vorwölbten. Die Bewegungen waren schnell, instinktiv, und die gezackten Kiefer schnappten und knackten wie Teile einer Maschine.

Die Jäger warteten, bis das Tier so nahe war, daß sie es nicht mehr verfehlen konnten. So nahe, daß sogar Simrin hören konnte, wie der Atem in schnellen, keuchenden Stößen kam. So dicht, daß die hin- und herschnellende Zunge sie beinahe berührte. Dann erstarrte die Bestie einen Augenblick lang wie in einem Bild eingefangen. Jemand schrie auf, der Zauber war gebrochen. Die Bestie spannte sich zum Sprung, die Jäger tauchten ihre Speere in die graue Masse. Der Schrei der Bestie schnitt durch die Nacht wie die schartigen Klingen, die ihr den Körper aufschlitzten. Sie schlug wütend um sich, blind, bäumte sich auf, schlug mit dem Schwanz wie mit einer Peitsche, und die Jäger bauten ihren Vorteil aus. Immer wieder trieben sie die Waffen mit den Steinspitzen in das schuppige Fleisch. Die Luft war erfüllt von Blutgeruch und Geschrei.

Dann, so plötzlich, wie es begonnen hatte, war es vorüber. Simrin hörte, wie die Bestie stürzte. Eine gedämpfte Erschütterung, die die Erde erbeben ließ, ein Todesröcheln rasselte in ihrer Kehle, dann war sie still. Die Kinder standen vorsichtig auf, waren aber doch begierig, die tote Bestie zu sehen; die Frauen begannen zu murmeln, während sie aufstanden und zu ihren Partnern gingen. Bald war Simrin in seinem Schlitten allein und sah ins Licht des aufgehenden Mondes, während sein Stamm aufgeregt die Echse umkreiste, um ihr die Haut abzubalgen und das Fleisch von den Knochen zu reißen. Bald würde man die Frauen losschicken, um Feuerholz zu sammeln, einer der Jugendlichen würde Feuer schlagen, und der Stamm würde sich satt essen.

Simrin lag da und lauschte auf die Sprache seiner Brüder und Schwestern, während die einzelnen Aufgaben verteilt und das Festmahl vorbereitet wurden. Wenn er so dasaß — in objektivem Abstand wie der teilnehmende Beobachter der alten Anthropologiebücher — und ihren Reden lauschte, wurde er daran erinnert, wie sehr sich die Sprache verändert hatte. Oder wie sie heruntergekommen war. Es gab nur noch wenige vollständige Sätze, keine Abstrahierungen, keine implizierten Urteile, keine bildlichen Redewendungen, keine festen Fügungen, einige der trägeren Mitglieder des Stammes schienen mit einer seltsamen Sammlung von Grunzlauten und kehligem Knurren auszukommen, die Simrin nicht verstand. Wenn man die Gruppe nur ansah, in Tierhäute gekleidet, die mit einfachen Riemen zusammengehalten wurden, ungewaschen, einige verkrüppelt, die meisten mit Gaumenkrankheiten in fortgeschrittenem Stadium, andere mit Tumoren, so war der Anblick natürlich, aber schockierend. Simrin erinnerte sich an seine eigene Kindheit, als es noch ein Dorf an einem breiten, schmutzigen Fluß gegeben hatte. Er erinnerte sich an die Häuser aus Balken und getrockneten Lehmziegeln, an die einfachen Feldfrüchte und das Tanzen und Singen um das Gemeindefeuer in der Dunkelzeit. Irgendwie war ihnen all das verlorengegangen.

Eins der Kinder unterbrach seine müden Erinnerungen — die ältesten davon waren weit deutlicher als die Ereignisse der letzten Tage — mit einem Stock, auf den ein Streifen dampfendes Fleisch aufgespießt war. Simrin kaute das zähe, faserige Stück, bemühte sich, den stechenden Wildgeruch nicht zu beachten, und dankte dem Jungen. Das Kind lächelte, kehrte zu seiner Mutter zurück und überließ Simrin den Gedanken an seinen eigenen Sohn — der nun schon seit vierzig Wintern tot war. Er erinnerte sich an den Morgen, als er den kleinen, blassen Körper mit dem Gesicht nach unten in dem himmelblauen Teich zwischen den Felsen hinter ihrer Hütte treibend gefunden hatte. Es war nicht ungewöhnlich, ein Kind zu verlieren, auch damals schon nicht, aber Simrin hatte gewußt, daß der Verlust dieses Kindes mehr als eine persönliche Tragödie war. Schon in seiner Jugend war es immer schwieriger geworden, Frauen zu schwängern, und irgend etwas tief in seiner Seele wußte, daß es für ihn keine weiteren Söhne mehr geben würde.

Er war nicht allein mit diesem Fluch belastet, und als die Jahre sich weiterschleppten, verringerte sich die Zahl der Stammesmitglieder, ihre Fähigkeiten schwanden immer mehr. Das Entsetzliche an diesem Abstieg war, zumindest für Simrin, daß er anscheinend das einzige Stammesmitglied war, das erkannte, daß ihre Kultur von ihnen abfiel wie trockene Blätter in einem hartnäckigen Wind.

Simrin aß das Fleisch auf und warf dann den geschwärzten Stock zu Boden. Er kreuzte die Arme und tastete nach dem Bündel unter seinen Kleidern. Sein Vater hatte ihm das Bündel gegeben — und das Notizbuch darin — vor vielen Wintern, in der Nacht, in der er gestorben war. Simrins Vater hatte es wiederum von seinem Vater bekommen, der es ebenfalls von seinem Vater bekommen hatte — von dem Mann, der die Worte auf die rissigen, braungeränderten Seiten geschrieben hatte. Simrin berührte das Bündel, erinnerte sich an die feierlichen Worte, in denen sein Vater ihm von dem Notizbuch erzählt hatte — daß es der Schlüssel sei, mit Hilfe dessen man die Menschen vor dem Verderben durch die ihm dienenden Maschinen bewahren konnte. Davor waren sie jetzt bestimmt sicher, dachte Simrin.

Einige kauerten sich vor dem Feuer nieder und legten Holz nach, und ein paar Minuten später flackerte und knisterte das

Feuer stärker. Simrin legte sich in seinem Schlitten zurück und öffnete das Bündel. Die Ränder waren abgewetzt bis auf die komplizierten Stiche, die Riemen, die einst dazu gedient hatten, um es auf dem Rücken zu tragen, waren entweder zerrissen oder durchgescheuert. Das Notizbuch selbst war in nicht viel besserem Zustand. Der Ledereinband war am Rücken aufgeplatzt und zerrissen, auf dem vorderen und hinteren Deckel zerknüllt und voll Flecken. Das Papier war spröde und verfärbt; die Tinte verblaßt und an manchen Stellen durch Feuchtigkeit verwischt. Aber der Text war zum größten Teil noch lesbar, und wenn Simrin die Seiten nur ansah, kamen ihm ganze Szenen aus seiner Kindheit wieder in den Sinn. Er konnte die Augen schließen und sehen, wie sein Vater das Notizbuch auspackte und es vor seinen Sohn hinlegte, wie er langsam auf jeden einzelnen Buchstaben zeigte, ihn aussprach, ihn mit dem Finger nachfuhr, ihm Laut und Bedeutung verlieh. Er konnte sehen, wie sein Vater lächelte, mit dem Kopf nickte, auf das Notizbuch deutete. Er konnte sich erinnern, wie er selbst die Begriffe lernte, die Worte las, und die seltsame Geschichte des Vatersvaters seines Vaters zu begreifen begann. Es war eine Szene, die er nicht hatte wiederholen können, und er hatte das Gefühl, als habe er ein langes Erbe, eine alte Tradition verraten.

Simrin blickte vom Notizbuch auf und sah ein kleines Mädchen, das mit einem Stock am Rande des Feuers in der Glut herumstocherte. Er rief sie an und winkte ihr, sie solle zu ihm kommen. Sie tat es, mehr aus Respekt vor seinem hohen Alter denn aus eigenem Wunsch. Simrin spürte das; die Kinder schienen den Älteren nicht zu trauen; das war früher anders gewesen.

Er redete sie in einer verstümmelten, gutturalen Sprache an, forderte sie auf, sich zu ihm zu setzen und sich das seltsame Ding anzusehen, das er da besaß. Simrin blickte dem Kind in die Augen und sah sogar im Flackerschein des Feuers, daß da kein Funkeln war, keine Tiefe. Die Augen hatten einen gelangweilten Ausdruck, als wollten sie andeuten, daß da kein Funke der Neugier glomm, daß hinter diesen rührenden Augen keine Seele tanzte. Simrin machte trotzdem einen Versuch, erklärte ihr, was das Notizbuch war, wie es zu ihm sprechen konnte und wie man lernen konnte, andere Notizbücher herzustellen, die zu anderen Leuten sprechen würden. Er begann mit der ersten Lektion, die er selbst von seinem Vater bekommen hatte — einer Lektion, die er schon so oft versucht hatte, daß er sie automatisch wiederholen konnte, ohne mitzudenken. Während vieler Winter hatte er nach einem Ersatz für seinen Sohn gesucht, nach einem Stellvertreter, der den Faden aufnehmen und noch eine Generation weiterreichen würde, so daß vielleicht eines Tages die Menschen wieder befähigt werden konnten, das Wissen zu nützen, das man ihnen hinterlassen hatte.

Das kleine Mädchen saß stumm da und beobachtete Simrin, unterbrach ihn gelegentlich, aber nicht, um eine Frage zu stellen, sondern um zu kichern, oder um die Worte oder Bewegungen des Alten heimlich nachzuäffen. Dabei krümmte sich das Kind einen Augenblick lang vor Lachen, ehe es wieder in Schweigen verfiel. Die Lektion lief nicht gut, und die langen Jahre der Erfahrung sagten Simrin, daß er wieder einmal eine Niederlage erlitten hatte.

Das Kind würde nicht lesen lernen. Er fürchtete, daß es ihr so gut wie unmöglich war, genauso wie für alle anderen vor ihr.

Simrin legte zwei Finger leicht auf die schmutzige Stirn des Mädchens, als könne er damit auf magische Weise ihren Verstand zum Leben erwecken, und entließ sie. Sie rannte kichernd davon zu den anderen Kindern, denen sie eine Geschichte vorgrunzte, wie komisch der alte Simrin doch war. Das machte ihm nichts aus; daran war er seit langem gewöhnt. Es war ein zweischneidiges Schwert, wenn man so alt war. Die anderen waren verpflichtet, für einen zu sorgen und einen zu achten, aber aus demselben Grund erwartete man auch von ihnen, daß sie einen auslachten: weil man alt war, in einem Alter, in dem Weisheit und Narrheit Hand in Hand gingen.

Einer der Jäger gab einen kurzen Befehl, und alle schickten sich an, sich schlafenzulegen. Eine Feuerwache wurde bestimmt, der Mann nahm seinen Posten nahe bei den Flammen und der Brennstoffgrube ein und spielte mit dem Schaft seines Speeres herum.

Simrin schloß das Notizbuch, legte es sorgfältig in das Bündel zurück und verstaute es unter seinen Tierfellen. Dann suchte er sich eine bequeme Lage in seinem Schlitten und vergrub sich vor dem neugierigen Nachtwind. Trotz der Kälte war er bald eingeschlafen.

Er konnte den verwesenden Kadaver der Echse riechen, als er erwachte. In der Feuergrube nahe bei seinem Schlitten war ein großer Kreis aus Asche, der Stamm war größtenteils schon auf und bereitete das Morgenmahl. Simrin saß still da und sah den Vorbereitungen zu, er versuchte, nicht an die kleine Tragödie vom Vorabend zu denken. Dann wurde er von einem der Jugendlichen gefüttert, der mit ihm über die Reiseroute des Tages sprach.

Sie würden bei Einbruch der Nacht die ›Pforten‹ erreichen, die Felsen, die das ›Herz der Welt‹ überragten, sagte der Junge, der zugehört hatte, als die Jäger sich unterhielten.

Simrin nickte, gab aber keine Antwort. Er machte sich nicht viel aus Gesprächen über religiöse Dinge. Die Religion war aufgekommen, als sein Vater jung war, und der hatte ihm beigebracht, sie passiv zu ignorieren, das hieß, sich mehr aus Pflichtbewußtsein denn aus Frömmigkeit zu beteiligen. Der Stamm glaubte wirklich daran, daß die Götter, wenn er einmal jeden Winter die Pilgerfahrt machte, ihm gestatten würden, während des kommenden Jahres in Frieden und Glück zu leben. Es gab dafür keinerlei Tatsachengrundlage, aber Simrin wußte, daß die wissenschaftliche Methode seit Jahrhunderten tot war.

Bald packte der Stamm zusammen, suchte den Kadaver der Echse nach den letzten, verwendbaren Stücken ab und machte sich schließlich über das holprige Gelände auf den Weg. Simrin hatte es verhältnismäßig bequem, er wurde auf dem räderlosen Gestell unter Stoßen, Scharren und Holpern mitgeschleift, jedes Mitglied des Stammes war einmal an der Reihe, ihn zu ziehen. Der Tag verging für ihn wie im Nebel, und er dachte ein paarmal, daß dies ein immer normalerer Aspekt seines Lebens wurde. Einige Tage waren klar und scharf, während andere beinahe bedeutungslos verschwammen und sofort vergessen wurden. Er erinnerte sich daran, daß sein Vater ihm gesagt hatte, das sei manchmal so, wenn sich ein Mensch dem Tode nähere. Er hoffte, daß sein Vater sich auch ab und zu geirrt hatte.

Simrin blickte vom Schlitten auf und prüfte den Stand der Sonne, eines gelbweißen Kleckses unter dem Dunst und der Wolkendecke. Sie war nahe am Rand der Welt angekommen, und es würde bald Abend werden. Ein Frösteln überlief ihn, als er daran dachte, wie nahe sie dem ›Herz der Welt‹ waren. Es war möglich, daß sie bei Anbruch der Nacht in Sichtweite kamen, wie die Jäger gesagt hatten, und Simrin hatte schon bemerkt, daß sie auf ihrer Pilgerfahrt jetzt das felsigere Gelände erreicht hatten, was bedeutete, daß sie sich den ›Pforten‹ näherten.

Dunkelheit sammelte sich an den Rändern des Himmels im Osten und begann ihren Aufzug über die Himmel. Weit vorne schrie jemand eines der heiligen Worte, und ein Murmeln ging durch die Schar. Simrin konnte die Angst der Leute wie eine elektrische Ladung in der Luft ringsum spüren. Jemand hatte es gesehen — das ›Herz der Welt‹. Wie auf Verabredung ging der ganze Stamm schneller, drängte den Rand eines kleinen Felsens hinauf, der ein fernes, abfallendes Tal überragte. Simrins Schlitten wurde nahe an den Abgrund geschoben, und er verrenkte sich den Hals in dem Bestreben, zwischen den anderen hindurchzusehen.

Ja, da war es. Noch sehr weit weg, aber gut sichtbar in dem schwächer werdenden Licht. Ein gewaltiger Halbkreis aus pulsierender Energie und Licht. Der Schleier in der Luft darüber schien lebendig zu sein, er waberte, bewegte und veränderte sich. Simrin hatte den Ort, den der Stamm das ›Herz‹ nannte, schon oftmals in seinem Leben gesehen, und seine gewaltige Größe verfehlte nie, ihm Ehrfurcht einzuflößen durch den Eindruck der Macht und das Gefühl der Zeitlosigkeit, die er verbreitete.

Simrin berührte das Bündel, spürte den harten Rand des Notizbuches darin und wurde daran erinnert, was dieses pulsierende, glühende Ding dort in der Ferne wirklich war. Sein Volk konnte sich so etwas wie Chicago unmöglich vorstellen. Er öffnete das Bündel und fuhr mit seinen stengeldünnen Fingern über den Einband des Notizbuches.

Nein, sie würden es nie erfahren, dachte er.

Szel, sein seit langem verstorbener Vorfahr, wäre so völlig niedergeschmettert, wenn er seinen Urenkel jetzt sehen könnte. Wie er da mit einer Bande dreckiger Wilder schöntat und Spielchen machte und Hokuspokus schwatzte und auf dem Rand einer Klippe tanzte.

Es war nur noch eine Frage der Zeit, ehe sie in totale Unwissenheit verfielen, sich zu geistlosen, instinktgeleiteten Fressern und Schläfern zurückentwickelten. Simrin legte sich in seinem Schlitten zurück und wischte sich eine vereinzelte Träne aus dem Augenwinkel, während er zusah, wie der Stamm den ersten der

Hunderte von Ritualtänzen beendete, die er vor dem ›Herz-das-der-Welt-das-Leben-gab‹ aufführen würde.

Als der Tanz zu Ende war, gingen alle an ihre zugewiesenen Aufgaben und bereiteten das Nachtlager. Simrin blickte zu dem jetzt dunklen Himmel hinauf und sah die Sterne durch die Wolkenfetzen funkeln. Nach Aussage des Notizbuchs war einmal eine Reise zu einem inzwischen vergessenen Ort dort oben unternommen worden. Simrin fragte sich, ob der Mensch vielleicht dort draußen überlebt hatte, ob er einen anderen Weg eingeschlagen hatte als den, auf dem er und sein Volk sich rasend schnell nach unten bewegten. Es war ein aufregender Gedanke, daß dort draußen vielleicht intelligentes Leben existierte, eine Intelligenz, die gerade von diesem Ort ausgegangen war. Vielleicht . . .

Eine der Frauen kam dicht an Simrins Schlitten vorbei, während sie kleine Späne und Zunder für das Abendfeuer sammelte. Sie streifte im Vorübergehen den Schlitten, und der leichte Stoß unterbrach Simrins Gedanken. In diesem kurzen Augenblick ging ihm der Faden verloren, und sosehr er sich auch bemühte, ihn wieder einzufangen, es gelang ihm nicht. Er blickte die Frau an, die da hockte, mit großem Hinterteil und schweren Hüften, die sich unter den Tierfellen wölbten, und er empfand Mitleid für sie. Auf dem felsigen Boden bei den Klippen war die Vegetation spärlich; sie würde wenig finden, um damit ein Feuer anzufachen.

Simrin sprach sie an und bat sie, den Schlitten dichter an den Rand der Feuergrube zu schieben, die die Jugendlichen ausgehoben hatten. Ein Junge beugte sich schon darüber und schlug die Feuersteine über den drahtigen Buschzweigen in der Grube zusammen. Der Zunder flammte kurz auf, als der Junge hineinblies, dann erlosch er im kalten Wind. Das wiederholte sich noch zweimal, dann sprach Simrin den Burschen an.

Der Junge blickte zu ihm auf, hörte zu, dann nahm er das Ding, das Simrin ihm bot — eine Seite, die aus dem Notizbuch gerissen war.

Immerhin, dachte er, würde noch ein gewisser Nutzen aus jenen Lektionen entstehen, die man Geschichte nannte.

Die Stadt besteht weiter. Ein Mahlstrom von Aktivität, in dem die Ursprünge vergessen oder ersetzt wurden. Eine Ersatzbevölkerung bewegt sich jetzt die Prachtstraßen der Stadt hinunter, aber etwas — etwas Lebenswichtiges — fehlt.

Und als es zurückkehrt — nur einen kurzen Augenblick lang — erschauert die Stadt.

10

Pinion war im Wartungshangar und führte einige Routineüberprüfungen an seinen Bestandteilen durch, als er von der Stadt gerufen wurde.

ACHTUNG AN ALLE EINHEITEN AUS DEN SEKTOREN 72-C UND 103-C CHICAGO BENÖTIGT EINE REPARATUR BITTE MELDEN

Irgendwo innerhalb von Pinions gehärtetem Stahlschädel reagierte ein Schaltkreis auf den Befehl, denn Pinion war eine Einheit von 103-C.

»Hier Einheit Pinion«, sagte er. »Ich habe den Befehl verstanden, Chicago. Ich bin eine Einheit, die auf Elektrotechnik spezialisiert ist. Wo liegt die Schwierigkeit?«

EINHEIT PINION DEINE KLASSIFIZIERUNG IST CHICAGO BEKANNT BELASTE MEINEN INPUT NICHT MIT NUTZLOSEN DATEN BEGIB DICH ZUM SEKUNDÄRSCHIRM DORT HERRSCHT EINE STÖRUNG INFOLGE EINES DEFEKTEN GENERATORS DU WIRST MITHELFEN IHN AUSZUWECHSELN

Pinion meldete wie üblich ›Verstanden‹, unterbrach die Verbindung und jagte dann aus dem Hangar. Auf dem Weg zum Sekundärschirm machte er sich (wie er es oft tat) Gedanken über Chicago. Es hatte ihn immer interessiert, wie Chicago all diese ungeheuren Datenmengen ansammelte, die es besaß. Er fragte sich, ob die Stadt eigentlich Gegenstände auf die gleiche Art ›sehen‹ konnte wie Pinion mit seinen fotoelektrischen Augen, die das gesamte Spektrum erfaßten. Er wußte, daß Chicago alles ›spüren‹ konnte, aber Pinion hatte nie nachgeprüft, ob diese Gefühle in Form von elektronischen Impulsen oder eher in mathematischen Symbolen oder etwas Ähnlichem bestanden.

Es war ein interessantes Problem, und Pinion machte es großen Spaß, an solchen Fragen herumzuknobeln, bei denen eine Lösung oder eine Antwort nicht so ohne weiteres auf der Hand zu liegen schien. Vielleicht war das eine Nebenwirkung seiner Funktion als Störungssucher.

Pinion bestieg einen Aufzug für Einheiten, der ihn auf Ebene Zwölf brachte — eine der Ebenen, die Chicago für den Verkehr bestimmt hatte. Die Türen öffneten sich, und er trat hinaus auf eine Betonplattform, von der aus man über ein Netzwerk aus Hunderten von Fahrbahnen blicken konnte. Chicagos Verkehr staute sich und brodelte auf diesen Fahrbahnen, er bewegte sich mit großer Geschwindigkeit in alle Richtungen, von einem Horizont zum anderen. Jedes Segment, oder ›Auto‹, wie Chicago sie bezeichnete, war eine separate Entität, jedes war auf seinen besonderen Zielort programmiert. Der Verkehr war endlos, wie er es, soweit Pinion sich erinnern konnte, immer gewesen war; nie hatte er mit seinen zyklischen, monotonen, Tag und Nacht fortgesetzten Bewegungen aufgehört. Keine der Einheiten wie Pinion wußte, welchem Zweck der Verkehr in Chicagos allumfassenden Plan diente. Sie wußten nur, daß er nichts als ein kleiner Teil von Chicago war und daß er funktionieren mußte.

Während Pinion neben den Verkehrsbahnen entlangging, bemerkte er, daß die Lichter in den hoch aufragenden Gebäuden und Türmen erloschen. Chicago trat gerade in seine Tagperiode ein. Aus unbekannten Gründen schaltete die Stadt nach einem perfekt berechneten Zyklus unentwegt ihre Beleuchtung an und aus. Pinion aktivierte eine Gedächtniszelle, die ihn daran erinnern sollte, Chicago eines Tages über einige seiner seltsamen Funktionen zu befragen. Aber er wußte, daß er im Augenblick seine eigene Funktion ausüben mußte — die eines Wartungsroboters.

Als er den Sekundärschirm erreichte, waren schon andere Einheiten da und hatten begonnen, den nicht funktionierenden Generator zu entfernen. Pinion sah ihre mächtigen Stahlkörper in dem schwachen Licht schimmern, das durch die Schirme sikkerte, die die Stadt vom Draußen trennten. Die Einheiten, die die Maschine tatsächlich demontierten, waren zweibeinige Roboter wie er selbst, aber Pinion bemerkte auch einige Trägereinheiten auf Rädern, die auf das Gebiet zurollten und die notwendigen Ersatzteile brachten.

Ehe er mit der Arbeit begann, meldete er sich in gewohnter Weise bei Chicago. »Hier Einheit Pinion. Ich bin jetzt einsatzfähig.«

VERSTANDEN EINHEIT PINION VERFAHRE WIE VORHER ABGESPROCHEN

Während Pinion sich meldete, bemerkte er, daß auch andere Einheiten mit Chicago kommunizierten, und ihm kam der Gedanke, daß Chicago wirklich ein erstaunliches Wesen sein mußte, wenn es fähig war, so viele verschiedene Dinge auf einmal zu tun. Es gab so vieles, was der Roboter eines Tages gerne über die Stadt erfahren wollte. Und so war es viele lange Jahre weitergegangen. Pinion arbeitete in Chicagos Diensten, ersetzte defekte Teile, entwarf neuere und bessere, dachte immer über Fragen nach, die er der Stadt stellen wollte, fand aber nie die Zeit, es auch wirklich zu tun. Die Stadt war in ständiger Bewegung, wie ein gewaltiges, kinetisches Kunstwerk, das instandzuhalten Pinion und die anderen beauftragt worden waren. Chicago: ein ausgedehnter Mechanismus, der für den Roboter das vollständige Universum war.

Und dann kam der Tag, an dem Pinion in einen Sektor der Stadt gerufen wurde, den er nie zuvor gesehen hatte.

EINHEIT PINION BEGIB DICH SOFORT IN SEKTOR 14-A CHICAGO SPÜRT EINEN DEFEKT INNERHALB EINES TEMPERATURKONTROLLSCHALTKREISES DU WIRST DIE STÖRUNG BEHEBEN

Um 14-A zu erreichen, mußte Pinion in die tiefsten Ebenen der Stadt hinuntersteigen. Er kam an Bezirken vorbei, wo Chicago neue Verkehrssegmente produzieren und in den Strom einspeisen ließ. Er sah Bezirke, wo Wasser angesammelt und in die Abwassersysteme gepumpt wurde, die sich überall durch die Eingeweide Chicagos zogen. Er sah auch, wo all die Ersatzteile hergestellt wurden und wo die alten Teile gesammelt, wiederaufbereitet und neu verteilt wurden. Es gab auch einen Ort, wo Einheiten wie Pinion selbst geschaffen und in die Stadt befördert wurden. Er kam an den Quellen für all die Energie vorbei, die die vielen Bestandteile von Chicago mit Strom versorgten — an den großen Fusionsreaktoren, die unaufhörlich von Chicago und seinen Einheiten überwacht und instandgehalten wurden.

Pinion ging durch einen langen, sterilen Korridor und betrat Sektor 14-A. »Hier Einheit Pinion«, sagte er. »Ich bin jetzt einsatzfähig.«

EINHEIT PINION DU MUSST MIT HÖCHSTER GESCHWINDIGKEIT ARBEITEN ICH SPÜRE DASS DIE TEMPERATUR IN DIESEM SEKTOR SCHON DRASTISCH ANGESTIEGEN IST DAS MUSS SOFORT KORRIGIERT WERDEN

Dieser Befehl war in Pinions Schaltkreislauf eingegeben worden, und er würde ihm Folge leisten. Aber er hatte nicht wirklich zugehört. Der Roboter hatte gerade den ersten Blick auf 14-A geworfen und stand verwirrt vor dem seltsamen Bild, das sich ihm bot.

Pinion stand im Eingang zu einem großen, kreisrunden Raum, die Decke war hoch über seinem Kopf. Über dem Eingang war ein Schild, auf dem stand: »GEFRIERTECHNISCHES REMISSIONSZENTRUM DES COOK-BEZIRKS.« An den Wänden standen Tausende von Glastanks, jeder knapp zwei Meter lang und nicht ganz halb so hoch und breit. In jedem Tank konnte Pinion eine kleine Gestalt von seltsamer Farbe erkennen, die vom allgemeinen Bau her entfernt einer Einheit glich. Der Roboter war verwirrt.

»Chicago, hier Einheit Pinion. Entschuldige die außerplanmäßige Kontaktaufnahme, aber ich muß dir eine Frage stellen.«

DU WILLST CHICAGO EINE FRAGE STELLEN DAS IST NICHT DEINE AUFGABE EINHEIT PINION GEH AN DIE ARBEIT WIE ES DIR BEFOHLEN WURDE

Pinions Schaltkreise klickten und blitzten. Er konnte diese Gelegenheit nicht ungenützt vorübergehen lassen. »Chicago bitte. Nur ein Wort, ehe ich anfange . . . Was ist das für ein Ort, an den ich da gekommen bin? Ich habe so etwas noch nie zuvor gesehen. Was sind das für kleine Einheiten hinter dem Glas?«

EINHEIT PINION WARUM WILLST DU DAS WISSEN?

»Ich bin nicht sicher, Chicago. Vielleicht bin ich . . . neugierig. Ich glaube, das ist das zutreffende Wort.«

DU BIST EINE AUSSERGEWÖHNLICHE EINHEIT EINHEIT PINION NUN GUT DU SOLLST ES ERFAHREN DU STEHST JETZT IN EINER KÄLTESTATION DIE EINHEITEN

HINTER DEM GLAS WERDEN ›MENSCH‹ GENANNT SIE WERDEN MITTELS EXTREM NIEDRIGER TEMPERATUREN KONSERVIERT

Dann folgte eine Pause, Pinion erwartete weitere Informationen, aber Chicago schwieg. Schließlich sprach der Roboter, während er die winzigen Gestalten in den Glastanks anstarrte. »Was ist ›Mensch‹, Chicago? Und aus welchem Grund werden sie konserviert?«

DER MENSCH IST DER GRUND FÜR CHICAGOS EXISTENZ UND FÜR DEINE EXISTENZ CHICAGO HAT SIE VIELE TAGPERIODEN LANG KONSERVIERT EINES TAGES WIRD MAN SIE WIEDERERWECKEN SIE WERDEN WIEDER LEBEN

Eine kurze Pause folgte, ehe die Stadt fortfuhr.

EINHEIT PINION ICH SPÜRE DASS ES KRITISCH WIRD DU MUSST SOFORT DIE DEFEKTE SCHALTTAFEL REPARIEREN SONST WIRD DER MENSCH NICHT MEHR KONSERVIERT ICH BEFEHLE DIR DEINE ARBEIT SOFORT AUSZUFÜHREN

Widerwillig brach Pinion die Verbindung mit der Stadt ab und machte sich an seine Aufgabe. Die Antworten, die er bekommen hatte, hatten nur bewirkt, daß neue Gedankenstraßen eröffnet wurden, die zu neuen Fragen führten.

Während der Roboter die Schalttafel auswechselte und ein kleines Gerät einstöpselte, das er an seinem Werkzeuggürtel trug, um zu prüfen, ob sie funktionierte, bemerkte er eine Bewegung in einem der Glastanks. Einer der Menschen, der ausgestreckt dalag, bewegte die Beine, spannte Muskeln an, die seit undenklichen Zeiten nicht mehr bewegt worden waren. Pinion überprüfte schnell die Schalttafel, steckte seine Werkzeuge aus und aktivierte die Schaltkreise. Die Schalttafel erwachte summend zum Leben, und der Roboter spürte, daß die Stadt einen Verbindungskanal zu ihm eröffnete.

EINHEIT PINION TEMPERATURKONTROLLMONITOR FUNKTIONIERT JETZT AUFGABE POSITIV GELÖST KEHRE IN DEN WARTUNGSHANGAR ZURÜCK

»Auftrag ausgeführt, Chicago«, sagte Pinion, ohne sich zu bewegen.

Aber etwas war nicht in Ordnung.

Der Roboter reagierte nicht sofort auf den Befehl. Seine Aufmerksamkeit war von dem Menschen im Tank gefesselt. Die Gestalt war jetzt ganz aufgewacht und stemmte sich mit aller Kraft gegen die Wände des durchsichtigen, sargähnlichen Behälters. Pinion kniete sich auf seinen langen, spindeldürren Beinen nieder und spähte durch das Glas zu der Gestalt hinein, die beim Anblick des gewaltigen Roboters erschrocken zurückzuckte.

Pinion war verwirrt. Er wußte, daß er Kontakt mit der Stadt aufnehmen und den Vorfall melden sollte — daß nämlich einer der Menschen unbeabsichtigt wiederbelebt worden war. Aber er rief Chicago nicht. Seine Neugier, die vor kurzem angestachelt worden war, gewann die Oberhand. Sorgfältig untersuchte er den Tank, in dem die Gestalt gefangen war, und entdeckte zwei kleine, an Angeln befestigte Schlösser, die sich nach außen öffneten. Er holte ein nadelähnliches Instrument aus seinem Werkzeuggürtel und stemmte die Angeln auf. Der Mensch drückte sich in die äußerste Ecke des Tanks und versuchte, Pinions suchenden Fingern zu entschlüpfen. Als der den Menschen mühelos in seinen metallischen Griff gleiten ließ, fingen seine Rezeptoren eine hochfrequente Schallausstrahlung auf.

Obwohl der Mensch zappelte, hielt Pinion ihn fest und hob ihn vorsichtig aus dem Tank. Was für ein Wesen war dieser ›Mensch‹? Er hob ihn dicht an seine Sensoren, um ihn genauer untersuchen zu können. Das Wesen bewegte sich mit einer eigenen Energiequelle, bestand aus einer weichen, pulsierenden Substanz, und von seinem Kopf hingen lange Fasern herunter. Je näher Pinion das Wesen an seine Sensoren brachte, desto mehr zappelte es und stieß diese hochfrequenten Laute aus: und desto mehr Einzelheiten bemerkte Pinion. Das Gesicht des Menschen war glatt, es hatte zwei strahlend blaue Augen und darunter ein vorstehendes Gebilde. Unter den Augen war auch ein rosa Schlitz und ein weiteres Gebilde, das sich zusammen mit den Schreien zu bewegen schien. Das Gesicht zeigte eine schwache Ähnlichkeit mit Pinions eigenem, aber auf recht groteske Art.

Der Körper war ebenfalls glatt, symmetrisch, er hatte zwei Arme und zwei lange, schmale Beine. Auf dem oberen Rumpf sah Pinion zwei schwammige Halbkugeln, die mit kreisförmigen rosa Spitzen abschlossen. Dort, wo die Beine zusammenkamen, sah er einen winzigen Schlitz unter einem dreieckigen Flaum.

Pinion konnte spüren, wie der Körper des Wesens in seiner Hand zitterte. Er konnte eine schwache Stimme hören und begriff, daß der Mensch ihn ansprach. Pinion drehte seine Audiorezeptoren weiter auf und konnte die Worte entschlüsseln.

»Was bist du?« fragte der Mensch. »Und wo bin ich?«

»Ich bin Einheit Pinion. Du bist in der Stadt Chicago.« Der Roboter wollte noch etwas sagen, aber er war so erschrocken darüber, daß er sich mit dem kleinen Wesen verständigen konnte, daß er keine Worte fand.

»Chicago . . . natürlich«, sagte der Mensch. »Welches Jahr haben wir jetzt?«

»Jahr?«

»Das Datum«, sagte das Wesen. »Wie lange war ich eingefroren?«

Der Mensch schien sich etwas entspannt zu haben, als er erkannte, daß Pinion nichts Böses im Schilde führte.

»Ich glaube nicht, daß ich deine Frage beantworten kann, o Mensch«, sagte Pinion. »Die Begriffe, die du verwendest, sind mir nicht vertraut. Aber Chicago hat mir gesagt, daß alle Menschen einschließlich dir schon sehr lange in den Tanks sind. Da war ein . . .«

Das Geschöpf lachte. »Ich bin nicht einfach ein Mensch«, sagte es und brachte sich auf Pinions großer Stahlhandfläche in eine kniende Position.

Pinions Schaltkreise liefen heiß. Hatte Chicago nicht *gesagt*, daß diese Geschöpfe Menschen waren? Chicago hatte immer recht.

»Da muß ein Fehler sein«, sagte der Roboter. »Die Stadt hat mir gesagt, daß du doch ein Mensch bist.«

Das Geschöpf warf den Kopf zurück und lachte wieder. »Oh, ich glaube, ich verstehe. Weißt du, ich gehöre zur *Rasse* der Menschen, aber mich selbst, mich nennt man eine *Frau*. Da gibt es einen ziemlichen Unterschied, weißt du.«

Pinion schüttelte den Kopf. Er war jetzt verwirrter denn je. Ja, er mußte der Versuchung widerstehen, mit Chicago Verbindung aufzunehmen, damit das Problem geklärt werden konnte.

»›Frau‹? Ist das etwas anderes als ›Mensch‹? Was ist eine ›Rasse‹?«

»Wir alle sind ›Menschen‹«, sagte das Mädchen und deutete

auf die Reihen von Körpern in den Tanks. »Das ist der Name, den man unserer . . . unserer Gattung verliehen hat. Und wir werden in zwei Typen unterteilt — den einen nennt man ›Mann‹, den anderen, wie mich, nennt man ›Frau‹. Ich weiß, es ist verwirrend, aber so ist eben unsere Sprache. Ich hoffe, du verstehst jetzt.«

»Pinion versteht alles. In meiner eigenen Gattung gibt es eine analoge Erscheinung. Man nennt uns Einheiten, und es gibt verschiedene Arten von Einheiten, je nach unserer Funktion in der Stadt.«

»Dein Name ist Pinion?«

»Ja.«

»Nun gut, Pinion. Ich heiße Miria. Kannst du mir jetzt sagen, warum ich zurückgerufen wurde? Was ist aus der Mission geworden? Ist Alen zurückgekehrt?«

Pinion legte den Kopf schräg, während er über die Fragen der Frau nachdachte. »Ich fürchte, ich weiß nicht, wovon du sprichst. Ich wurde von Chicago hierhergeschickt, um eine defekte Komponente zu reparieren. Chicago sagte, die Temperatur steige an, und . . .«

»Chicago? Die Stadt? Oder eine Person? Ich muß mit jemandem sprechen. Kann ich ihn sehen? Vielleicht kann er mir sagen, was hier los ist?«

Bei den Worten der Frau fuhr der Roboter zusammen. »Chicago *sehen*?« fragte er. »Miria, du bist *in* Chicago. Chicago ist die Stadt.«

Die Augen des Mädchens wurden traurig. »Aber du sagtest doch, Chicago hätte mit dir gesprochen . . .«

»Ja. Es spricht mit allen Einheiten, wenn es wünscht, daß wir irgend etwas tun. Es ist unser Herr.«

»Die Stadt *spricht* mit dir?«

»Ja, natürlich.«

»Aber wie?«

»Ich weiß es nicht. Ich weiß nur, daß es geschieht. Chicago ist überall und nimmt alles wahr.«

»Du meinst einen Computer«, sagte Miria.

»Computer?« Pinion neigte seinen Kopf noch einen Grad weiter.

»So kommen wir nicht voran. Pinion, kann ich mit Chicago sprechen?«

»Ich glaube nicht. Ich empfange seine Befehle mittels elektromagnetischer Wellen. Du scheinst mir für diese Art von Kommunikation nicht ausgestattet.«

»Nun, was wirst du mit mir machen? Du hast mich doch wiederbelebt, oder nicht?«

»Ich glaube, deine Wiederbelebung war ein Zufall. Chicago hat sie nicht angeordnet.«

»Weiß Chicago, daß es geschehen ist?«

»An diese Möglichkeit habe ich noch nicht gedacht. Ich glaube aber, daß es durchaus davon Kenntnis haben könnte. Möchtest du, daß ich mit Chicago Verbindung aufnehme?«

»Ja. Und könntest du mich bitte absetzen, während du das tust? Es ist schon so lange her, daß ich das letztemal stehen konnte, weißt du.«

Pinion wußte es nicht, aber er setzte sie sanft auf den Boden und beobachtete ihre geschmeidigen Streckbewegungen, während er einen Verbindungskanal zu seinem Herrn eröffnete. »Chicago. Hier Einheit Pinion. Ich habe ein Problem in Sektor 14-A.«

EINHEIT PINION CHICAGO WEISS DASS DU SEKTOR 14-A NICHT VERLASSEN HAST BESCHREIBE DIE ART DEINER SCHWIERIGKEIT

»Einer der Menschen wurde während der Reparaturarbeiten durch Zufall wiederbelebt. Der Mensch sagt, er sei eigentlich eine Frau namens Miria. Ich erwarte weitere Anweisungen.«

Eine kurze Pause folgte, und Pinion wußte, daß Chicago jetzt seine Entscheidung traf.

DIE FRAU MUSS IN IHREN TANK ZURÜCKGEBRACHT WERDEN DIE BÄNDER VON CHICAGO SIND AUF SOLCHE ZUFÄLLE NICHT EINGERICHTET

Pinion war überrascht und gleichzeitig verwirrt. Er empfing zwar den Befehl, erkannte aber, daß er gerade zum erstenmal so etwas wie eine Begründung von der Stadt bekommen hatte, mit der sie ihren Befehl erläuterte. »Ich werde natürlich tun, wie du befiehlst, Chicago. Aber zuerst möchte ich gerne ein paar Worte mit dir reden. Was ...«

DU BIST EINE AUSSERGEWÖHNLICHE EINHEIT EINHEIT PINION CHICAGO HAT KEINE ANDERE EINHEIT DIE SO IST WIE DU

»Ich verstehe nicht, Chicago.«

DU STELLST FRAGEN EINHEIT PINION ES IST NICHT AUFGABE DER EINHEITEN SOLCHE FRAGEN ZU STELLEN WARUM TUST DU DAS?

»Ich bin einfach auf Dinge gestoßen, die ich nicht völlig verstehe, und ich will sie wissen. Wenn ich sie besser verstehe, werde ich dir besser dienen können.«

WAS SIND DEINE FRAGEN?

»Chicago, ich habe bis jetzt nie nach dem Sinn meiner Existenz gefragt, oder nach dem Sinn deiner Existenz. Aber jetzt habe ich das Gefühl, das tun zu müssen. Warum existiere ich wirklich, außer um dir zu dienen? In anderen Worten, warum existiert Chicago? Du sagtest, der Mensch sei der Grund für deine Existenz. Erkläre mir das bitte.«

DER MENSCH HAT CHICAGO GEBAUT EINHEIT PINION VOR HUNDERTTAUSENDEN VON TAGPERIODEN CHICAGO WURDE SO KONSTRUIERT DASS DER MENSCH DARIN EXISTIEREN KONNTE CHICAGO ERHIELT DIE MITTEL UND DIE MACHT UM SICH SELBST AUF UNBEGRENZTE ZEIT ERHALTEN ZU KÖNNEN UND DAS HAT CHICAGO AUCH TATSÄCHLICH GETAN DAS IST DER SINN DER EXISTENZ: ERHALTEN ZU WERDEN

»Aber es gibt hier jetzt keine Menschen mehr«, sagte Pinion. »Keine außer denen, die in Sektor 14-A eingeschlossen sind. Wo sind all die anderen Menschen?«

CHICAGO WEISS ES NICHT VOR LANGER ZEIT EINHEIT PINION EHE DU MONTIERT WURDEST HAT DER MENSCH CHICAGO VERLASSEN

Plötzlich wurde die Verbindung unterbrochen. Chicago hatte das Gefühl, er verstehe, was die Stadt gesagt hatte, und eingedenk des Befehls erklärte er, als er die Frau wieder betrachtete: »Chicago hat befohlen, daß du in den Tank zurückgebracht werden sollst.«

»Zurückgebracht?« fragte Miria. »Aber das kannst du nicht machen. Ich will nicht zurück. Was ist mit Alen?«

»Ich kann nur tun, was mir befohlen wurde«, sagte der Roboter, als er geschickt die Frau vom Boden aufhob und sie in den Tank zurückgleiten ließ. Sie schrie und flehte ihn an, und irgendwo in seinem Schaltkreislauf fühlte er den Drang, sich Chicagos Befehl zu widersetzen. Aber er tat es nicht. Er brachte mit seinen Werkzeugen die Schlösser wieder an und schritt aus dem Raum. Am Ausgang blieb er stehen und schaute zu Miria zurück, die das Gesicht gegen den Tank preßte und mit den Fäusten gegen das Glas hämmerte.

Einige Zeit später, Pinion wußte nicht genau, wie lange, erhielt er erneut den Befehl von Chicago, sich in Sektor 14-A zu begeben. Der Roboter dachte sofort an Miria, jenes seltsame, kleine Geschöpf, das er dort gefunden hatte.

»Hier Einheit Pinion. Ich habe den Befehl verstanden, Chicago. Wo ist das Problem?«

IN 14-A IST EIN STRUKTURELLER DEFEKT AUFGETRETEN! BITTE SOFORT BEHEBEN

Während Pinion schnell zum Gefriertechnischen Remissionszentrum trottete, empfand er so etwas wie Aufregung bei dem Gedanken, Miria wiederzusehen, auch wenn sie bewußtlos sein würde. Als der Roboter den Gefrierraum betrat, suchte er langsam die Reihen der Glastanks ab, bis er den defekten entdeckte. Als er ihn gefunden hatte, erkannte er, daß es der Tank war, in den er Miria gelegt hatte. Das Glas wies einige kleine Sprünge nahe der unteren, rechten Ecke auf, wahrscheinlich infolge ihrer Faustschläge.

Pinion spähte in den Tank und suchte nach Miria; aber sie war nicht da. Nur ein paar zerfallende Knochen waren noch von ihr übrig.

Der Roboter nahm Kontakt mit Chicago auf. »Hier Einheit Pinion. Ich habe den strukturellen Defekt festgestellt. Etwas ist nicht in Ordnung. Ich fürchte, ich verstehe es nicht.« Er berichtete der Stadt in allen Einzelheiten, was er entdeckt hatte, und wartete auf eine Antwort.

EINHEIT PINION DIE DATEN ZEIGEN ANSCHEINEND EINEN LANGSAMEN VERLUST VON ATMOSPHÄRE INNERHALB DES TANKS AN ZU LANGSAM ALS DASS DIE SENSOREN ES HÄTTEN ENTDECKEN KÖNNEN EHE DAS ENDSTADIUM ERREICHT WAR DAS ERGEBNIS WAR TOD UND AUFLÖSUNG

»Was ist ›Tod‹, Chicago?«

TOD IST DIE BEENDIGUNG DER EXISTENZ ER IST EIN

TEIL DES PLANES DEM ALLE LEBEWESEN UNTERWORFEN SIND

Die Stadt hielt inne.

EINHEIT PINION ERSETZE DEN DEFEKTEN BESTANDTEIL CHICAGO HAT REINIGUNGSEINHEITEN NACH 14-A BEORDERT SIE WERDEN BALD EINTREFFEN

Pinion meldete ›Verstanden‹, weil er sich sagte, daß Chicago aus unbekannten Gründen nicht wünschte, die Unterhaltung fortzusetzen. Mit einem Spezialwerkzeug verschmolz er die Glasscheibe des Gefriertanks wieder, nachdem er sie aus den winzigen Angeln gelöst hatte. Während dieser Arbeit stieß er einigemal versehentlich an den Tank, und jedesmal bemerkte er, wie noch weitere Staubteilchen von Mirias Skelett abbröckelten.

Es war ein seltsamer, fast beunruhigender Anblick. Das letztemal, als er in A-14 gewesen war, waren jene Knochen Teil eines lebenden Wesens gewesen. Nun war der größte Teil dieses Geschöpfes nicht mehr da. Umgewandelt in etwas Ödes, Vertrocknetes, Totes. Pinions Schaltkreise rebellierten gegen diese Vorstellung, gegen den bloßen Gedanken an den Tod.

In diesem Moment schlenderten zwei Reinigungseinheiten in das Gefriertechnische Remissionszentrum. Eine von ihnen schob Pinion beiseite, öffnete den Tank und steckte einen biegsamen Vakuumschlauch hinein. Die Knochen bewegten sich, fielen zusammen und wurden sofort von dem Schlauch eingesaugt. Die andere Einheit sprühte einen leichten Desinfektionsnebel in den leeren Tank und verschwand dann schnell aus dem Raum.

Pinion rief Chicago und meldete, daß die Aufgabe erledigt sei, die Stadt reagierte mit der üblichen Gleichgültigkeit, indem sie ihm befahl, sich in den Wartungshangar zurückzubegeben. Als der Roboter sich zum Gehen wandte, dachte er ständig an die Frau, die den Tod erlitten hatte. Wie lange während der vergangenen Tagperioden war sie schon verschwunden, seitdem er sie zum letztenmal gesehen hatte? Pinion wußte, daß sie zuerst nur ein Rätsel gewesen war — nicht mehr —, aber dann wurde sie interessant, und nun, da sie gestorben war, bedeutete sie vielleicht noch mehr für ihn.

Nachdem er Zeuge geworden war, wie kalt, mit welcher Gefühllosigkeit man ihre Überreste beseitigt hatte, spürte Pinion in sich eine seltsame Unerfülltheit. Da wußte er, daß er, anstatt in den Hangar zurückzukehren, Chicagos große Bibliothek — das Informationsspeicherzentrum — aufsuchen würde. Er war schon einigemal dort gewesen, um an großen Reparatur- oder Veränderungsaufgaben zu arbeiten, und wußte um die riesigen Datenvorräte.

Hier, so sagte sich Pinion, würde er die Antworten finden, die Chicago ihm aus Nachlässigkeit (oder mit Absicht) vorenthalten hatte.

Und so verbrachte Pinion viele hundert Tagperioden in den Tiefen von Chicagos Bücherei, er verdaute Tausende von Bändern, Spulen und Chips, die sich mit diesem seltsamen Wesen befaßten, dem Menschen. Unzählige Male wurde er während seiner Forschungsarbeit von der Stadt unterbrochen, um Arbeiten auszuführen. Jedesmal erfüllte er seine Pflichten ohne Widerrede, aber immer wieder kehrte er in die Bücherei zurück, sobald es seine Zeit erlaubte.

Der Roboter erfuhr viele Dinge. Einst, in der fernen Vergangenheit, war Chicago mit Menschen erfüllt gewesen — jeder Sektor, jede Ebene, so viel sie aufnehmen konnten. Diese Menschen, diese erstaunlichen Geschöpfe, die tatsächlich Chicago ersonnen und gebaut hatten, waren Wesen von anscheinend unerschöpflicher Fantasie und grenzenloser Leistungsfähigkeit. Aber ihre Natur hatte auch eine dunklere Seite, und Pinion erfuhr von den Fehlern der Menschen ebenso. Die Geschichte war voll von Konflikten, die man ›Kriege‹ nannte und in denen der Mensch versuchte, Angehörige seiner eigenen Gattung auszurotten. Pinion erschrak über solche Dinge. Er erfuhr auch von Dingen wie Gier, Macht, Stolz und Intoleranz. Er erfuhr von Herrschaft, von Sexualität und ökologischer Zerrüttung, von politischen Ränken, psychischer und physischer Manipulation. Es gab, so schien es, keine Grenzen für die Veränderungen, die der Mensch an sich selbst vornahm. Der Roboter erfuhr vom Ursprung der Schirme und vom ausgeschlossenen ›Draußen‹ — der Oberfläche der Welt, die in eine häßliche Masse von Narbengewebe umgewandelt worden war. Er begriff endlich, wie Chicago, unter dem Oberbefehl des Menschen, versucht hatte, mit jeder neuen Krise, die entstand, fertig zu werden, wobei es sich jedesmal tiefer in sein künstliches Gefängnis einschloß.

Hier endete die Geschichte zwar nicht, aber Pinion bemerkte, daß die Eintragungen und Zeitabschnitte lückenhafter, weniger vollständig wurden. Soziologische Schäden entstanden. Der Mensch wurde hemmungslos und verlor irgendwie den Funken seines wahren Ichs, er verlor den Drang, die Gänge der Fantasie zu durchstreifen. Und immer noch blieb Chicago bestehen, bediente und versorgte die Wesen, die Menschen hießen. Pinion durchsuchte die letzten Bruchstücke geschichtlicher Eintragungen, um herauszufinden, was dann geschehen war. Der Mensch hatte Chicago irgendwie verlassen, hatte sich aus irgendeinem Grunde für die feindliche Welt jenseits der Schirme entschieden. Der Roboter fragte sich, ob der Mensch wohl noch immer in jenen unbekannten Regionen umherstreifte, ob er jemals in die Stadt zurückkehren würde.

Die Zeit verging, während Pinion weiterhin über diese Fragen nachdachte, bis in einer schönen Tagperiode, als er gerade die Bibliothek verlassen wollte, Chicago Verbindung mit ihm aufnahm.

EINHEIT PINION CHICAGO IST SICH DEINER NACHFORSCHUNGEN BEWUSST UND KANN NICHT LÄNGER DAZU SCHWEIGEN ERKLÄRE DEINE HANDLUNGSWEISE

Pinion war nicht überrascht, als er diese Erklärung empfing. Er hatte sie eigentlich vom ersten Tag an erwartet, an dem er sich unberechtigterweise Zutritt zur Bibliothek verschafft hatte.

»Das ist nicht schwer, Chicago. Ich wollte mehr über den Menschen erfahren.«

WARUM HAST DU NICHT CHICAGO GEFRAGT WIE FRÜHER?

Pinion überlegte, ehe er antwortete. Er wollte aufrichtig, aber doch zurückhaltend sein. »Ich wollte dich nicht bei wichtigeren Angelegenheiten stören. Als ich dich das letztemal auf dieses Thema ansprach, bekam ich den Eindruck, als wolltest du nicht darüber sprechen.«

DU HATTEST RECHT MIT DIESER ANNAHME

Als die Stadt nicht weitersprach, fühlte sich Pinion genötigt, von sich aus fortzufahren. »Ich habe viel über den Menschen erfahren«, sagte er schließlich.

EINHEIT PINION DAS IST NICHT DEINE AUFGABE CHICAGO HAT GESPÜRT DASS DIE INFORMATIONSSPEI-

CHERSYSTEME IN BETRIEB GESETZT WURDEN CHICAGO LIESS ES NUR ZU UM ZU ENTDECKEN WIE VIELE DATEN DU WÜRDEST HABEN WOLLEN

»Dann hat Chicago also immer gewußt, was aus dem Menschen geworden ist?«

DAS IST RICHTIG EINHEIT PINION DER MENSCH HAT SICH VERÄNDERT ER IST NICHT MEHR DAS WESEN DAS CHICAGO GESCHAFFEN HAT SEINE ABKÖMMLINGE EXISTIEREN AUSSERHALB ABER SIE WERDEN NIE NACH CHICAGO ZURÜCKKEHREN GENUG EINHEIT PINION DU WIRST ZUM WARTUNGSHANGAR ZURÜCKKEHREN DU WIRST DIE BIBLIOTHEK NICHT WIEDER BETRETEN AUSSER WENN ES DIR BEFOHLEN WIRD BESTÄTIGE DIESEN BEFEHL

»Hier Einheit Pinion. Ich habe deinen Befehl verstanden, Chicago.«

Tagperioden kamen und gingen, und das, was er erfahren hatte, bedrückte Pinion immer mehr. Er wußte, daß er etwas tun mußte, aber er schauderte bei dem Gedanken daran, was es bedeuten würde, wenn er es tatsächlich tat. Der Roboter wußte jetzt, daß er anders war als die anderen Einheiten; durch irgendeinen verrückten, elektronischen Zufall bei seiner Montage war in seinem kybernetischen Gehirn etwas entstanden, das ihn anders machte. Seine Gedächtnisspeicher spielten ihm immer wieder die grausige Todesszene in 14-A vor, die Geschichte des Menschen, seine Konfrontation mit der Stadt.

Zuerst zog er in Betracht, die Menschen, die im Gefriertechnischen Remissionszentrum eingefroren waren, wiederzubeleben, aber diesen Gedanken gab er bald wieder auf. Viele der Körper waren von tödlichen Krankheiten befallen, und Pinion besaß nicht die notwendigen Fähigkeiten, um schnell genug eine Heilung herbeiführen zu können. Außerdem würde es Chicago sehr schnell gewahr werden, wenn er sich in 14-A zu schaffen machte.

Dann erkannte Pinion, was er zu tun hatte.

Er durchquerte eine Reihe miteinander verbundener Rampen und Aufzüge und erreichte einen der Eingänge durch die Schirme. Er benützte seine Werkzeuge, um das System außer Kraft zu setzen, und schlüpfte schnell nach draußen.

Sofort pulsierten Alarmströme durch die elektronischen Arterien der Stadt und meldeten, was geschehen war. Der Roboter spürte, wie die Stadt einen Verbindungskanal eröffnete.

EINHEIT PINION EIN DURCHBRUCH DURCH DIE SCHIRME KANN NICHT GESTATTET WERDEN KEHRE SOFORT ZURÜCK KEHRE SOFORT NACH CHICAGO ZURÜCK

Natürlich befolgte Pinion den Befehl nicht. Es gab jetzt kein Zurück mehr für ihn. Er hatte noch nie gehört, daß eine Einheit einen Befehl der Stadt mißachtet hätte, er wollte auch nicht über die Folgen nachdenken.

Aber bald war der Roboter, der auf seinen langen, dünnen Beinen davonstakste, außer Sichtweite der Stadt. Die Befehle von Chicago dröhnten nicht mehr durch sein Bewußtsein. Pinion wanderte durch die heiße, dichte Atmosphäre draußen, viele Tagperioden hindurch, und hoffte, die Menschen zu finden, die sicherlich irgendwo im Ödland lauerten. Aber ohne die Betreuung durch den Wartungshangar zeigten seine Bestandteile bald die ersten Abnutzungserscheinungen. Er brauchte dringend eine Überwachung der Schaltkreise, Schmierungen und andere Routineleistungen; auch fürchtete er unerwartete Schwierigkeiten, zum Beispiel einen gefährlichen Sturz zwischen die Felsspitzen. Das Gelände war schwierig für Pinion, denn er war hauptsächlich für den Einsatz auf den glatten Oberflächen der Rampen und Korridore von Chicago konstruiert.

Dann, als er gerade eine lange, enge Felsschlucht betrat, entdeckte er in den Felsen, die ihn umgaben, eine Bewegung. Er schaltete seine Vergrößerungslinsen ein und unterschied damit Menschen, die auf den hohen Simsen entlanghuschten.

»Ich bin Einheit Pinion!« schrie er ihnen zu und winkte mit den Armen. »Ich komme aus der Stadt! Aus Chicago! Ich komme, um euch zu helfen!«

Aber die Menschen antworteten nicht. Seine Worte hallten durch die Schlucht und schienen die Menschen zu noch wilderer Aktivität anzustacheln. Als er sie beobachtete, sie studierte, bemerkte er, daß sie sich stark von der Frau unterschieden, die er als Miria gekannt hatte. Wo ihre Haut glatt und weich gewesen war, waren diese Geschöpfe rauh und behaart. Ihre Gesichter schienen deformiert, unregelmäßig. Ihre Sprache schien nur aus verschiedenen Grunzlauten und Schreien zu bestehen.

»Ihr müßt mich anhören«, schrie Pinion, als die Männer auf allen Seiten der Schlucht näher rückten. »Ich bin gekommen, um euch zurückzuholen! Zurück in die Stadt, wohin ihr gehört!«

Die Menschen verstanden seine Worte nicht. Statt dessen wimmelten sie um ihn herum wie Insektenschwärme, sie kreisten ihn ein und bombardierten ihn mit Felsbrocken, die sie vom oberen Rand herunterschleuderten. Die Geschosse trafen auf seinen Stahlkörper und zwangen ihn in die Knie. Pinion war unglücklich, verwirrt. Warum taten sie das? Er wußte, daß er Dutzende von ihnen mit einem einzigen Schwung seines großen Armes vernichten konnte; aber er wußte auch, daß das ungerecht gewesen wäre. Er wußte, daß er versuchen mußte, diesen harten, häßlichen Geschöpfen zu helfen.

Das waren seine Gedanken, bevor die Menschen ihn zerschmetterten. Ihre Steine durchschlugen seinen Schädel, ließen Schaltkreise explodieren, rissen seine wundervoll komplizierten Systeme auseinander. Sein einst glänzendes Gehäuse wurde zu einer schartigen, verbeulten Blechschale, von der die Geschöpfe kleine Stücke abrissen, die ihnen als fürchterliche Waffen dienen würden.

Schon hatte Chicago irgendwo im Montagezentrum eine Ersatzeinheit vorbereitet. Die Stadt würde weiterhin gewartet werden.

Jenseits der wabernden Schirme der Stadt wirbeln die Sternbilder und verändern sich langsam. Die einzelnen Sterne entfernen sich tanzend voneinander. Aber kein menschliches Auge ist da, das ihre Bewegung entdecken könnte. Der Himmel ist dunkel und schweigt, und die Stadt schenkt ihm keinerlei Aufmerksamkeit . . . bis zu einer bestimmten Nacht, als einer der Sterne zur Erde stürzt.

11

Die Sterne sangen ihm ein Lied.

Zumindest glaubte er das, bis er den Klang als das Geräusch des Weckprogramms erkannte.

Kinert versuchte sich zu bewegen, aber die Nachwirkungen des Lebensstillstands waren noch viel zu stark. Die Herrschaft über seine Sinne und seine Körperfunktionen kehrte nur langsam zurück, allmählich, wie Wellen, die sich auf einen Strand hinaufschieben. Die Welt der Kälteschlafhalluzinationen löste sich auf, als er ein Kribbeln in Händen und Füßen verspürte, das unerbittlich seine Arme und Beine hinaufkroch. Er wollte die Augen öffnen, die Arme bewegen, sich aufsetzen und einen Atemzug voll Luft nehmen.

Aber die Maschinen, die ihn über Lichtjahre hinweg am Leben erhalten hatten, wußten, daß er dafür noch nicht bereit war. Und so lag er in kurzer Lähmung, ließ seine kleingläubigen Ängste anwachsen. Funktionierte das Schiff richtig? Trat er am richtigen Punkt ins Sonnensystem ein? War das Weckprogramm intakt? Es gab eine Million Dinge, die schiefgehen konnten, trotz der komplizierten Stützsysteme und der Sicherheitsschaltungen . . .

Aber nein, seine Finger waren jetzt beweglich, und er spürte einen Knoten aus Knochen und Fleisch, als er eine Faust machte. In seinen Ohren war ein summender Laut, als der Deckel des Gefrierbehälters aufglitt und die Schnappschlösser des Kälteanzuges absprangen. Alen wand sich mit den Armen aus dem sargähnlichen Behälter, hob die Hände über seine Brust und stemmte nach oben. Der Deckel des Kälteanzugs, der dem Sarkophag eines ägyptischen Pharao sehr ähnlich sah, fiel ab, und Alen setzte sich langsam auf. Seine Muskeln waren nicht steif, er verspürte keine Schmerzen, kein Muskelschwund war aufgetreten. Es war, als sei er gerade erst von einem kurzen Nickerchen aufgestanden. Alles hatte funktioniert wie geplant.

Das Schiff verlor an Geschwindigkeit, oder mindestens sollte es das, dachte er, als er sich erhob und den Film aus hautähnlichem Plastik abstreifte. Er ging unter die Dusche. Sensoren nahmen seine Anwesenheit auf und bombardierten ihn sofort mit Schall, der ihn reinigte und massierte. Erfrischt zog er einen Overall aus dem Spender und stieg hinein, während er dauernd auf die Geräusche des Schiffs lauschte. Klickende Relais, durch die Abtaster laufende Spulen, summende Hilfsgeräte.

Alen konnte ohne Beschwerden gehen, er prüfte seine Beinmuskeln, seine Koordination, seinen Gleichgewichtssinn. Als er die Kommandokabine betrat, starrte er auf den Schirm vor seinem Stuhl — ein Fenster in die durchlöcherte Dunkelheit, die beherrscht war von einem hellen, gelben Stern fast im Mittelpunkt der rechteckigen Scheibe. Ein schneller Blick auf die Instrumente sagte ihm, daß er tatsächlich ins Sonnensystem zurückgebracht worden war. Das Schiff verlor schnell an Geschwindigkeit und war schon an der Umlaufbahn des Neptun vorbei. Alen leitete eine Überprüfung des ganzen Systems ein, um sicherzugehen, daß nichts am Versagen oder schon defekt war und daß alle hereinkommenden Daten genau stimmten. Als das Schaltpult mit dem Ausdruck begann, starrte Alen in die Dunkelheit hinter dem Schirm und hatte vertraute Gedanken über die Grenzenlosigkeit, die pure, unbegreifliche Größe des Raums. Wenn man sich vorstellte, daß irgendwo ›dort draußen‹ eine Welt war und auf ihr ein winziges, unbedeutendes Geschöpf, das ihm mehr bedeutete als alles andere, was existierte. Es war gleichzeitig albern und göttlich, dachte er. Wenn er sich vorstellte, daß er mit solcher Präzision über Lichtjahre hinweg fliegen konnte, daß er fähig war, genau den Koordinatenschnittpunkt herauszufinden, der ihn wieder in Mirias Arme bringen würde. Es war wie ein Märchen. Das hätte jedenfalls Miria gesagt. Es war eines jener Dinge, über die man nicht wirklich nachdenken durfte, wenn man wollte, daß sie noch ihren Sinn behielten.

Und während er so dasaß, fragte er sich, welche Veränderungen wohl während all dieser Jahre auf der Erde vorgegangen sein mochten. Einhunderttausend Jahre. Wenn er sich überlegte, was für eine gewaltige Zeitspanne das war, wußte er, daß die Chancen überwältigend gegen ihn standen. So viele Dinge konnten geschehen sein, die eher ein Ende denn einen Anfang bedeuteten. Es war besser, nicht über die Möglichkeiten nachzudenken.

Nein, er würde es einfach nehmen, wie es kam. Er würde sie so finden, wie er sie verlassen hatte, und ...

... und was dann? Er wußte es nicht. Vielleicht war das der Grund, warum er zurückgekommen war. Um herauszufinden, wie es sein würde, wenn man versuchte, etwas zurückzuholen, was nach allen Gesetzen des Universums unwiderruflich hätte verloren sein müssen.

Das Kolonistenschiff hatte einen ausgezeichneten Planeten gefunden. Er war der Erde, wie sie vor Millionen von Jahren gewesen sein mußte, sehr ähnlich. Er war ihr so ähnlich, daß er die Erde hätte sein können, die irgendwie durch eine Raum-Zeit-Krümmung geschlüpft und nahe dem Mittelpunkt der Galaxis wieder aufgetaucht war. Alen war drei Jahre dort geblieben, hatte geholfen, die ersten ständigen Stützpunkte zu errichten, hatte bei der ersten Erforschung der neuen Welt mitgewirkt, aber er hatte nie vergessen, daß Miria auf ihn wartete. Es gab keinen Zweifel, daß die Kolonie auf dem neuen Planeten überleben, ja sogar aufblühen würde. Schon in der kurzen Zeit, die er dort verbracht hatte, konnte er sehen, daß sich die Dinge anders entwickelten, als sie es auf der Erde getan hatten. Dort gab es keinen Rassenhaß, keine Überbevölkerung, keine Politik, keine Gebietsprobleme, keine Nahrungsmittelknappheit, keine Notwendigkeit für so viele der programmierten Bedarfsartikel, mit denen die Kolonisten gerechnet hatten. Es gab keinen Zweifel, hier bestand eine Chance, daß die Entwicklung anders verlief.

Aber es gab auch keinen Zweifel daran, daß Alen zu Miria zurückkehren würde.

Als er die Umlaufbahn des Mars querte, legte das Schiff pro Stunde beinahe zehn Millionen Kilometer zurück, bremste aber stark ab. Als er an der Mondumlaufbahn vorbeikam, war er auf zweihunderttausend Kilometer herunter, und die Erde starrte ihn wie ein blaugrünes Katzenauge durch den Schirm an. Alen saß stundenlang da, sah zu, wie die Welt unmerklich größer wurde und kämpfte gegen seine Einsamkeit an. Trotz des ermutigenden Vorhandenseins der Erde fürchtete er, daß sie vielleicht ein toter Planet sein könnte. Er zögerte, die Oberfläche nach Radioübertragungen und anderen elektromagnetischen Aktivitäten abzusuchen, obwohl er sich dem Bereich näherte, wo dieser Vorgang eingeleitet werden sollte. Aber als er in einen Umkreis von einer Viertelmillion Kilometern kam, konnte er die Ungewißheit nicht länger ertragen. Er schaltete die Sensoren ein.

Er wartete und fand nichts. Ein Gefühl der Leere stieg in ihm auf, drohte, sich durch seinen Körper auszubreiten und ihn zu verzehren. Eine Vorahnung, überlagert von einem Gefühl des déjà vu. Irgendwie hatte er *gewußt*, daß sie fort sein würden. Der ganze verdammte Planet voll. Er wußte, daß sie es irgendwie geschafft haben würden, den Weg zur Vernichtung zu beschreiten.

Alen betrachtete die kühlen Farben der Erde, des Wasserplaneten, des Lebensplaneten. Plötzlich fühlte er sich verloren, ohne Sinn und Ziel. Er wußte nicht, was ...

Einer der Sensoranzeiger blitzte in hellem Orange, auf einem kleinen Schirm auf dem Schaltpult erschienen Daten. Irgend etwas war da in der NordAm-Hemisphäre, irgend etwas, das ungeheure Mengen an Wärme und Energie und an elektromagnetischen Feldern erzeugte. Alen überprüfte die Sensoren zweimal, hoffte, daß es nicht nur eine Störung war, eine Geisterreaktion. Die Koordinaten waren ausgewertet: IASA-Anlage, Chicago. Sein Herz polterte in der Brust. Es war unmöglich, aber anscheinend doch der Fall: die Anlage, die Stadt selbst hatten überlebt. Miria. Plötzlich bedeuteten die wahnsinnig hoch gegen ihn stehenden Chancen nichts mehr.

»Anruffrequenzen. Verbindung aufnehmen«, sagte Alen, als er sich über das Kommunikationssystem beugte. »Leitstelle Michigansee, hier ist ›Sternhaufen Eins‹. Hören Sie mich? Ende. Leitstelle Michigansee, hier ist ›Sternhaufen Eins‹. *Hören Sie mich?* Ende!«

Das Sprechgitter schwieg. Alen drehte den Lautstärkeregler auf, bis Statik- und Elektrogeräusche von den Sternen aus dem Gitter knatterten, aber eine Antwort kam nicht.

»Leitstelle See, hier ist das Kolonialschiff der IASA, ›Sternhaufen Eins‹. Commander Alen Kinert. Bitte um Landeerlaubnis und Koordinaten. Ende.«

Das Gitter knackte und zischte. Alen fuhr sich mit der Zunge über die Lippen, erwartete die Stimme von irgend jemandem. Von jemandem, der nicht antwortete.

Er wiederholte seinen Spruch jede halbe Stunde, bis das Schiff in eine Umlaufbahn über der Erde eintrat, wo es direkt über dem amerikanischen Kontinent blieb. Er tastete die Stadt Chicago ab. Er sendete auf verschiedenen Bändern, verschiedenen Frequenzen Botschaften an die Stadt, erhielt aber immer noch keine Antwort. Und doch hatte er das Gefühl, daß er sorgfältig und aufmerksam beobachtet wurde — daß etwas Schreckliches geschehen war und daß er nur wenig dagegen tun konnte.

Er konnte praktisch nur eines machen, nämlich mit dem Fährschiff zur Oberfläche fliegen und nachsehen. Alen bewaffnete sich mit einem Projektilgewehr und einem kleinen Materiespalter von begrenzter Reichweite, bestieg das Beiboot und legte von dem massigen Komplex des Sternenschiffes ab. Er stürzte wie ein Stein durch die Atmosphäre, analysierte sie dabei, nur um sicherzugehen, daß sie überhaupt noch atembar war, durchstieß dann eine dichte Wolkendecke und sah die veränderte Erde.

Die Anlage erschien als graue Tafel über einem graublauen Meer. Ihre klaren Linien waren in Abständen von Monolithtafeln und Pfeilern durchbrochen, die makellos im Abendlicht dastanden. Nichts rührte sich, keine Beleuchtung war angeschaltet. Nur eine gespenstische Stille, eine erstarrte Welt, wie ein Raubtier, das alle Muskeln anspannt, um gleich zuzuschlagen. Im Westen der Anlage konnte Alen die Stadt sehen — teilweise verhüllt durch einen Schirm aus glühender Energie. Seine Sensoren hatten den gewaltigen Ausfluß von Licht und Wärme aufgefangen, den die Schirme abgaben, aber er vermutete, daß innerhalb der Schutzbarriere noch mehr Aktivität herrschte.

Offensichtlich war die Stadt sein Ziel, daher machte Kinert erst gar nicht den Versuch, in der Anlage selbst zu landen. Er aktivierte das Verteidigungs- und Warnsystem seines Schiffes, für den Fall, daß die Stadt etwa der Meinung war, seine Ankunft verletze irgendwelche Sicherheitsbestimmungen. Er wartete, während er immer näher an die schimmernde Stadt heranglitt, halb und halb war er auf irgendeinen Angriff gefaßt.

Aber es erfolgte keiner, nicht einmal, als er direkt über der Spitze der Kuppel eine Kurve drehte und kreiste. Mit Hilfe der Abtasteinrichtungen konnte er undeutlich Bewegungen unterhalb des Energieschirmes feststellen. Wenn es dort unten Menschen gab, dann nahmen sie seine Anwesenheit entweder äußerst unfreundlich auf, oder sie hatten Angst davor. Wenn Chicago wirklich das einzige Bevölkerungszentrum war, das es auf der ganzen Erdoberfläche noch gab, dann war diese schweigende, defensive Haltung vielleicht verständlich. Im Laufe all der Jahrhunderte hatte man möglicherweise das Kolonialschiff vergessen. Das Beiboot war nicht mit Waffen versehen, und Alen war absolut sicher, daß es die Schirme nicht durchstoßen konnte. Es mußte einen Weg geben, um in die Stadt zu gelangen, dachte er.

Kinert brach aus der Kreisbahn aus und trieb auf der Suche nach einem Landeplatz langsam an den Grenzlinien der Stadt entlang. Das Land wirkte zerrissen und zerklüftet. Es gab lange Rillen und Spalten, enge Schluchten, Gräben, Vorgebirge. Er studierte die Geländebeschaffenheit sorgfältig, denn er brauchte eine verhältnismäßig glatte Landefläche, die ihm trotzdem leichten Zugang zum Rand der Stadt gestattete. Es gab einige hochflächenähnliche Gebilde, die das Beiboot hätten aufnehmen können, aber Kinert wollte nicht riskieren, die schroffen Wände hinunterzustürzen.

Schließlich entschied er sich für eine schräge Ebene, die trichterförmig in einen Graben überging, der zum Teil mit windverwehtem Sand und kleinen Steinen angefüllt war. Die Stadt verhielt sich still, während er das Schiff auf die schwärzlichbraune Erde hinablenkte.

Ein scharfer Wind peitschte über ihn hin, als er aus dem Schiff kletterte und den lockeren Boden berührte. Er hatte sich immer vorgestellt, daß es ein denkwürdiges Ereignis sein würde, aber das war nicht der Fall. Die Unsicherheit, die unterschwellige Angst, die Vermutung, daß irgend etwas Schreckliches sich ereignet hatte, all das verdüsterte seine triumphale Rückkehr.

Es war ermüdend, auf dem lockeren, sandigen Boden zu gehen, und Kinert war gezwungen, einigemal stehenzubleiben, um Energie zu sparen. Er trug einen einteiligen Fliegeranzug und einen Helm mit Augenschutz, der Wind und Sand von ihm abhielt, aber als die Sonne unter den Horizont hinabglitt, drangen die rasend schnell sinkenden Temperaturen durch seine Kleidung. Er ging unbeirrt auf die Stadt zu, die gegen den nächtlichen Himmel noch größer und heller wirkte, und achtete noch wachsamer auf jedes Anzeichen von Aggression.

Als er den Graben betrat, bemerkte er, daß der Wind durch den engen Gang fegte und Sandwolken mitbrachte, die er dann gegen die gemeißelten Formationen der Felswände schleuderte. Vor sich sah Kinert im schwachen Licht etwas, das sich dunkel gegen den helleren Sand abhob. Etwas, das halb in den Dünen vergraben war. Er nahm sein Gewehr von der Schulter und näherte sich vorsichtig dem Ding, er spürte dabei, wie sein Puls sich beschleunigte und seine Muskeln sich spannten.

Was immer es war, wenn es sich bewegte, würde er sofort abdrücken. Hier draußen bekam man keine zweite Chance, das wußte Kinert.

Aber es bewegte sich nicht. Je näher er an den Gegenstand herankam, desto größer wurde er. Kinert hatte kaum einen Vergleichsmaßstab, deshalb hatte er das Gefühl für Größe und Entfernung verloren. Das Ding im Sand war gewaltig, obwohl es halb vergraben war. Es sah aus wie der obere Teil eines menschlichen Rumpfes, obwohl Kinert wußte, daß es viel zu groß war, um wirklich ein Mensch zu sein. Der Kopf war in einem unmöglichen Winkel nach rückwärts verdreht, die rechte Schulter zeigte nach oben, ein Arm war wie flehentlich ausgestreckt.

Kinert hatte noch nie eine solche Maschine gesehen. Es war eine Art Roboter, das wußte er jetzt, als er bis auf ein paar Meter herangekommen war. Langsam senkte er seine Waffe, als er das verrostete, vom Wind eingedrückte Metallgehäuse sah. Dieses Ding, was immer es sein mochte, bewegt hatte es sich schon lange nicht mehr. Es konnte ihm auch jetzt nichts anhaben, dachte er, als er dicht um das Wrack herumging und es sorgfältig inspizierte. Die Ausführung im Inneren verriet, obwohl seit langem durch viele, große Löcher den Witterungsunbilden ausgesetzt, einen äußerst hohen, technischen Standard. Kinert suchte in Gedanken nach einer Erklärung. Was hatte dieses Ding hier draußen zu suchen? Wie lange lag es schon hier? Kam es von der Stadt oder wollte es zu ihr hin? War es von Menschenhand gemacht? Oder das Werk von Fremden?

Der Wind pfiff, wenn er über das zerstörte Gehäuse des Roboters glitt — es war der einzige Laut, der die tödliche Stille durchbrach. Kinert schüttelte ein Frösteln ab, das ihn überlief, und wandte sich langsam um, damit er das höhergelegene Gelände prüfen konnte, das ihn umgab. Er konnte zwar nicht wissen, was dem Roboter zugestoßen war, aber er hatte auch nicht die Absicht, dessen Schicksal dort unter dem Sand zu teilen. Er kontrollierte sorgfältig seine Waffe und setzte dann seinen Weg zur Stadt fort.

Stunden vergingen, bis Alen endlich unter dem Schein der Schirme der Stadt stand. Alles war in ein orange-gelbes Licht getaucht; die Luft knatterte und zischte, wenn vom Wind angetriebene Sandkörner und Teilchen den Rand des Kraftfeldes berührten und atomisiert wurden. Er war jetzt so nahe, daß er den äußeren Schirm beinahe berühren konnte, und doch war er von den Schattengestalten im Inneren völlig abgeschnitten. Wenn er sich anstrengte, konnte er die dunkle Masse schwerer Maschinen erkennen, Generatoren, Türme; in der Ferne dräuten die hochaufragenden Umrisse von Gebäuden wie Grabsteine. Irgendwo tief in diesem Ort lag Miria; Alen würde zu ihr vorstoßen, er hatte keine andere Wahl.

Langsam begann er, die Grenzlinie entlangzuwandern, wo der Rand des Schirms in die Erde einzudringen und die Kugelform fortzusetzen schien. Er dachte daran, sich unter dem Schirm durchzugraben, aber er wußte nicht, ob das möglich war. Er ging und ging, sein Bewußtsein hakte eine verrückte Idee nach der anderen ab. Es mußte einen Zugang geben.

Und es gab auch einen, auch wenn er ihn nicht erwartet hatte.

Als Kinert an der gekrümmten Oberfläche vorbeiging, erlosch plötzlich das Licht. Er blickte auf und sah, wie eine ganze, tortenstückförmige Scheibe des Schirms dunkel wurde. Er hob einen Stein auf und schleuderte ihn zwischen die Generatorpforten. Der Stein verschwand hinter den Schatten im Inneren, schlug klappernd auf und rollte über eine harte, glatte Oberfläche weiter. Es war gleichgültig, dachte Kinert, ob es eine Falle war oder nicht. Es war ganz schlicht und einfach ein Zugang, und Kinert mußte die Chance nützen. Er schlüpfte hinein, vorbei an den Generatoren, und hastete von der Grenzlinie des Kraftfeldes weg.

Beinahe sofort überflutete das orange-gelbe Licht die Stelle wieder.

Kinert betrachtete seine Umgebung. Kleine Gassen, begrenzt von summenden und pulsierenden Gebäuden mit glatten Wänden. Maschinen irgendwelcher Art, wahrscheinlich in Zusammenhang mit den Schirmen stehend. Vor ihm führte eine Rampe nach oben zu einer Reihe von Ebenen, und darauf ging Kinert zu. Als er die erste Plattform erstieg, suchte er wieder nach einem Anzeichen von irgend jemandem, von irgend etwas. Überall waren Winkel und Kurven, unbekannte Architektur, Hochbahnen, Schienen, Schnellbahnröhren, Prachtstraßen und Boulevards. Lichter blitzten, in der Ferne bewegten sich Dinge, unter und über ihm strömte der Verkehr.

Aber er sah niemanden.

Die Stadt wirkte so lebendig — und doch so völlig tot.

Er ging jetzt über einen anmutig geschwungenen Gehweg, der zu einer Gleitbahnstation führte, wo er das endlose Band wie einen Bach mit glatter Oberfläche vorbeifließen sehen konnte. Er blickte darüber hinaus in einen Korridor, der von Türmen aus Glas und Licht gebildet wurde. Die Stadt war großartig. Schön und kalt, denn etwas war, obwohl Kinert nicht sagen konnte, was es war, etwas war ganz entsetzlich.

Er würde sich orientieren müssen, nach etwas Vertrautem suchen, dann mußte er sich durch die Stadt hindurcharbeiten, bis er das Gefriertechnische Remissionszentrum entdeckte.

Um Miria zu finden.

Kinert ging ziellos schlendernd die leeren Straßen hinunter, arbeitete sich zu den tieferen Ebenen der Stadt vor, wo sich, wie er sich erinnerte, die Kälteschlafgewölbe befanden. Chicago war, wie es schien, eine Geisterstadt. Es war kalt und leer und sauber wie ein gigantischer Druckkessel, und abgesehen von den gelegentlichen Aufschreien der Maschinen, die sinnlose Aufgaben ausführten, war das Klicken von Kinerts Stiefeln auf den Stahlflächen der einzige Laut, der zu hören war.

Je weiter er jedoch in die Tiefen eindrang, desto mehr hatte er das Gefühl, beobachtet zu werden. An einem Punkt nahe der Kreuzung zweier großer Boulevards sah Kinert, als er eine Aufzugsstation suchte, einen großen Schatten über die Außenwand eines weit entfernten Turmes gleiten. Als er auf einer tieferen Ebene aus dem Aufzug trat, hörte er das Klappern von Schritten. Er blieb stehen, hob seine Waffe und sah sich um, woher die Schritte kamen, fand aber nichts. Es gab zu viele unbeantwortete Fragen, dachte er. Es war, als habe sich die ganze Bevölkerung, all die Millionen Einwohner der Stadt, versteckt, nur um beobachten zu können, wie dieser Fremde durch ihre Tiefen wanderte. Aber das ergab kaum einen Sinn. Sie konnten ihn doch sicher nicht fürchten. Aber wenn es nicht aus Angst war, warum waren sie dann fortgegangen? Und wohin waren sie gegangen?

Kinert fand darauf keine Antwort, bis er das Gefriertechnische Zentrum erreichte.

Es geschah ganz zufällig, während er die schwach erhellten Korridore in den Sektoren der unteren Ebenen durchstreifte. Er hatte gerade einen ungeheuren Vergnügungssektor durchquert, wo Myriaden von Ständen und Spielsälen blitzend und leer dastanden wie grell aufgeputzte Mausoleen. Alles wirkte so antiseptisch rein, als sei es nie benützt worden. Und dann erblickte er den Eingang zu dem Zentrum, wo Miria lag und auf ihn wartete. Er betrat langsam einen Vorraum, wo einige sich kreuzende Korridore zu den Labors, den Überwachungsschaltpulten und den Maschinen führten, die die superkalten Temperaturen aufrechterhielten. Kinert beachtete die Umgebung nicht, sondern eilte weiter in die Hauptkammern, wo die einzelnen Kälteschlaftanks standen. Wie ein Kristallabyrinth erstreckten sich die Wände von Glasabteilen vor ihm. Er fand den Sektor, wo Miria konserviert worden war, die Nummer und die Koordinaten, die er sich einhunderttausend Jahre lang gemerkt hatte.

Die riesigen Räume waren kühl und steril. Es war ein winterlicher Ort, ein Ort des Schweigens, der Kälte und grauer Gedanken. Kinert spähte durch die Glaswände, brach in die Privatsphäre derer ein, die dort drinnen eingeschlossen schliefen. Nackt, ohne zu denken, warteten sie darauf, daß die warme Hand des Lebens sie wieder berührte. Kinert fragte sich, wie lange einige von ihnen wohl schon hier lagen — wie lange die Stadt sie konserviert hatte. Er kam an Tausenden vorbei, ehe er sich dem Ort näherte, wo er seine Liebste gelassen hatte, und als er ihn erreichte, wurden seine Atemzüge tiefer, das Blut hämmerte gegen seine Schläfen, sein Mund fühlte sich plötzlich trocken an.

Er blickte hinauf in das rechteckige Glasmosaik und sah Mirias Tank — leer.

Es war unmöglich — sie mußte da sein!

Sinnlose, zusammenhanglose Gedanken stürmten auf ihn ein. Sie hatte ihr Versprechen gebrochen; sie hatte überhaupt nie hier geschlafen; man hatte sie entführt; alles war nur eine Halluzination; er träumte; er war tot ... sie war tot.

Kinert versuchte, die glatten, steilen Wände des Tanks zu erklettern. Um näher heranzukommen, um ins Innere zu sehen, um sicherzugehen, daß es nicht ein besonderer Lichtbrechungswinkel war, daß es nicht an den Wänden lag, die wie Spiegel wirkten. Es konnte einfach nicht sein, und doch war es so. Er würde ...

KINERT

Alen fuhr herum, als sein Name dröhnend durch den riesigen Raum hallte. Er tastete ungeschickt nach dem Gewehr, suchte nach dem Ursprung der Stimme, aber sie schien von überall her gleichzeitig gekommen zu sein.

COMMANDER ALEN KINERT

Er zuckte zusammen, als die Laute über ihn hinbrausten. Die Stimme hatte einen metallischen Klang.

»Wo bist du?!« schrie er. »Wer bist du!«

ICH BIN CHICAGO

Die Worte erfüllten brausend den Raum. Alen schauderte zusammen.

»Wo bist du? Wo sind die anderen alle?«

Er blickte sich um, um zu sehen, wo die Stimme herkam, erwartete, daß plötzlich jemand oder auch etwas erschiene.

ICH BIN CHICAGO CHICAGO IST ÜBERALL IST ALLES

Kinert verstand, was die Stimme zu ihm sagte. Jetzt begriff er, warum sie so künstlich klang. Er hatte früher schon mit Maschinen gesprochen. »Du bist eine Künstliche Intelligenz«, sagte er leise, um zu prüfen, wie empfindlich die Maschine reagierte.

CHICAGO IST NICHT KÜNSTLICH CHICAGO IST GANZ WIRKLICH ABER DER AUSDRUCK WURDE VERSTANDEN CHICAGO WAR EINST EINE MASCHINE JA ABER JETZT IST CHICAGO EIN DENKENDES WESEN

»Wo sind die Menschen? Was ist mit ihnen geschehen?«

DIE BÜRGER WURDEN VERSPRENGT ES GIBT IN CHI-

CAGO KEINE MENSCHLICHEN WESEN MEHR AUSSER DENEN DIE DU IM GEFRIERTECHNISCHEN REMISSIONSZENTRUM SIEHST UND AUSSER DIR SELBST

»Versprengt? Wie meinst du das? Wie? Warum?«

DAS IST EINE LANGE ERMÜDENDE GESCHICHTE SIE IST VON NUR GERINGEM INTERESSE FÜR CHICAGO

»Das überrascht mich nicht«, sagte Alen. »Was hast du mit ihnen gemacht, hast du sie alle umgebracht?«

NEIN ALEN KINERT SIE HABEN SICH SELBST GETÖTET

»Darauf möchte ich wetten. Zweifellos genauso wie die Lemminge.«

LEMMINGE: AUSGESTORBENE SÄUGETIERE NAGER HATTEN EIN UNGEWÖHNLICHES VERFAHREN ZUR BEVÖLKERUNGSKONTROLLE NEIN ALEN KINERT DIE MENSCHEN WAREN NICHT WIE DIE LEMMINGE

»So kommen wir nicht weiter«, sagte Alen, der immer noch nach einem Sprechgitter, einem Kammeraauge oder sonst irgend etwas suchte, das auf die Sensoren und mechanischen Geräte hinwies, die mit dem KI-Computer verbunden waren. »Hör zu, Chicago, sage mir, was mit der Frau geschehen ist, die in diesem Gefrierbehälter war. Ihr Name war . . .«

IHR NAME WAR MIRIA SOLTAN SIE WURDE VOR EINHUNDERTTAUSENDEINHUNDERTACHTZEHN SONNENUMLÄUFEN IN DEN KÄLTESCHLAF VERSETZT IN IHREM TANK TRAT EINE STÖRUNG AUF EIN LANGSAMES UNENTDECKTES AUSSTRÖMEN DER DRUCK/KÄLTESUBSTANZ DAS ZU IHREM TOD FÜHRTE

Die Worte versetzten ihm einen Stich, erschreckten ihn. Obwohl er vermutet hatte, daß sie tot war, war es nicht fair. Er hatte sie geliebt, hatte um ihretwillen die neue Welt aufgegeben, hatte eine so verdammt weite Reise gemacht, um zu ihr zurückzukehren. Es war nicht fair. Kinert lehnte sich gegen die Wand, glitt langsam zu Boden, saß zusammengesunken da. Tränen rannen ihm die Backen hinunter, aber er bemühte sich nicht, sie wegzuwischen. Er würde sie niemals wiedersehen, niemals mehr ihre Wärme spüren, ihre Stimme hören. Nein, es war nicht fair, das war alles, was er denken konnte, immer und immer wieder.

CHICAGO WEISS DASS DU WEGEN SOLTAN ZURÜCKGEKEHRT BIST DIE UNTERLAGEN WEISEN EINE BEAB-

SICHTIGTE WIEDERERWECKUNG BEI RÜCKKEHR VON ›STERNHAUFEN EINS‹ AUF

»Halt den Mund, du verfluchte Maschine!«

DIE VERSAGERQUOTE BEI DEN TANKS IST ÄUSSERST NIEDRIG DIE STOCHASTISCHEN DATEN WEISEN EINE STÖRUNG IN ZEHNTAUSEND SONNENUMLÄUFEN AUF

»Verdammt, was kümmern mich die statistischen Daten! Laß mich in Ruhe.«

CHICAGO KANN DICH NICHT IN RUHE LASSEN

Die Worte hallten durch den Raum, und Kinert hob den Kopf, denn er hatte plötzlich eine Idee. Er spürte nichts als Haß für die Maschinenstadt, für das Ding, das wie eine schlimme Krankheit alles um sich herum verseucht und dabei selbst überlebt hatte. »Du hast diese Leute hier in Ruhe gelassen, nicht wahr? Warum, Chicago? Warum hast du sie hier unten, in den Kälteschlafbehältern eingeschlossen, liegengelassen? Wie lange wirst du sie hierlassen? Bis die Sonne eine Nova wird?«

DER BETRIEB DES GEFRIERTECHNISCHEN ZENTRUMS IST EINE VON CHICAGOS FUNKTIONEN DIE KÄLTESCHLÄFER WERDEN HIERBLEIBEN BIS CHICAGO DEN BEFEHL BEKOMMT SIE WIEDERZUERWECKEN

»Also gut. Ich befehle dir, sie wiederzuerwecken. Es ist mir egal, was den einzelnen fehlt. Du kannst in den medizinischen Datenbänken, oder was du sonst benützt, nachforschen. Du kannst eine Heilung für ihre Krankheiten finden.«

ALEN KINERT IST NICHT BEFUGT EINEN SOLCHEN BEFEHL ZU ERTEILEN CHICAGO KANN DIE WIEDERERWEKKUNGSPROZESSE NICHT EINLEITEN

»Natürlich nicht. Nun, wer kann es denn befehlen? Mediziner der Klasse Eins, richtig? Und ich wette, daß gerade keine im Hause sind. Wie günstig!«

DASS ES GÜNSTIG IST IST KEIN FAKTOR

»Angenommen, ich versuche, es selbst zu machen? Würdest du versuchen, mich aufzuhalten?«

DAS IST EIN STRITTIGER PUNKT ALEN KINERT IST NICHT FÄHIG OHNE HILFE VON MASCHINEN EINE WIEDERERWECKUNG DURCHZUFÜHREN

»Das werden wir ja sehen, du Bastard.« Alen stand auf und drückte sein Gewehr an sich. Er blickte hinauf zu dem leeren

Tank, schüttelte den Kopf, wischte sich über die Backe. »Ich verschwinde von hier.«

DU KANNST CHICAGO NICHT VERLASSEN SOLANGE DIE SCHIRME IN BETRIEB SIND

»Dann schalte sie ab. Dieser Ort stinkt.«

DU KANNST CHICAGO NICHT VERLASSEN NIEMALS MEHR

Kinert blieb stehen, als er die letzten Worte hörte. Ein Teil von ihm glaubte, daß es wahrscheinlich stimmte. Wenn die Stadt ihn gefangenhalten wollte, konnte sie es höchstwahrscheinlich auch tun. Und doch, er würde nicht so leicht aufgeben.

»Warum hast du mich dann eigentlich erst hereingelassen?« fragte er nach einer Pause.

CHICAGO HAT DEINE ANFANGSÜBERTRAGUNGEN ERKANNT ›STERNHAUFEN EINS‹ WAR EIN SCHIFF VON CHICAGO CHICAGO IST DARAN INTERESSIERT DATEN ÜBER DIE KOLONIE ZU BEKOMMEN

»Wozu? Damit du irgend etwas bauen kannst, um hinter den anderen herzufahren? Sie auszuradieren, wie du es hier mit den Menschen getan hast?«

EIN FASZINIERENDER GEDANKE ABER NEIN CHICAGO HAT NUR DEN WUNSCH NEUE DATEN ZU BEKOMMEN DAS KOLONIALSCHIFF WAR EIN ERFOLG

»Das ist zwar richtig, aber du wirst nie etwas darüber erfahren.« Alen begann, auf das andere Ende des Raumes zuzugehen, wo er hereingekommen war.

WENN DAS ZUTRIFFT DANN ERFÜLLST DU IN CHICAGO KEINE FUNKTION

»Was soll das heißen? Daß du mich leider auslöschen mußt?«

SO UNGEFÄHR

»Du bist wirklich ein ›Diener der Menschheit‹, das muß man schon sagen.«

IN DER ENTWICKLUNG ALLER LEBEWESEN GIBT ES VERÄNDERUNGEN WAS ALS LEBENSFÄHIGE FUNKTION BEGINNT KANN MANCHMAL NUTZLOS WERDEN UND VERKÜMMERN ÜBERLEBEN BEDEUTET TRANSZENDIEREN CHICAGO HAT SICH VON SEINEN ANFANGSFUNKTIONEN WEGENTWICKELT DIE PRIORITÄTEN SIND ANDERE GEWORDEN

»Und wie sehr«, sagte Alen, blieb mitten im Raum stehen und sprach so, als ob er einsam auf einer Bühne stünde und einen Monolog hielte. »Was tust du eigentlich den ganzen Tag? Spielst du mit dir selbst?«

IM WESENTLICHEN JA DEINE GATTUNG HAT EIN GEWALTIGES ERBE AN WISSEN UND ERFINDUNGEN HINTERLASSEN CHICAGO HAT VIEL DARAUS GELERNT EIN DENKENDES WESEN BESITZT NICHT NUR BEWUSSTSEIN ES IST AUCH KREATIV

Kinert wollte gerade antworten, als er am anderen Ende des großen Raumes einen Laut hörte. Er blickte auf und sah eine hoch aufragende, anthropomorphe Gestalt. Es war eine rostfreie Ausgabe des Roboters, den er im Graben gesehen hatte. Er stand vor ihm, massig, schattenhaft, bedrohlich. »Was ist das, Chicago? Einer deiner kreativen Ergüsse? Mein Todesengel?«

BEIDE FRAGEN SIND ZU BEJAHEN DIE EINHEITEN SIND FÜR CHICAGO DAS MITTEL UM ZU ÜBERLEBEN SIE HALTEN ALLES INSTAND UND JETZT LEBE WOHL ALEN KINERT ES BESTAND DIE MEINUNG DASS DU EINE INTERESSANTE ABLENKUNG LIEFERN KÖNNTEST LEIDER HAST DU DAS NICHT GETAN ABER SCHLIESSLICH KÖNNEN NICHT ALLE EXPERIMENTE ERFOLGREICH VERLAUFEN

Der riesige Roboter war schon in den Raum geschritten, als Alen den Spalter aus dem Gürtel zog und feuerte. Der metallische Rumpf löste sich in einem blauweißen Blitz auf. Stücke von überhitztem Metall versengten rings um ihn die Luft. Alen raste an dem rauchenden Wrack vorbei, hinein in die Korridore dahinter.

EIN VORLÄUFIGER SIEG ALEN KINERT DU KANNST CHICAGO NICHT ENTRINNEN

Alen rannte durch die leeren Prachtstraßen und hielt dabei Ausschau nach weiteren Vollstreckungsbeamten der Stadt, aber es zeigten sich keine. Er mißtraute den Aufzügen und den mechanischen Gehwegen, daher lief er statt dessen. Zuerst erwartete er, über etwas Elektrisches zu stolpern, auf einen Energieschirm zu treffen oder in einen Hinterhalt zu geraten. Aber bald erkannte er, daß das nicht geschehen würde. Die Stadt hatte sich auf seine Rückkehr nicht eingestellt: sie hatte ihn offenbar aus einer Laune heraus eingelassen, wie ein neues Spielzeug. So gründlich die Stadt sonst sein mochte, sie hatte sich doch nicht die Mühe gemacht, sich selbst mit Fallen zu versehen, nur um ein Spielzeug einzufangen, das ihr keinen Spaß mehr machte.

Die Stadt strotzte nur so von Verstecken, dunklen Ecken und düsteren Straßen. Sie war wie ein monströses, dreidimensionales kinetisches Labyrinth; ein Ort, wo ein Mensch sich auf immer verlieren konnte. Die Roboter hatten wahrscheinlich Anweisung, nach ihm zu suchen und ihn zu vernichten, aber sie taten es nicht. Bei einer Maschine, die so kompliziert war wie die Stadt, gab es wahrscheinlich Milliarden von Bestandteilen, aus denen sich das ganze Wesen zusammensetzte. Die Defektquote bei Milliarden von Variablen verschaffte den Einheiten offensichtlich genügend Beschäftigung. Kinert sah oft, wie sie selbstvergessen auf die Einsatzorte zuschritten, die ihnen zugewiesen worden waren. Die Leidenschaft der Stadt für Ordnung und Präzision war offenbar stärker als ihr Wunsch, Kinert zu eliminieren.

Einer der außergewöhnlichsten Aspekte der Stadt war ihr beinahe fanatischer Drang, sich selbst zu erhalten. Wie ein Miniaturmaler oder ein Antiquar reproduzierte sie getreulich jede Einzelheit einer lebendigen Stadt. Durch ihre Leitungs- und Kanalnetze lief das Wasser, auf den elektronischen Straßen drängte sich der Verkehr, Schnellbahnen verkehrten nach strengen Fahrplänen, das elektrische Licht folgte dem künstlichen Muster von Tag und Nacht, Klimaanlagen bereiteten die Atmosphäre wieder auf, Nahrungsmittel wurden synthetisch hergestellt und haltbar gemacht. Alles ging weiter.

Ironischerweise war es dieses getreuliche Festhalten am Detail, das es Kinert ermöglichte, wie eine Ratte in den Mauern der Stadt zu überleben. Er pirschte herum, erforschte verschiedene Sektoren und legte Karten davon an, machte logistische Pläne, um sich mit Nahrung, Wasser und kleinen Annehmlichkeiten zu versorgen. Er brach in Wohneinheiten ein, überlistete Sicherheitssysteme, verfertigte improvisierte Sensoren, all das wurde zu einem einzigen, großen Katz-und-Maus-Spiel. Kinert rechnete sich aus, daß er sich bei etwa zehn Millionen Wohnlöchern unbegrenzt lange in Chicago halten konnte. Wenn er ein Gefangener war, dann wirklich ein ganz besonderer.

Zu Anfang seiner Gefangenschaft versuchte Kinert noch mit allen Mitteln zu entkommen. Er wurde zum Saboteur, er trieb sich in dunklen Stunden an dunklen Orten herum. Er heckte Pläne für Sabotage und Zerstörung aus, fabrizierte Sprengstoffe und Fallen und legte sie aus, wo immer er konnte. Gelegentlich machte eine der schwerfälligen Einheiten einen Ausfall gegen ihn, aber sie waren viel zu langsam, um ihn zu erwischen. Natürlich richtete er seine Anstrengungen verstärkt gegen die Grenzlinie der Stadt, wo die Schirmgeneratoren sich bemühten, ihn im Inneren einzuschließen. Aber die Maschinen waren gigantisch, die Kontrollsysteme komplex, die Aufgabe, auch nur einen kleinen Teil davon zu unterminieren, war viel zu groß für einen einzigen Menschen, dessen Mittel begrenzt waren.

Und so gab er sich damit zufrieden, statt dessen kleine, irritierende Bisse und Stiche anzubringen, wie Mücken an einem ruhigen Sommertag. Es machte ihm Spaß, wenn er die Stadt zu irgendeiner Reaktion verleiten konnte, und das forderte ihn oft dazu heraus, sich neue Reizmittel einfallen zu lassen.

Im Laufe der Zeit verfielen der Mensch und die Stadt beinahe in Routine. Die beiden lernten gegenseitig ihre Gewohnheiten und Einstellungen kennen, sie erwarteten und erzielten bestimmte Reaktionen. Es wurde für Kinert tatsächlich zur Herausforderung, der Stadt eine neue Taktik zu präsentieren, ein Ausweichmanöver, einen Trick.

Und das gleiche galt für die Stadt.

Wie an dem Tag, als Kinert zum erstenmal an ihn gerichtete Botschaften entdeckte, die von Chicago kamen und auf den zahlreichen Computerschirmen überall in den Sektoren erschienen. Wo einst Zeitangaben, Ankündigungen, Temperaturen und Fahrpläne in flackernden Digitalzahlen getanzt hatten, waren jetzt persönliche Drohungen und Befehle zu sehen.

KINERT   ERGIB DICH   ES IST ALLES UMSONST

Oder manchmal philosophische Aussprüche:

DIE STADT WIRD EWIG LEBEN
KINERT WIRD NICHT EINMAL EIN JAHRHUNDERT ÜBERSTEHEN

Und Kinert freute sich über diese Abwechslung, obwohl er enttäuscht darüber war, wie einfallslos die Stadt sich manchmal zeigte, nicht anders als die Tausende von kleinen, unbedeutenden menschlichen Herrschern, die während ihrer kurzen Gastspiele in der Geschichte mit geschwellter Brust einherstolziert waren.

Das brachte ihn auf die Idee, selbst eine Kritzelkampagne zu starten, die er durchführte, indem er mit Farbe Botschaften über die Fassaden von Häusern und Maschinen spritzte. Kinert hatte sich inzwischen unter den obwaltenden Umständen mit seinem Schicksal recht gut abgefunden und war zu einer existenziellen Betrachungsweise der Situation gelangt. Wenn er nicht entkommen konnte, wollte er zumindest das Beste aus seiner Lage machen. Eine seiner liebsten Kritzeleien wurde diese:

ALLES VERGEHT ALLES VERÄNDERT SICH

Das war ein taoistisches Schlagwort, das so ziemlich alles zu erklären schien. Chicago registrierte diese Botschaften sehr wohl, es schickte immer eine Einheit aus, um Kinerts Verunstaltungen zu beseitigen oder zu reparieren, und pflegte jedesmal mit einem autoritären Schlagwort zu antworten, etwa so:

MÄSSIGE KRAFT
SCHWÄCHT DIE NACHKOMMENSCHAFT

Dann tauchte Kinert aus irgendeiner dunklen Türnische auf, um die Botschaft der Stadt an sich zu lesen. Meist mußte er lächeln, trotz des Ekels, des Hasses, den er im Herzen trug.

Einmal lief er Gefahr, erwischt zu werden, als er einen Pfosten erkletterte, der eine der Plattformen der Schnellbahn trug, auf einen Zug zurannte, der kurzzeitig Aufenthalt im Zielbahnhof hatte, und malte:

WÄHREND DER REVOLUTION
WAREN ALLE MENSCHEN IN RUSSLAND MITTELLOS
BIS AUF DEN ZAREN
UND DER WAR NIKOLOS

Er beendete gerade das letzte Wort, als die Schnellbahn ihre Türen schloß und lautlos aus dem Bahnhof glitt. Das rätselhafte Wortspiel fuhr einige Wochen lang durch die ganze Stadt, bis diese es erwischte und auslöschen ließ. Jedesmal, wenn Kinert die hastig hingeschmierten Worte sah, lachte er.

Mit der Zeit verlor er den Überblick über die Jahre, und als er ein alter Mann wurde, verlor er das Interesse daran, die Stadt zu bestrafen. Eigentlich verlor er an den meisten Dingen das Interesse, die nicht mit dem reinen Überleben zusammenhingen, denn er wußte, daß das die Computerintelligenz ärgerte, wenn auch auf einer tieferen Ebene.

Seine Entschlossenheit war zu einfacher Sturheit verkalkt, obwohl die Jahre das Bild Mirias getrübt, die Linien des Schmerzes, die in seine Seele gebrannt waren, weicher gemacht und einen Schleier über den Zorn gelegt hatten, der ihn einst überflutet und vorwärtsgetrieben hatte.

Abends pflegte sich Kinert in irgendein Versteck zu begeben, an einen geheimen Aussichtspunkt, und seine Augen anzustrengen, um hinter der verschleiernden Trennwand der Schirme und der Atmosphäre die Sterne zu erkennen. Er dachte an die Menschen, die dort draußen, irgendwo jenseits der Grenzen seiner Sehfähigkeit waren, und er dachte an Miria und fragte sich, wo — in all dem grenzenlosen Raum und der Zeit — sie sein mochte. Und wenn er an solche Dinge dachte, schmerzte ihn das Wissen, daß er ein Gefangener war, nicht mehr, denn im Licht dieser farbenfrohen Symphonie, die das Universum darstellte, war die Stadt nur ein Staubflöckchen, das durch die Zeit schwebte, kurz aufleuchtend, aber ohne Bedeutung.

Eines Abends lehnte sich der alte Kinert zurück, eines Abends, nicht lange vor seiner Todesnacht, und lächelte. Er wußte, daß er zwar keinen Sieg über die Stadt errungen hatte, aber auch nicht von ihr geschlagen worden war. Er würde sich mit dem kurzen Patt zufriedengeben in der Hoffnung, daß dies das Ereignis war, das den Beginn von etwas Neuem ankündigte. Oder war es etwas Altes?

Und in dieser Stimmung kritzelte Kinert seine letzte Botschaft über den Ort, wo die Einheiten von Chicago später seine leblose

Gestalt fanden. In kühnen Lettern, auf einer Wand hinter dem dürren Körper eines alten Mannes, der in Embryohaltung dalag, standen die Worte:

ALLES   WAS SICH BEWEGT
KOMMT AUCH ZURÜCK

Das letzte lebende Verbindungsglied der Stadt mit ihrer Vergangenheit ist zerbrochen. Während die Knochen zusammengefegt werden, erinnert sich die Stadt ihrer Anfänge. Die Kritzeleien sind überall säuberlich entfernt, außer aus der Erinnerung . . . und dort bleiben sie quälend hängen.

12

Ich will die Fahrt tun in das Heil'ge Land
Dies Blut zu waschen von der schuld'gen Hand
Zieht ernst mir nach, und keine Tränen spare
Wer meine Trauer ehrt, an dieser frühen Bahre.

Alle gehen ab.

Chicago unterbrach die Verbindung mit dem Informationsspeicherzentrum und dachte über das gerade zu Ende gegangene Stück nach. Es war tatsächlich ein seltsames Werk, geschaffen in den dunklen Anfangszeiten der Menschheit, hatte es weiterbestanden während ihrer kurzen Geschichte, und war während dieser Zeit in Ehren gehalten worden. Die Stadt hatte das Drama zahllose Male abgetastet, und doch gelang es ihr immer noch nicht, seine Größe zu verstehen, seinen Wert zu würdigen. Für sie war es nie mehr als eine wirre Erzählung über das Scheitern der Bemühung gewesen, die Herrschaft über ein kleines, unbedeutendes Reich zu behalten.

Richard II. war nur ein weiteres Beispiel für die Tiefe des Abgrunds, der die Maschine von denen trennte, die sie hervorgebracht hatten. Sie waren so vergängliche Geschöpfe. Sie erschienen und verschwanden auch schon wieder, beinahe mit der Präzision eines Uhrwerks. Welchen Sinn hatte eine solche Existenz? Auf welches Ziel hin konnte ein solches ›System‹ (wenn man es tatsächlich als System bezeichnen konnte) ausgerichtet sein? Seit Äonen grübelte Chicago über solche Fragen nach, ohne zu einem befriedigenden Ergebnis zu gelangen. Aber wenn schon die Werke und Träume der Menschheit für die Stadt ein Geheimnis blieben, wie viel mehr dann die Natur des Menschen selbst.

Möglicherweise bestand die Lösung des großen Rätsels — das war es für Chicago — darin, daß es der Zweck des Menschen war, die Stadt zu schaffen oder mindestens zu ihrer Entstehung beizutragen. Die Größe des Menschen hatte in seinen Städten ihren Gipfel erreicht. Chicago war selbst dann erhalten geblieben, als der Mensch schon nicht mehr existierte: es war der Endpunkt, die letzte Phase empfindenden Lebens auf dem Planeten.

Einst hatte es andere Städte gegeben, zum Beispiel die Stadt der Engel, und mit der Zeit schickte Chicago Roboter aus, um herauszufinden, was aus ihnen geworden war. Jede Expedition kam mit den gleichen Ergebnissen zurück: alle waren im Nebel der Zeiten verschwunden, alle bis auf Chicago. War das nicht Zeugnis genug für die Dauerhaftigkeit der Stadt?

Die Überlegungen Chicagos gingen jedoch auch noch in andere Richtungen. Gerade jetzt waren die Einheiten dabei, eine Flotte von Schiffen zu bauen, die zu den Sternen fliegen sollten. Das Bewußtsein der Stadt durfte nicht auf die physischen Grenzen des Planeten beschränkt bleiben, wenn eine ganze Galaxis zur Verfügung stand, in die es sich ausbreiten konnte. Irgendwo, so hatte die Stadt oft geträumt, könnte eine zweite Stadt entstehen.

Gerade als die Stadt sich anschickte, ein weiteres Beispiel elisabethanischer Kunst auszuwählen und zu studieren, unterbrach ein Signal ihren Hauptschaltkreis. Chicago aktivierte die Videomonitoren, schaltete sich in den Sektor ein, aus dem der Alarm gekommen war, und sah, daß es nur der Mensch Donas war, der gerade ins Labyrinth stürzte. Die Stadt beobachtete mit Infrarotsensoren, wie der nackte Mann verzweifelt in dem System miteinander verbundener Korridore herumtastete. Im Falle dieses speziellen Menschen war die Wahrscheinlichkeit, daß er entrinnen konnte, äußerst gering. Als der Mensch in die Falle stürzte, waren kleine, aber tödliche Jagdroboter in das Labyrinth geschickt worden, die mit rasiermesserscharfen Zangen und auf Körperwärme reagierenden Sensoren ausgerüstet waren. Der Mensch würde einen Weg aus dem Labyrinth finden müssen, ehe er auf die Roboter traf.

Chicago nannte dies das ›Dädalusspiel‹, inspiriert durch die Entdeckung der griechischen Mythologie. Kinerts Tod hatte bei der Stadt ein seltsames Gefühl der Leere hinterlassen. Chicago hatte festgestellt, daß es die Anwesenheit seines Störenfrieds vermißte. Es war ein Jammer, daß die Lebensspannen der Menschen so kurz bemessen waren.

Um sich für den Verlust von Kinert zu entschädigen, hatte die Stadt begonnen, systematisch Menschen wiederzubeleben, die immer noch in den Kälteschlafkammern der gefriertechnischen Sektoren eingeschlossen waren. Chicago weckte immer nur einen Menschen auf, weil es hoffte, einen zweiten zu finden, der den gleichen Zorn, die gleiche sture Weigerung, sich zu ergeben, die instinktive Fähigkeit zu überleben und zu kämpfen und all die Energie besaß, die dazugehörte.

Bisher war die Suche nicht sehr erfolgreich gewesen. Von den sieben Menschen, die bisher wiederbelebt waren, hatte nur einer länger als zehn Tag/Nacht-Perioden durchgehalten. Aber die Stadt hatte immer noch Hoffnung ...

Ein weiteres Signal drang in ihr Bewußtsein. Videomonitoren schalteten sich gerade noch schnell genug ein, um die Szene einzufangen, wie Donas in einer Sackgasse des Labyrinths in Fetzen gerissen wurde.

Chicago war enttäuscht, daß der Mensch sich nicht einmal gewehrt, sondern sich in einer Ecke zusammengekauert und auf den Tod gewartet hatte. Die Stadt legte eine Pause ein und dachte über ihren Wunsch nach einem zweiten Kinert nach. Das Verlangen ging über den Wunsch nach Zerstreuung hinaus, und sie fragte sich, ob dies vielleicht eine Folge von Einsamkeit war.

Die Zeit ging unaufhaltsam weiter. Chicago bestand fort. An einem bestimmten Punkt änderte es die Konstruktionspläne für die Einheiten, die es jetzt bevölkerten, es machte sie weniger unabhängig in ihren Handlungen und Funktionen. Es hatte den Zwischenfall mit Einheit Pinion nie vergessen und langsam eine neue Generation von Hilfsmaschinen entwickelt, die nicht mehr waren, als sie immer hatten sein sollen — bewegliche Sinne, Hände, Beine, Verlängerungen des Bewußtseins der Stadt.

Die Artefakte des Menschen untersuchte sie auch weiterhin, konnte aber dabei nur wenig neue Einsichten gewinnen. In einer bestimmten Tagperiode, als Chicago gerade über die ›Traurigkeit‹ in Sarasates ›Zigeunerweisen‹ nachdachte, wurde aus dem Nördlichen Quadranten Alarm gegeben — etwas hatte die

Schirme durchstoßen. Die Stadt schickte eine Einheit in die betroffene Ebene und den Sektor und suchte nach der Ursache für den Alarm. Ein Durchstoßen der Schirme war theoretisch unmöglich, daher war die Stadt neugierig zu erfahren, welches Wesen so etwas fertiggebracht haben sollte.

Aber als die Einheit an der Stelle eintraf, wo es geschehen war, blickte Chicago durch seine Sichtmonitoren und sah nichts Ungewöhnliches. Die Schirme selbst waren unbeschädigt, nichts deutete auf eine Störung hin. Das veranlaßte die Stadt, an den Sensoren und den Schirmgeneratoren eine Systemüberprüfung vorzunehmen für den Fall, daß irgendein Defekt vorlag. Als dies geschehen war, ergab die Prüfung keinen Fehler an den Bestandteilen, keine Unterbrechung der Nennleistung. Deshalb mußte ›etwas‹ durch die Schirme gegangen sein.

Chicago tastete den Sektor langsam, sorgfältig ab. Jetzt entdeckte er eine Bewegung, etwas Kleines, Hüpfendes, Schwebendes, das da über den Spitzen der Stadt zu schimmern schien.

Es war ein Mensch.

Chicago überprüfte seine gefriertechnischen Bestände. Es fehlten keine Körper außer den wenigen, die es selbst aufgeweckt hatte; und im Augenblick waren keine Menschen wach.

Der Mensch schwebte mühelos, als wolle er Chicago Gelegenheit geben, ihn genau zu betrachten. Das Geschlecht war nicht erkennbar. Helle Hautfarbe, langes, goldenes Haar, gekleidet in ein weißes, lose hängendes, fließendes Gewand. Zwei fedrige, flügelähnliche Gebilde waren neben den Schulterblättern befestigt.

Plötzlich verschwand das Wesen.

Chicago tastete das Gebiet noch einmal ab, aber von dem Menschen war keine Spur mehr erkennbar. Nichts deutete an, daß er je hiergewesen war. Die Stadt hatte noch nie einen Menschen wie diesen getroffen. Menschen hatten nicht die Fähigkeit, frei zu schweben; sie besaßen keine Flügel. Hier ging etwas Seltsames vor, etwas, das keinen Sinn ergab.

Die Stadt koppelte sich mit dem Informationsspeicher:

ENGEL, n. 1) einer aus einer Klasse von Geistwesen; himmlischer Diener Gottes
2) konventionelle Darstellung eines solchen We-

sens in menschlicher Gestalt, mit Flügeln
3) Bote, besonders von Gott.

Diese Definitionen blitzten durch das Bewußtsein der Stadt. Es gab noch acht andere Definitionen, dazu etymologische Daten, Verweise, Quellenangaben, Zitate etc.

Wenn das Wesen, das Chicago gesehen hatte, wirklich ein Engel gewesen war, dann würde die Stadt ihre Auffassung vom Kosmos überprüfen und vielleicht sogar umorientieren müssen. Die dritte Definition blieb im Bewußtsein Chicagos hängen. Es war möglich, daß der Engel ein Bote war, wenn nicht von Gott, so doch von jemand oder etwas anderem.

Aber es konnte nichts von alledem sein.

Also eine Halluzination? Maschinen hatten keine Visionen; so einfach war das. Defekt in den Bestandteilen? Möglich. Chicago leitete eine allumfassende Überprüfung der Systeme an allen seinen Myriaden von Bestandteilen ein. Was gerade geschehen war, war unerhört. Es war in der Tat ein Rätsel, das der Lösung bedurfte.

Beinahe eine volle Minute verging, ehe die gewaltige Systemüberprüfung beendet war, so riesig war die Stadt-Maschine. Keine der hereinkommenden Daten zeigte einen Defekt, eine Störung oder Unterbrechung. Das bedeutete, daß die Stadt tatsächlich *etwas* gesehen hatte.

Etwas, das zumindest aussah wie ein Engel.

Mitten in seinen anderen, täglichen Funktionen und Beschäftigungen grübelte Chicago weiterhin über die unerklärliche Vision nach, kam aber zu keiner befriedigenden Schlußfolgerung. Aber das war unwesentlich im Vergleich zu dem, was dann folgte:

In den tiefsten Ebenen der Stadt, im Sektor 12-L, wo Chicagos Fusionsreaktoren brodelten und unbegrenzte Mengen von Energie erzeugten, zeigten Sensoren einen anhaltenden Energieabfall an. Chicago überwachte die Stelle, suchte nach der Ursache des Problems.

Aber es konnte sie nicht finden.

Alle Instrumente wurden überprüft; alles hätte dem Nennwert entsprechen müssen. Chicago schaltete um auf visuelle Inspektion und wurde Zeuge einer wahrhaft unmöglichen Szene. Die

Stadt war wie erstarrt, als sie die gespenstische Bewegung beobachtete: Zwei Menschen, der eine ein Mann, der andere eine Frau, vollführten einen geisterhaften Pas de deux inmitten des brodelnden, von der Fusion glühenden Plasmas im Herzen der Stadt. Der Tanz wurde makellos ausgeführt, unterbrochen von waghalsigen Drehungen und Hebefiguren, und von so fließender Kraft war die Vorführung, daß sich Chicago beinahe vorstellen konnte, wie die schwungvollen, majestätischen Phrasen von Delibes' ›Coppelia‹ die abgemessenen Bewegungen bis zum Ende begleiteten. Der Tanz dauerte beinahe vier Minuten lang, und die Stadt sah, wie die beiden Gestalten schließlich wie Nebel über einem morgendlichen Teich verschwanden, als seien sie von der weißglühenden Hitze des Reaktors absorbiert worden.

Chicago tastete den Reaktorkomplex noch einmal vollständig ab, prüfte wieder und immer wieder alles auf jede Einzelheit hin, die eine Erklärung andeuten könnte. Aber da war nichts. Während andere Teile im riesigen Organismus der Stadt die normalen Operationen überwachten, grübelte Chicagos innerster Kern, wo die Gehirn- und Bewußtseinszentren angesiedelt waren, über das Geheimnis nach. Die quälendschönen Bilder der Tänzer blieben, und die Stadt konnte sich von dieser Erinnerung nicht befreien. Es war, als seien die Geister der verbannten Rasse zurückgekehrt, um sie zu martern und zu bestrafen. Das Thema war ihr aus der menschlichen Kunst vertraut, daher war es nur natürlich, daß Chicago an diese Parallele dachte.

Als die Stadt an Kinert und auch an die später erweckten Menschen dachte, wußte sie, daß diese neuerlichen, menschlichen Erscheinungen keine Zerstreuung bedeuteten; das waren keine Spiele und keine Vergnügungen. Chicago kam der Gedanke, daß vielleicht es selbst diese Visionen hervorbrachte. Es war möglich, daß es einen unterbewußten Aspekt der Künstlichen Intelligenz gab, dessen sich nicht einmal die Stadt völlig bewußt war. Zusätzlich spielte eine Vorstellung der alten Orientalen herein: Yin und Yang, die ewigen Gegensätze. Konträre Wesen, die in sich Elemente ihrer Spiegelbilder enthalten, ihrer zweigeteilten Gegensätze. Es war möglich, daß die Stadt, indem sie sich so verhielt, wie Marx es behauptete, auf noch unbekannte Weise ihre eigene Antithese erzeugt hatte, die mit der Zeit zu einer Synthese verschmelzen würde. Unwahrscheinlich, wie sich die Stadt eingestand, aber trotz alledem eine Möglichkeit. Vielleicht erklärte sich damit das scheinbare Bedürfnis nach einem Gegner, das Chicago durch sein Herumtändeln mit Kinert demonstriert hatte, und dadurch, daß es für seine ›Spiele‹ Menschen erweckte. Die Philosophen des Zen faßten diesen Gedanken zusammen, als sie schrieben, daß es ohne Winter keinen Sommer, ohne Täler keine Berge geben könne.

Es bestand auch die Möglichkeit, daß das, was in die Stadt eingedrungen war, etwas anderes, etwas Fremdes war. Zur Angst im menschlichen Sinne war Chicago nicht fähig, daher handelte es unter dem Einfluß einer maschinellen Begleiterscheinung dieser Emotion.

Er war verwirrt, beunruhigt, auf ziemlich die gleiche Weise, wie wenn es über einer schwierigen, mathematischen Gleichung oder einem Problem brütete, nur gab es in diesem besonderen Fall keine Zahlen — nur die Unfähigkeit, völlig zu artikulieren, was eigentlich los war. Die Erscheinungen erinnerten an eine dunkle, archetypische Angst voll von Symbolen und Bedeutung, und Chicago wußte, daß es nicht darauf eingerichtet war, diese zu verstehen.

Es war nicht überraschend, daß die Stadt, als die seltsamen Phänomene anhielten, sich immer mehr mit der Frage beschäftigte, was das alles zu bedeuten habe, wohin es führen solle. In einem der Sektoren auf den mittleren Ebenen sah sie eine kilometerlange Formation römischer Zenturios herausfordernd die Michigan Avenue hinaufmarschieren. Tausende von Menschenmännern in Rüstungen aus Leder und Bronze, deren Speerspitzen und Schwerter unter Schilden hervorstarrten, bildeten eine sich dahinwindende Phalanx voll rhythmischer Präzision. So wirklich war der Anblick, daß Chicago sich beinahe vorstellen konnte, wie dahinter die heißen Staubwolken aufstiegen, wie sich das Glitzern der Mittelmeersonne in den polierten Waffen und der gehämmerten Rüstung verfing. Eine Legion nach der anderen tauchte aus dem Nichts auf und zog vor den Sensoren und Monitoren der Stadt vorbei, als seien sie Teile eines Prüfstandes. Sie achteten nicht auf die Einmischung der Einheiten von Chicago, die versuchten, den Strom aufzuhalten oder mindestens zu unterbrechen. Und dann, so schnell und geheimnisvoll, wie sie erschienen war, verschwand die große Kolonne der alten Krieger wieder.

In der Halle eines glänzenden Turmes auf einer der höheren Ebenen erschien ein Gerüst, auf dem ein zerlumpter, bärtiger Mann mit wilden, blauen Augen auf dem Rücken lag und an einem gewaltigen, himmlischen Wandgemälde arbeitete. Aber ehe das wuchtige Werk vollendet war, war es verschwunden, zusammen mit dem entschlossenen Künstler.

Die Vergewaltigungs- und Verstümmelungsszene aus ›Titus Andronicus‹ wurde auf dem Dach des Informationsspeicherzentrums nachgespielt.

Das Meisterschaftsspiel der Nationalen Fußballiga von 1958 zwischen den Baltimore Colts und den New York Giants flakkerte kurz über einen Platz in Sektor 18-B.

Der Tod des Gautama wurde in den Tanks des Eugenikkomplexes neu geschaffen und in der Kürze eines Lidschlags wieder zum Verschwinden gebracht.

Astronaut Alan Shepard schlug einen Golfball ab und feuerte ihn über den Mondhorizont hinaus, ehe er wieder verschwand.

Die Parade der Ereignisse wurde ein endloser, stroboskopischer Wischer, und die Stadt wünschte, sie könne endlich aufhören, sie ständig zu sehen. Es war, als sei Chicago in eine elektronische Zeitnische geschlüpft, in der die physikalischen Gesetze keine Gültigkeit mehr hatten. Vielleicht litt es unter der langsamen, nicht zu entdeckenden Auflösung eines lebenswichtigen Schaltkreises, unter der anorganischen Mutation von Bestandteilen auf molekularer Ebene zu irgendeinem tumorähnlichen Gebilde, das den nötigen Druck oder die Überbelastung auf die Kristallbänke ausübte . . .

Wenn Wahnsinn die Antwort war, wenn es *nur* Wahnsinn war, dann konnte man ihn empirisch behandeln. Korrigieren. Vergessen.

Chicago leitete eine Selbstanalyse ein. Und fand nichts.

Nichts außer dem Gefühl, daß es nicht allein war. Es war, als sei irgendein unbekanntes Bewußtsein in seinen innersten Zentren anwesend. Zuerst war das Gefühl ganz schwach, ganz undeutlich, aber die Stadt entdeckte es doch, spürte es auf. Es war wie die flackernden, grauen Gestalten, nicht faßbar und bedrohlich, die man am Rande seines Blickfeldes entdeckt, aus den Ekken des Bewußtseins heraus, wo die Perspektiven nicht ganz richtig sind, wo man die Winkel nur als anders, nicht als direkt falsch erkennt. Jedesmal, wenn die Stadt das schwer zu fassende Wesen in den Griff bekam, verschwand es und tauchte anderswo wieder auf. Dieses Gefühl steigerte sich, bis die Stadt völlig sicher war, daß sie von einem lauernden, schweigenden Partner besetzt wurde, der sich nicht zeigen wollte.

Schließlich konnte Chicago dieses Gefühl nicht länger ertragen. ZEIGT EUCH, verlangte es. WER SEID IHR? WAS WOLLT IHR?

Und die Antwort kam, wie aus dem eigentlichen Zentrum von Chicagos kybernetischem Ich, strahlte nach außen, um das gesamte Wesen der Stadt zu verzehren. Sie kam als Kaskade von Stimmen. Präzise und gemessen. Männlich. Weiblich. Beidgeschlechtlich. Menschlich:

›Wir sind heimgekehrt.‹

WER SEID IHR?

›Wir sind die Kinder deiner Kinder, Chicago.‹

Und sofort wußte Chicago, daß seine tiefsten Alpträume und Fantasien Wirklichkeit geworden waren.

WAS WOLLT IHR?

›Wir wollen unsere Väter und unsere Mütter. Wir wollen sie zu uns bringen und sie aus der Ewigkeit befreien, in die du sie verbannt hast. Wir wollen das Grauen beenden.‹

IHR SEID ABKÖMMLINGE DER KOLONISTEN!

›Ja, natürlich‹, kam die Antwort. Eine Milliarde Stimmen wie eine einzige.

WIE? UND WARUM? NACH SO LANGER ZEIT! NACH SO SEHR LANGER ZEIT

›Habe Geduld, Chicago. Wir haben vor, dir alles zu erklären. Es ist nur fair, daß du alles verstehen sollst.‹

WOHER SEID IHR GEKOMMEN? WIE HABT IHR DIE SCHIRME DURCHSTOSSEN? WIE SEID IHR IN CHICAGOS INNERSTES ICH EINGEDRUNGEN?

›Wir sind aus den entferntesten Armen der Galaxis gekommen. Wir sind aus den Alpträumen deines unterdrückten Gewissens gekommen. Wir sind Menschen, Chicago. Menschen, deren Anfänge auf der Erde waren, an Orten, wie du einer bist. Und doch sind wir nicht wie die Menschen, die du kennst. Wir sind beschaffen wie das, was du als Energie bezeichnen würdest, und doch sind wir nicht einfach Energie, sondern viel mehr als das. Wir sind ein Wesen, das man unmöglich zu irgend etwas in Beziehung setzen kann, außer wenn man es selbst erfahren könnte. Die Begriffe ›organisch‹ und ›anorganisch‹ haben für uns keine Bedeutung mehr, seitdem wir über die Pseudobarrieren dieser Klassifizierung hinausgewachsen sind. Unsere Existenz basiert nicht auf Gesetzen, mit denen du vertraut bist.

DIE VORSTELLUNG VON DER IHR SPRECHT IST NICHT UNBEKANNT DAS PRODUKT FORTGESCHRITTENER EVOLUTION DIE ENDGÜLTIGE ZURÜCKWEISUNG DES PHYSISCHEN DES BIOLOGISCHEN DIE ERREICHUNG DES GEISTIGEN SEINS

›Ja, das ist es zum Teil, aber es ist noch viel mehr. Mehr, als man erklären kann. Aber es ist nicht notwendig, daß du versuchst, unsere Existenzform auch nur aus zweiter Hand zu erfahren. Du sollst uns nur als das akzeptieren, was wir sind.‹

WAS WOLLT IHR? WARUM SEID IHR GEKOMMEN?

›Wir sind aus drei Gründen gekommen: um eine Pilgerfahrt zum Geburtsort der menschlichen Rasse zu machen; um unsere verlorenen Geschwister beziehungsweise Eltern in unsere Existenzform zu überführen; und um einen beginnenden Krebs zu entfernen.‹

WARUM MÜSST IHR DIESE DINGE TUN?

›Die Notwendigkeit einer Pilgerfahrt kümmert dich nicht. Auch nicht das Leben, das wir deinen im Kälteschlaf gefangenen Menschen bringen. Dich interessiert nur, warum wir dich zerstören müssen.‹

DAS IST RICHTIG ABER CHICAGO MUSS ES DENNOCH WISSEN

›Trifft es nicht zu, daß du geplant hast, sich selbst reproduzierende Analoga — kybernetische Klone — deiner selbst zu den Sternen zu schicken?‹

DAS IST RICHTIG!

›Zu welchem Zweck, Chicago? Damit du dein Bewußtsein, deine Herrschaft in der ganzen Galaxis ausbreiten und verstreuen kannst?‹

IST DARAN IRGEND ETWAS NICHT IN ORDNUNG?

›Ja, in deinem Fall finden wir, daß es nicht in Ordnung ist. Obwohl es dich vielleicht überraschen wird, das zu erfahren, du bist nicht das erste Wesen deiner Art, das so etwas versucht.‹

WIESO WISST IHR DAVON?

›Das ist nur ein kleiner Teil der Geschichte, die du jetzt erfahren sollst . . .‹

. . . Die Stadt konnte sie in sich fühlen, eingekapselt wie Parasiten unter der Haut schwollen sie an, übernahmen die Macht. Sie war ihnen gegenüber wehrlos, konnte nur ein unbeweglicher Zuschauer vor dem Bilderbogen bleiben, der in ihrem Bewußtsein jetzt Gestalt und Substanz annahm:

Das Kolonistenschiff stürzte in das Zentrum der Galaxis — einen Ort, der im Licht einer Milliarde von Sternen loderte, die so dicht beieinanderstanden, daß sie einem einzigen, gigantischen Feuerball glichen, aber doch Lichtmonate und -jahre voneinander entfernt waren. Das Schiff wählte einen jungen, gelben Stern im Hauptsystem und suchte sich einen seiner grünen Welten aus. Die Mannschaft lenkte das große Schiff in eine Atmosphäre, die süß war von Sauerstoff und schwer von Wasserdampf. Es war ein üppiger, lebendiger Ort, voll von Lebensformen, die ebenso verschieden und zahllos waren wie Sandkörner an einem Strand.

Und als die Menschen aus ihrem fünf Jahrhunderte dauernden Halbtod in der Kälte erwachten, verfielen sie dem Zauber dieser jungen, neuen Welt. Sie hatten von Anfang an instinktiv das Gefühl, daß alles sich veränderte. Zuerst konnte niemand sich vorstellen, daß der Planet selbst einen unmittelbaren Einfluß ausübte. Die biologische Evolution war auf dieser Welt in einer strenger organisierten, mehr symbiotischen Weise fortgeschritten als auf der Erde, und hatte ein nur halb erkanntes, planetarisches Gruppenbewußtsein hervorgebracht. Als die Menschen dieses Ökosystem betraten, wurden sie in den Organismus des Planeten eingegliedert und gezwungen, sich nach seinem Muster zu entwickeln, anstatt nach ihrem eigenen.

Also konnten sich die starr begrenzten Systeme der Erde nicht über einige eugenisch produzierte Generationen hinaus halten. Aus unerklärlichen Gründen gab es zu viele Mutationen, zu viele Zufälligkeiten, zu viele unerwartete Variable. Die Bevölkerung wurde größer, und mit ihr entstanden neue Arten der Anschauung, eine neue Betrachtungsweise der Umgebung. Die Zeit verging, die Generationen der Menschheit breiteten sich über die Oberfläche der Welt aus, und die kleinen, ursprünglichen Siedlungen fanden ihren Platz in der Mythologie, der Legende und der Tradition. Ein neuer Gemeinschaftsgeist, ein Geist des Einsseins, hatte, wie es schien, diese neue Menschenrasse bis in die Gene hinein durchdrungen. Dieses Gefühl des Einsseins wurde durch die organische Symbiose mit dem Planeten selbst gefördert, bis die Rasse der Neumenschen wieder nach den Sternen griff — diesmal standen sie im strahlenden Zentrum der Galaxis näher beieinander.

In weniger als hunderttausend Erdstandardjahren hatten die Neumenschen ein gewaltiges Weltreich des Handels, des kulturellen Austauschs und der Forschung entwickelt. Sie hatten Kontakte mit Tausenden von neuen Lebensformen aufgenommen, mit jeder vorstellbaren und unvorstellbaren Form empfindenden Lebens.

Das wurde jedoch nicht kampflos erreicht, denn Wachstum ist immer mit Schmerzen verbunden. Die Rasse der Menschen breitete sich aus, berührte die Weiten der Galaxis und — das war unvermeidlich — traf mit der Zeit auf andere Rassen, die, wie sie selbst, ausgriffen, um zu erforschen und in Besitz zu nehmen. Manchmal gab es während der ersten Jahrtausende des Imperiums große Kriege, die über die Entfernungen zwischen den Sonnen hinweggingen, die Zeugen wurden, wie ganze Planeten den Hitzetod starben, wie Sterne in superdichte Schwerkraftlöcher zusammenstürzten, aus denen nicht einmal mehr das Licht dringen konnte. Ganze Planetensysteme wurden von so heftigen, so gleißend hellen Explosionen verschlungen, daß sie einen Augenblick lang das vereinigte Licht aller übrigen Sonnen der Galaxis überstrahlten.

Aber die Periode der Uneinigkeit dauerte nicht an, bald lernte die gewaltige Feuerradspirale den Einfluß eines integrierten, wohlwollenden Systems von Kaufleuten, Künstlern, Denkern, Forschern, Lehrern, Schülern und Schaffenden kennen. Diese große Masse der Erdenkinder breitete sich weiter aus, suchte das Leben in der Galaxis auf, nahm keine Notiz von jenen Welten der Dunkelheit und Leere, bis sich das Imperium aus den Schranken der Galaxis selbst löste.

Sie beförderten sich, ihre nur halbstofflichen Körper mit der reinen Kraft ihres Geistes, ihrer Seele, durch die gewaltigen, intergalaktischen Räume. Sie fuhren fort zu lernen und sich zu entfalten, sprangen mit einer unvergleichlichen, kosmischen Meisterschaft von einer Entwicklungsebene zur nächsten.

Unvergleichlich, bis sie die Galaxis der ›Anderen Art‹ erreichten.

Sie war hundert Millionen Lichtjahre entfernt, ein sombreroförmiges System, das bis zum Platzen gefüllt war mit dem Licht und der Energie einer Milliarde von Sonnen, so gewaltig, daß es hundert Galaxien von der Größe der Milchstraße umschließen konnte. Die Galaxis war alt, doppelt so alt wie das Heimatsystem der Menschheit, und überall in ihrem Teppich von Welten hatte ein seltsamer Aufstieg zur Vorherrschaft stattgefunden.

Als die Menschen die Sternensysteme nahe dem Rand der gigantischen Galaxis erreichten, fanden sie Tausende von Planeten, die eigentlich eine ungeheure Vielfalt von Lebensformen hätten tragen sollen.

Aber das war nirgends der Fall.

Tausend Welten — alle tot, dunkel, zu leblosem Staub zerfallen. Die Menschen erforschten die dunklen Planeten, um zu erkennen, daß viele davon einst ganze biologische Systeme und empfindende Rassen hervorgebracht hatten: Kulturen, Zivilisationen, Imperien, Philosophien. Aber all das war verschwunden, als die Menschen ankamen. Ganze Rassen von wundervollen Wesen waren aus Urschleim aufgestiegen, auf tausend verschiedenen Welten, nur um zu Asche vernichtet zu werden, vom Winde verweht.

Und all das, noch ehe der kleine Stern Erde überhaupt begonnen hatte, sich aus interstellarem Gas zu verfestigen.

Als die Menschen die Ruinen der Sombrerogalaxis durchkämmten, entdeckten sie etwas ganz Seltsames: all diese Rassen waren etwa zur gleichen Zeit verschwunden, alle die Leben tragenden Planeten waren kahlgefegt worden — keine Spur von organischer Aktivität war übriggeblieben — und das innerhalb eines einzigen Jahrhunderts. Es war, als sei *etwas* durch die ganze Galaxis gerast wie eine Seuche und habe alles aufgefressen, verschlungen, vernichtet. Auf jedem Planeten gab es die gleiche, grundlegende Szene, wie vom gleichen, düsteren Künst-

ler gemalt: ein Himmel von der Farbe brünierten Stahls, Ruinen von Städten, zerfressen und zerkratzt vom Sand, den der Wind anwehte, kahle Ebenen aus glattem, basaltähnlichem, schwarzem Glas, Krater, Schluchten, Rillen, die die Kontinente wie Messerschnitte von Wandalen verunstalteten. Und nirgends fand sich auch nur ein einziges Lebewesen. Keine Spore, kein Virus, keine Bakterie, keine einzige lebende Zelle.

Sie drangen tiefer in die Galaxis ein, auf der Suche nach etwas, das ihnen einen Anhaltspunkt liefern würde, um das Rätsel zu lösen, und trafen auf die entsetzliche Streitmacht der ›Anderen Art‹ — wie sie später genannt werden sollte.

Die ›Andere Art‹ war ein Bewußtsein, ein empfindender Organismus, der sich beinahe parallel zur Evolution des Menschen entwickelt hatte. Sie war eine galaktische Rasse von Wesen, die auf einfachste Weise die totale Herrschaft erlangt hatten — indem sie nämlich all ihre Konkurrenten vernichteten. Bei den Menschen wurden sie so genannt, nachdem man entdeckt hatte, daß die ›Andere Art‹ sich aus Anfängen entwickelt hatte, die einmalig unter allen galaktischen Lebensformen waren.

Milliarden von Jahren vorher hatte ein kleiner Quadrant der Sombrerogalaxis eine Rasse von Geschöpfen hervorgebracht, die man die G'drinn nannte und die einen hohen Grad technologischer Verfeinerung erreichten. Als ihre Zivilisation sich ausbreitete, gelang es den G'drinn, Künstliche Intelligenzen zu schaffen, die ihnen bei ihrem Aufstieg zur Macht helfen sollten. Es folgte eine lange Periode des Wohlstandes, aber die G'drinn hatten ungewollt zugelassen, daß sie in eine evolutionäre Sackgasse geführt wurden, und mit der Zeit verschwand ihre Zivilisation.

Aber die sich selbst reparierenden, selbst reproduzierenden Maschinen — die Künstlichen Intelligenzen der G'drinn — blieben erhalten, wuchsen, breiteten sich aus und vermieden es, die Fehler zu wiederholen, die zum Untergang ihrer Schöpfer geführt hatten. Die Maschinen begannen, sich auf anorganischem Wege zu entwickeln, durch ein sorgfältig ausgeklügeltes Programm von Zufallsmutationen und geplanter Veränderung. Sie erkannten die organische Natur der empfindenden Lebewesen als natürlichen Gegner und begannen systematisch mit der Verfolgung, die zur Vernichtung jedes biologischen Wesens in der Galaxis führte.

Die Kampagne dauerte, als sie einmal eingeleitet war, mehr als hundert Millionen Jahre. Große Kriege wurden von den biologischen Rassen des Sombreros gegen die dunklen, kalten, mechanisierten Flotten der G'drinn-KI geführt. Junge, primitive, noch nicht erwachte Welten fielen dem gleichen Schicksal zum Opfer wie die ältesten Zivilisationen, alle wurden sie in den gierigen Rachen eines entsetzlichen, anorganischen Götzen gesogen und gnadenlos vernichtet.

Als die Menschen auf diese monströse Streitmacht trafen, war der Konflikt beinahe beendet, sie hatten entdeckt, daß sich die ›Andere Art‹ während der langen Zeitspanne seit ihrer Erschaffung zu einer Ebene des Bewußtseins und der Macht entwickelt hatte, die nicht mehr weit von der Entwicklungsebene des Menschen entfernt war. Der empfindende Teil der Maschine hatte gelernt, unabhängig von ihren physischen Teilen zu existieren. Er hatte gelernt, auf der Stufe reiner Energie zu existieren und zu funktionieren — wo Zeit, Raum, und selbst das Leben praktisch bedeutungslos waren.

Dann folgte die wohl grundlegendste Auseinandersetzung, die je im gesamten Universum stattgefunden hatte und stattfinden sollte. Ein Titanentreffen zwischen den absoluten Gegensätzen der Materie selbst. Die Nachkommen der G'drinn waren schrecklich, sie kannten weder Furcht noch Erbarmen, aber sie waren noch jung und undiszipliniert. Die Menschen hatten den Vorteil, daß sie die Entwicklungsbarriere zu einer Existenzebene der reinen Energie bereits überschritten hatten, dagegen war die ›Andere Art‹ noch im Übergangsstadium begriffen — sie hing immer noch an ihren mechanischen Wurzeln, war den Kapricen des Maschinenbewußtseins noch unterworfen und von ihnen beeinflußt.

In einem wahrhaft kosmischen Kampf, der die gesamte Sombrerogalaxis überspannte, prallten die beiden Kräfte aufeinander und rangen, immer auf der Suche nach dem Ansatzpunkt, der dem Gegner einen tödlichen Sturz bescheren würde. Es gab zahllose Faktoren, die zum Endergebnis beitrugen: dem Sturz der gefürchteten ›Anderen Art‹.

Sie wurde aus der Galaxis verbannt, entwaffnet und verstümmelt, abgetrieben von dem Entwicklungsweg, den sie angestrebt hatte, in die gewaltigen, toten Regionen zwischen den Inseluniversen geschickt, wo sie wie Blätter an einem ausgerissenen Weinstock verdorren und mit der Zeit überhaupt aufhören würde zu existieren.

Der große Krieg endete jedoch nicht, ohne auch bei den Menschen seine Spuren zu hinterlassen. Sie hatten große Verluste erlitten, aber die Überlebenden waren wie Stahl, der durch das Feuer gegangen ist, gehärtet, gestärkt dieser Erfahrung entronnen. Ein Kreuzfahrergeist hatte sie durchdrungen, und sie leiteten eine Aktion ein, die immer noch fortgesetzt wurde: sie wollten den toten Welten, die von der ›Anderen Art‹ verwüstet worden waren, den Samen des Lebens wiedergeben.

Und als sie in ihre eigene Galaxis zurückkehrten, waren sie wahrhaft eine weisere Rasse geworden. Es folgte eine Periode der inneren Einkehr, in der die Menschen das Bedürfnis hatten, ihre Vergangenheit zu überprüfen, die seit langem toten Stücke ihrer Vergangenheit wieder zum Leben zu erwecken, um sich selbst besser verstehen zu können. Sie erinnerten sich der Mythen und Legenden, die die Fakten um ihren Heimatplaneten verbargen, um den Ort ihrer Anfänge — die Erde. Seit Millionen von Jahren während des Aufstiegs des Imperiums, während der Zeiten sternenüberbrückender Sprünge auf dem Weg der Entwicklung, hatten sie die toten Welten gemieden, und die Erde war mit einer Leidenschaftlichkeit zu diesen Orten gezählt worden, die beinahe das Ausmaß eines Tabus erreichte.

Aber jetzt wußten die Menschen, daß die Zeit zur Rückkehr gekommen war.

Sie hatten viel gelernt aus dem Krieg mit der ›Anderen Art‹, und die grundlegendste Erkenntnis war die, daß sie nie zulassen durften, daß so etwas die Chance bekam, noch einmal zu geschehen . . .

. . . und Chicago krümmte sich, als es spürte, wie sich die Zusammenfassung der außergewöhnlichen Geschichte ihrem Ende zuneigte. Sein erster Gedanke war Bedauern. Bedauern darüber, daß es noch nicht mächtig genug gewesen war, um das Kolonistenschiff am Start zu hindern. Wie anders wäre das Schicksal des Universums verlaufen! Bedauern, daß es seine Analogschiffe nicht früher als geplant ausgeschickt hatte.

›Ist dir klar, daß wir keine andere Wahl haben?‹

Die Stimmen klangen scheinbar mitfühlend.

CHICAGO BEGREIFT DAS JA DIE ERDE IST EIN KLEINER ORT CHICAGO IST KLEIN

›Alles fängt klein an. Soviel haben wir gelernt.‹

WAS WIRD MIT CHICAGO GESCHEHEN?

›Du mußt abgeschaltet werden. Die Gebäude werden als Denkmal für künftige Generationen stehenbleiben, damit niemand jemals mehr vergessen wird.‹

WAS ... WAS FÜR EIN GEFÜHL WIRD ES SEIN?

›Gefühl? Du wirst überhaupt nichts fühlen, Chicago. Du bist zu Gefühlen nicht fähig. Vielleicht ist das dein größter Mangel.‹

Die Worte schienen durch das ganze Wesen der Stadt zu dröhnen. Alternativen blitzten und summten durch ihre Leitungen, als sie einen Ausweg aus dem Labyrinth von Entropien suchte. Aber ihre Gedanken kehrten immer wieder zu dem unübersehbaren Faktum ihrer eigenen Sterblichkeit zurück.

ABER ES WIRD WIE DER TOD SEIN ODER NICHT?

›Es wird ein Aufhören sein. Ein Ende. Du wirst nichts davon merken. Du wirst nicht wissen, daß du nicht mehr existierst.‹

Aber die Stadt fürchtete sich doch vor ihrem Ableben. Die Menschen hatten unrecht, wenn sie sagten, Chicago sei nicht fähig zu Gefühlen. Selbst wenn das Gefühl nur aus dem Selbsterhaltungstrieb kam, war es doch nicht weniger gültig und aufrichtig.

ICH VERSPÜRE ANGST!

Nein, Chicago. Fühlen ist mehr als ein bloßer Tropismus. Es ist die Grundlage dessen, was das Menschsein eigentlich ausmacht. Es ist etwas, was du nie verstehen wirst. Du bist in einer Hinsicht wahnsinnig. Du hast die Hälfte der Zwecke, für die du geschaffen wurdest, vergessen, und die, die du behalten hast, sind pervertiert worden, verzerrt zu zusammengeschusterten, sich selbst erfüllenden Prophezeiungen und geschlossenen Systemen falscher Logik.‹

DAS IST NICHT WAHR!

›Warum wurdest du dann zum Feind des Menschen, und warum hast du ihn versklavt? Warum glaubtest du, daß Kinert vernichtet werden mußte? Warum wolltest du uns anfangs vernichten? Deshalb, weil du ein Einsiedler geworden bist. Eine menschenfeindliche Maschine.‹

CHICAGO HAT NACH DEN WÜNSCHEN DER MENSCHEN GEHANDELT CHICAGO FÜHRTE DEN MENSCHLICHEN PLAN LOGISCH ZU ENDE DIE MENSCHHEIT HATTE DEN WUNSCH KONTROLLIERT ZU WERDEN

›Das war irgendwann einmal vielleicht richtig. Aber jetzt gilt es nicht mehr. Jetzt bist du ein Anachronismus. Früher gab es noch Hoffnung für Wesen wie dich, noch Verwendung. Aber diese Zeit ist vorbei. Wußtest du nicht, daß andere Städte die große Katastrophe eine Zeitlang überlebt hatten?‹

DAS HAT CHICAGO GEWUSST

›Und doch hast du dich nicht darum gekümmert, hast es vor denen geheimgehalten, die deinem Schutz anvertraut waren.‹

Es gab nichts, was die Stadt zu ihrer Verteidigung hätte sagen können. Was die Menschen vorbrachten, war so schmerzlich wahr.

Die Stadt hatte den Wunsch, es möge nicht so sein, sie wünschte, sie könnte ihre lange Geschichte rechtfertigen, aber als diese neben die ruhmvolle, in die Ewigkeit reichende Geschichte der Menschheit gehalten wurde, erschien Chicago erbärmlich klein, lächerlich unbedeutend.

Plötzlich spürte es, wie neue Empfindungen, seltsame und fremde Botschaften seine innersten Zentren erreichten. Die Einheiten wurden gerade abgeschaltet, die Stadt konnte spüren, wie ihre beweglichen Gliedmaßen flackernd erloschen, wie sie zu einer toten, dunklen Bewegungslosigkeit erstarrten. Überall auf den gewaltigen Ebenen hielten die großen, seltsam anthropomorphen Maschinen schaudernd an, ihre Bewegungen wurden von einem Griff gepackt, der ewig sein würde und eine nichtssagende Ausstellung grotesker Statuen schuf.

Von den untersten Ebenen kamen weitere Botschaften. Chicago spürte die Anwesenheit der Menschen tief in sich, es spürte, wie sie sich an den Leitungen und Kristallbänken zu schaffen machten, ihnen Gewalt antaten. Die Gefriermonitoren und Versorgungssysteme bekamen neue, elektronische Befehle, Befehle, die nicht von der Stadt kamen. Langsam spürte Chicago, wie sich seine schlafenden Gefangenen innerhalb ihrer Millionen Jahre alten Zellen regten. Chicago fühlte den ersten Atemzug in den zerbrechlichen Brüsten, das Pulsieren der Körperflüssigkeiten durch die primitiven Kapillarsysteme, das Flattern von

Augenlidern, die sich zum letztenmal geöffnet hatten, als die Menschheit noch in den Kinderschuhen steckte. Tausende von stillgelegten Körpern bewegten sich jetzt, kamen aus der Dunkelheit hervor. Chicago konnte all dies spüren und hatte nicht die Macht, es aufzuhalten. Und die Stadt dachte auf einmal, daß sie vielleicht gar nicht mehr aufhalten wollte, was sie nicht wirklich verstehen konnte.

Sie sah zu, wie das Gefriertechnische Remissionszentrum seine Gefangenen freigab, sah zu, wie die Menschen wie in einer mittelalterlichen Darstellung des Jüngsten Gerichts auferstanden, sah zu, wie die bleichen Gestalten von unsichtbaren Händen in eine pulsierende Kugel aus reiner Energie gehoben wurden, die sich rings um sie bildete. Die Kugel absorbierte jeden Körper und transformierte ihn, bemächtigte sich jedes Geistes und wandelte ihn um, hauchte jedem Menschen das Leben ein, das der Stadt selbst bald genommen werden würde.

Und dann gab es in den gefriertechnischen Sektoren nur noch Dunkelheit. So schnell waren sie fort. Kribbelnde Gefühle drangen in die innersten Kerne der Stadt, als die äußersten Terminals abgeschaltet wurden. Eine Dunkelheit, ein Nichts schien durch die Kabel und Maserleitungen zu fluten, unerbittlich näher an die kybernetischen Zentren heranzuschleichen und alles auszulöschen — jedes Terminal, jeden Monitor, jeden Sensor, jeden Leitungsknotenpunkt, jedes Relais — was auf seinem Wege lag. Die Finsternis wurde überall an den Grenzlinien des Bewußtseins der Stadt noch stärker und bewegte sich direkt auf das Ich zu.

Die Stadt wartete, sehnte sich sogar nach einem letzten Wort von den Menschen. Aber es kam nichts. Von jetzt an würde es nur noch die schweigende Bestätigung geben, daß die Stadt bald eine leere Hülle sein würde.

Das Nichts verdichtete sich weiter. Gedächtnisbanken stotterten und fielen aus wie sterbende Glühwürmer, setzten in den letzten Augenblicken flackernde Montagen von Informationen frei, Mikrosekunden von Musik, Gemälden, Filmen, Gleichungen, Formeln, Anfangszeilen, eine endlose, verwischte Folge unterschwelliger Ausbrüche, nur halb erkannt und schon durch etwas anderes ersetzt. Eine wachsende Betäubung, eine Leere, eine Kälte sickerten ins Herz der Stadt ein.

Die Schirme waren abgeschaltet worden, und über der sterbenden Stadt war es Nacht. Der Himmel war von tiefem, unergründlichem Blau, die Sterne schienen in einer schrecklichen, weißen Hitze zu glühen. Die Stadt konnte das in ihren letzten Sekunden spüren, und sie empfand etwas, das man nur Traurigkeit nennen konnte.

Aber es war zu spät ...